SOUVENIRS
SOMBRES
ET CLAIRS

Un
hommage à ma grand-mère Ton empreinte de
dignité, de douceur
et de sagesse restera à jamais dans mon esprit.

Dédicace à ma mère

Comme un pilier, tu m'as soutenue avec force et
persévérance.

Préface

«L'Homme arrive au monde sans le demander, il le quitte sans le vouloir et pendant qu'il y est, il ne fait pas ce qu'il veut» Marcel Char.

Cette citation résume bien «Souvenirs sombres et clairs», le premier livre de la Princesse du Wouri.

La naissance d'un enfant est un acte qui restera toujours entouré de mystère, tant elle est la preuve vivante de la Puissance de Dieu. Pendant que certains dépenseront des fortunes pour avoir cet enfant, preuve d'un amour juste, d'une vie juste, d'une obéissance totale à un Etre suprême, qui apportera amour, bonheur et joie, tout en assurant la continuité de l'arbre généalogique, d'autres mobiliseront les moyens tout aussi importants pour ne pas assurer cette volonté divine, celle de perpétuer l'humanité.

Dans l'un comme l'autre cas, l'amour d'un parent pour sa progéniture est un sentiment qui ne dépend pas des conditions de sa conception. Est-il le fruit d'un amour passionnel et fusionnel ? Est-il le fruit d'une déception, d'une trahison, d'un viol ?

L'amour du parent pour son enfant est un acte inné qui n'a point de justification.

Il n'est donc point nécessaire, dans un élan de colère, de mélancolie, de frustration, de rendre son enfant responsable de ses propres échecs, voire des difficultés passagères. Car un enfant est le symbole de l'espoir et non du désespoir. De la réussite et non de l'échec. Penser autrement, le dire, le démontrer, c'est créer les conditions du désamour entre le parent et l'enfant. C'est rompre le lien affectif et protecteur entre le parent et l'enfant. C'est abandonner l'enfant dans les flots tumultueux du monde qui l'entoure sans bouée de sauvetage.

Sans phare pour le guider à bon port, chaque diable pour lui, aura les habits du bon samaritain. L'œuvre de la Princesse du Wouri nous présente cette succession de rencontres avec de bons samaritains qui sont en réalité des diables qui n'hésiteront pas à profiter de cette perte de repères d'une adolescente en quête d'amour parental.

Ce récit poignant et émouvant de la Princesse du Wouri, est une dénonciation de la perte des valeurs que connait la société à cause de la paupérisation des populations.

«La peur du gendarme est le début de la sagesse», le gendarme ici, étant le parent, le responsable d'école, l'ancien, l'aînée, quel pouvoir détient encore ce censeur moral ?

Le pouvoir de l'argent a complètement sapé les bases morales de la société et impuissants, les parents ont abandonné la survie de la famille à leurs enfants, des adolescents qui se retrouvent sans préparation, obligés de «gagner leur vie».

Peut-on alors s'étonner de ces morts à la fleur de l'âge ? Ces jeunes adultes qui quittent si précocement ce monde auront-ils laissé derrière eux une vie à moitié pleine ou à moitié vide ?

Vivement que la société s'interroge sur son devenir et remette chacun à sa place. Voilà la leçon que nous gardons de l'œuvre de la Princesse du Wouri, «Souvenirs Sombres et clairs».

MABOA
BEBE (Auteur de La Fleur Coupable – la Mère qui n'aimait pas le Football)

Dakar

Septembre 2006

Julia, Patricia et son amie pénètrent dans le Centre hospitalier, situé au cœur de la Médina à Dakar. Son architecture de type sahélien, se dresse fièrement dans cette agglomération urbaine et populaire. Les jeunes femmes ne s'attardent pas à l'accueil, Julia est conduite immédiatement dans une salle. Les autres, n'ont pas le droit d'y accéder, elles attendront toute la nuit sur le carrelage d'une salle d'attente froide, en cette chaude nuit du mois de septembre. La salle de travail est remplie de petits lits rouillés, qui avaient manqué d'être rénovés depuis les indépendances. Les lits malgré leur état, étaient occupés par des femmes qui tentaient de cacher leurs douleurs et de retenir des cris qui s'étouffaient à travers des gorges asséchées. Une sage-femme installe Julia au fond de la pièce, ses contractions sont faibles et irrégulières, le bébé n'est pas pressé d'arriver, il a déjà un jour de retard sur sa date prévue. La sage-femme sait qu'il faudra provoquer l'accouchement, mais ne veut pas inquiéter la jeune maman. Des petits gémissements s'échappent parfois au bout de la pièce, Julia n'arrive pas à dissimuler ses douleurs vives, qui la poussent à émettre des cris et des claquements de doigts. Elle tente de rester stoïque comme les autres femmes, qui gémissent très peu, ou presque pas, mais les contractions sont plus fortes. Elle oublie tout ce qui l'entoure, elle se souvient qu'elles ne viennent pas de la même région : chez elle, les femmes crient de douleur en donnant la vie. Toutes les infirmières et sages-femmes sont occupées par une urgence, elles arrivent enfin et la conduisent dans la salle d'accouchement. Julia a tous les membres raides, elle essaye de suivre les directives de la sage-femme, mais le bébé ne descend pas, et les contractions sont plus vives.

Une tension règne dans la pièce, la sage-femme appelle d'autres infirmiers, ils se parlent en essayant de garder leur calme et leur sérénité. Mais Julia comprend vite ce qui se passe : ils viennent de perdre un bébé. La mère est arrivée trop tard à l'hôpital, le bébé épuisé, n'a pas pu survivre malgré toute cette mobilisation sanitaire nocturne.

Il avait été enveloppé d'un pagne coloré, une inscription épinglée au-dessus, qui donnait des détails sur son poids, la date et l'heure du décès. Son petit corps, posé à travers des machines et ustensiles de la salle d'accouchement, marque de manière significative la fragilité de la vie et son éphémérité.

Après des heures de douleurs, Julia tient enfin son fils dans ses bras, elle refoule une larme qui s'échappe de ses yeux, elle a oublié en un instant toute sa douleur, ses peurs, ses angoisses. Les sages-femmes ont usé de l'expression abdominale pour pousser son bébé vers la sortie, ses cris ont résonné dans tout l'hôpital. Dans la salle d'attente, Patricia et Stéphanie tentent de cacher leur impatience et leur inquiétude. Elles font un sourire en entendant le bébé pousser ses premiers cris. Elles se sentent heureuses d'être là, à un moment aussi important. Julia aura besoin de leur soutien, leur attention, pour ne pas sentir cette solitude si pesante de jeune mère célibataire.

Julia n'arrive pas à lâcher la main de ce petit être, qui se repose auprès d'elle. Elle le contemple, envahie par un immense soulagement et une profonde lassitude, solitude. Un calme religieux règne dans la pièce fraîche, Julia tente de se concentrer sur cette joie qui frétille au fond d'elle, elle caresse une fois encore son fils, et elle jette un œil sur le petit corps enveloppé sans vie. Sa gorge se noua, son esprit plongea dans des souvenirs lointains, qui voulaient refaire surface, s'imposer à elle de façon inéluctable. Des souvenirs qui lui rappelaient tout le chemin parcouru, des souvenirs qu'elle avait refoulés au fond d'elle, par honte et par consternation. Elle ne pouvait pas refouler des sanglots, des émotions incontrôlables, difficiles à réprimer. Elle devait attendre des heures sur cette table, des heures qui paraissaient interminables, qui nourrissaient ses pensées de toutes ces images noires et salvatrices. Elle avait la vie et la mort dans la même pièce, elle avait la chance d'être en vie, elle avait la chance de donner la vie : «mais dans quel monde ?» se demanda-t-elle.

Chapitre I

Vacances au village

Douala - Juin 1986

La petite voiture rouge attendait au coin de la rue, l'école primaire du Camp Sonel accueillait presque tous les enfants du quartier populaire de Bépanda et de Béssengue. Les enfants rentraient généralement sans leurs parents, certains marchaient en groupe, dégustant quelques friandises achetées à la sortie. C'était un jour spécial, le dernier jour de l'école, l'arrivée des grandes vacances. Julia n'arrivait pas à se réjouir comme tous les autres enfants, qui sautillaient et couraient excités jusqu'à leur maison. Elle traînait le pas pour rejoindre la voiture : sa mère s'impatientait déjà, sa petite sœur était déjà installée à l'arrière du véhicule et son père lui fit un sourire, en réclamant un baiser. Il était toujours tendre et joyeux, ça faisait des semaines qu'il n'était pas venu les voir. Julia n'arrivait pas à ressentir cette joie, qui l'envahissait toujours à chacune de ses visites. La voiture traversa les maisons de la cité de la Douane, dans laquelle logeait la famille de Julia depuis des années. Leur mère avait acheté une maison à un douanier, qui préférait fuir le quartier devenu trop populaire. Il avait construit une gigantesque demeure à la sortie de la ville, comme tous ses confrères, vendant ces petites maisons aux loyers modérés. La Cité de la Douane abritait dès lors des fonctionnaires moyens, de différents corps professionnels.

Julia avait le cœur serré, elle n'avait pas pu dire au revoir à ses amies. Elle avait le sentiment qu'on la privait de cette joie de cavaler dans chaque maison de la cité, gambader, insouciante et joyeuse, avec les autres. Elle regardait la cité disparaître sous ses yeux, la Piscine municipale et aussi la salle des fêtes qui abritera de nombreuses manifestations durant les vacances. Leur mère avait fait les valises la veille, elle avait planifié ce départ, et s'était arrangée avec leur père, pour les déposer chez leur grand-mère le jour même du début des vacances !

Ils traversaient la ville, s'éloignant de ces fumées et odeurs nauséabondes de la pollution urbaine. Un paysage verdoyant et calme s'étendait sous leurs yeux, ils s'engagèrent sur une piste sinueuse et boueuse, qui aurait dû être un magnifique échangeur autoroutier : l'argent de ce projet avait sans doute atterri dans les coffres-forts privés.

Le premier village apparut, ses maisons en bois défilaient devant eux, encerclées d'arbres fruitiers et de bananiers. Quelques enfants proposaient des «Miondo» aux passants : une spécialité de la région à base de manioc, qui accompagne presque tous les plats. Toutes les femmes en produisaient : c'était un moyen de créer un revenu supplémentaire, qui permettait d'envoyer les enfants à l'école ou de payer des frais médicaux. L'agriculture était au centre des activités, les femmes revendaient périodiquement leur récolte au marché hebdomadaire. A travers leur grand-mère, Julia et sa sœur plongeaient dans cet environnement rural et pastoral dans lequel, elles devaient se mouvoir et s'épanouir durant trois mois, trois longs mois de vacances.

Julia n'avait pas eu le temps de somnoler durant le trajet, elle était envahie par la déception de quitter si vite la cité, ses amies, mais aussi par l'excitation de renouer avec ce monde qu'elle retrouvait chaque année. Un monde dans lequel elle partageait toujours de grands moments, qui rendaient souvent triste la fin des vacances, redoutant toujours le moment des adieux.

Ils traversèrent Kappa, Julia savait que Souza n'était plus loin : des palmiers à huile bordaient des maisons en bois, nombreuses d'entre elles étaient abandonnées. La nouvelle génération préférait s'installer en ville. Les gens étaient installés sous des tentes, les deuils et funérailles étaient les événements les plus commémorés. Tout ce qui touchait une maison ou une famille touchait tout le village. Cette solidarité contribuait à renforcer les relations entre voisins. En ville, chacun était occupé par son quotidien, et très souvent, les liens devenaient distants et froids.

La proximité, l'esprit familial au village étaient tels, que même les repas étaient partagés : chacun prévoyait dans sa ration journalière, la part d'une autre famille. C'était avec joie que les plus jeunes transportaient ces plats, qui faisaient toujours le bonheur de la famille qui les recevait. Il arrivait parfois qu'à l'heure du déjeuner, une famille se retrouve avec des plats similaires. Les filles dégustaient toujours en priorité, les repas faits par leur grand-mère, et Julia éprouvait toujours une grande nostalgie à la fin des vacances.

Elle pensa au repas qui les attendait pour fêter leur arrivée. Une envie de prunes et de manioc lui monta à la bouche, elle avala sa salive et regarda sa sœur qui dormait, depuis leur départ. Julia ne comprenait pas comment elle pouvait être aussi calme.

Durant tout le reste du trajet, Julia humait l'odeur du manioc fermenté. Ils traversaient les plantations de palmiers, mais l'odeur était toujours présente, elle était caractéristique de la région. De nombreux ménages cultivaient le manioc et le transformaient en Gari, Miondo, couscous, ou en amidon. La voiture rouge entrait enfin à Souza, Julia avait l'impression que rien n'avait changé. Elle secoua Patricia toute excitée, en murmurant : « On est arrivé.» Patricia se réveilla en s'étirant, regarda à travers la vitre, les maisons qui défilaient doucement sous ses yeux. Les constructions étaient en terre battue, lissées par du ciment. Certaines étaient recouvertes de peinture et donnaient au village un air de modernité. Ils traversaient la place du marché, qui était calme les jours ordinaires. De nombreux véhicules étaient stationnés, alignés les uns derrière les autres, en attendant des passagers à destination de Douala où dans les villages encore plus reculés. Julia regardait chaque visage, essayant de reconnaître un cousin ou des amis, avec qui elle partagerait des journées interminables.

La voiture s'arrêta enfin devant la maison : elle était plus petite que dans ses souvenirs. Elle se dressait au centre d'une grande cour bordée de plantes et d'arbres fruitiers, sa peinture blanche et verte, restait propre, malgré le temps et les intempéries. Certains voisins suivaient cette arrivée depuis leurs fenêtres, d'autres se lançaient spontanément à leur rencontre, pour leur souhaiter la bienvenue. En quelques minutes, tout le monde était informé de leur arrivée. La grand-mère sortit de sa cuisine, installée à l'arrière de la maison. Celle-ci n'avait pas été recouverte de ciment, l'odeur de la terre fraîche était plus présente et tentait de rappeler que la ville était bien loin.

Cette nouvelle ambiance qui régnait autour de Julia l'amusait, elle regardait avec plaisir, des poules qui picoraient avec leurs petits, on entendait au loin, des grognements de porcs et cette odeur plus présente du manioc en fermentation. La maison se remplissait de petits visiteurs, contents de les revoir, certains venaient le torse et les pieds nus. Les filles distribuaient à chacun, quelques friandises que leur mère avait pris soin d'acheter. Elle avait fait des provisions, indispensables pour leur séjour. Elle discuta quelques minutes avec la grand-mère et prit congé. Leur père quant à lui, semblait soudainement contrarié, il s'était rapidement installé dans le véhicule. Ils devaient revenir dans une quinzaine de jours, déposer deux autres enfants de la famille, qui étaient en colonie. Leur mère gérait avec poigne et rigueur cette famille de sept enfants, dont quatre garçons et trois filles, qu'elle élevait seule, elle devait se montrer autoritaire et prévenante à la fois.

Des cousins devaient les rejoindre aussi dans les prochains jours, ils profiteraient tous agréablement de ces moments privilégiés, autour de leur grand-mère réunis dans la cuisine, en l'écoutant raconter des histoires sur leur grand-père, que tous n'avaient pas connu. C'était quelqu'un de particulier, qui avait des dons et les utilisaient pour protéger sa famille : il avait d'après les récits de la grand-mère, des facultés d'ubiquité, il savait d'avance ce qui allait arriver. Leur grand-mère s'était retrouvée veuve assez tôt, et elle n'avait plus accepté aucun autre homme dans sa vie. Elle avait élevé seule ses deux enfants, avec la conviction que l'esprit de son mari était toujours là pour la guider, la protéger et la rassurer.

Elle racontait à ses petits-enfants, l'histoire de leur tante qui à onze ans, avait disparu dans une petite rivière, dans laquelle elle se baignait tous les jours avec ses cousines. Leur grand-père avait appris la nouvelle avec calme : il était resté silencieux pendant des heures. La nuit tombée, muni d'une

cloche, il fit le tour du village, la faisant retentir,
tout en parlant d'une voix forte et sur un ton
ferme ; il donnait trois jours à celui qui avait enlevé
sa nièce pour la ramener. Durant trois heures, il
avait sillonné le village. La grand-mère raconte,
qu'il s'était ensuite enfermé dans une pièce pendant
deux jours. Le troisième jour, il avait réveillé tout
le village à l'aube, avec sa cloche. Il s'était rendu à
la rivière, suivi par certains villageois : là encore, la
cloche avait retenti pendant une trentaine de
minutes, soudain, un silence froid régna dans la
brousse. Personne n'osa le regarder dans les yeux,
il s'était avancé au milieu de la rivière en silence,
laissant les autres derrière lui un peu plus en aval.
Parmi ceux-ci, une des cousines de la grand-mère,
celle-ci senti soudainement une main s'agripper à
son pied sous l'eau, elle poussa un cri de frayeur,
qui porta l'attention de tous sur elle. La jeune fille
disparue fut sortie de l'eau, vivante, sans aucun
souvenir de ce qui s'était passé, où elle avait été
durant ces trois jours.

Ces histoires fascinaient tous les enfants, et leur
donnaient à chaque fois des frissons. Leur grand-
mère aimait autant qu'eux, partager ces moments :
une manière pour elle, de perpétuer le souvenir de
ce grand-père qu'ils n'ont pas connu. Elle logeait

seule durant toute l'année scolaire et la présence de ses petits-enfants dans la maison pendant cette période de vacances, lui donnait une nouvelle vie.

A peine arrivée, Julia faisait déjà le tour du village avec ses nouveaux amis. Ils entraient ensemble dans les maisons dont ils ne craignaient pas les propriétaires, ils repéraient les arbres fruitiers qu'ils projetaient de dépouiller tout au long des vacances. Il était d'usage chez certains villageois, de mettre des fétiches sur leurs arbres, afin de dissuader les éventuels voleurs. Les enfants accordaient visiblement peu de crédit à tous ces amulettes mystiques, ils urinaient ironiquement dessus pour conjurer le mauvais sort. Ils se donnaient à cœur joie à ce pillage, en dégustant au pied de ces arbres leur butin. Certains vacanciers qui se joignaient à eux dans cette aventure, s'abstenaient rigoureusement de manger ces fruits, par peur de tomber malade ou de mourir.

A quelques occasions, les enfants se faisaient aider par un cousin du village, qui cueillait les fruits dans leur verger : qui regorgeait de fruits sauvages, de mangues et de papayes. Il était plus âgé, et vivait à Souza avec sa tante, qu'il aidait dans ses travaux champêtres. Il était particulièrement gentil avec Julia, lui offrait souvent des fruits et des œufs de cane. Durant leur séjour, Manga était présent dans la maison, il restait souvent manger avec les vacanciers. Il leur racontait les événements survenus au village, particulièrement les plus funestes : comment étaient morts certains villageois. Quelques semaines avant leur arrivée, une voiture avait dérapé : elle avait quitté la route pour finir sa course dans une maison, causant le décès de deux enfants. Ce type d'accident était fréquent, les maisons longeaient l'axe routier, où des chauffeurs usaient de vitesse trop élevée, rendant cet axe dangereux et meurtrier ; trop de vies innocentes étaient arrachées brutalement. Les gens vivaient cette situation sans révolte, personne ne prenait des mesures pour que ces accidents n'arrivent plus, c'était comme une fatalité.

 Ces enfants, Julia les connaissaient, ils faisaient partie de leur troupe de jeu : l'année précédente, ils avaient perdu très tôt leur mère, décédée des suites d'un accouchement. La fille aînée s'occupait de la famille, le père avait plongé dans l'alcool, c'était sa façon à lui de masquer son chagrin. Il était toujours plein de joie, disposé à enseigner aux enfants de nouvelles chansons de scout, il arborait inconditionnellement une tenue, usée par le temps et le peu d'hygiène de ce mouvement de jeunesse mondial. Il ne travaillait pas dans les champs comme tout le monde, lui seul savait comment il arrivait à subvenir aux besoins de sa famille.

Julia s'était rendue chez lui, pour lui adresser ses condoléances, il était absent. Sa fille aînée, qui avait le même âge que Julia, paraissait soudainement avoir dix ans de plus. Une maturité se dégageait de son visage et de ses airs, Julia se sentit soudainement petite à côté d'elle. Elle faisait manger ses petits-frères et lui dit, qu'elle se préparait à venir la voir. Julia se demanda si elles allaient encore traîner ensemble, l'année dernière semblait si lointaine. Elle ne communiquait aucune souffrance ou tristesse, leur vie continuait comme si rien ne s'était passé. Julia s'éloigna, en regardant les traces que l'accident avait laissées dans la maison.

Elle en profita pour saluer des tantes, certaines à cause de leur âge avancé ne pouvaient plus sortir du lit : elles se faisaient assister par les autres membres de la famille, qui prenaient soin d'elles, jusqu'à leur dernier souffle. Les familles semblaient soudées, mais il y avait également dans chacune d'elles des lourds fardeaux et des secrets, qu'elles tentaient d'enterrer, face à tout cela, Julia éprouva un sentiment de gêne, se sentant à l'étroit, pas à sa place. Certains, sous le poids de l'âge, étaient abandonnés par leur famille, soupçonnés de pratiques de sorcellerie, ils vivaient seuls et mouraient dans cette solitude. C'étaient en général, des gens venus de la région de l'Ouest du pays, nombreux d'entre eux, s'étaient installés dans le Moungo, à cause de l'insécurité que les indépendantistes que l'on appelait les "maquisards" avaient créée dans les villages de l'Ouest. Avec une certaine sécurité retrouvée, ils ont fini par fonder leur famille. Souza, comme tous les petits villages de la région, avait par voie de conséquence cette particularité d'être cosmopolite et donc d'appartenir à tout le monde.

Les enfants entretenaient une crainte à l'endroit de ces vieux. Avec l'âge, ils semblaient se vouter chaque jour encore plus, mais marchaient sans canne, silencieusement, en cherchant un regard, un sourire ; et quelques discussions avec les autres.

Julia observait souvent sa grand-mère échanger quelquefois hâtivement, avec certains en pidgin. Ils n'avaient rien à se dire, mais demandaient les nouvelles de la famille de façon cordiale.

Les clôtures n'existaient pas, les gens traversaient les cours des maisons voisines pour arriver chez eux, c'était toujours une occasion pour saluer et prendre des nouvelles. Après quelques heures, Julia avait fait le tour du village, elle était au courant de tout ce qui s'était passé durant les neuf derniers mois. Elle avait appris tous les drames qui s'étaient produits : la fille de la tante Lotine, âgée juste d'un an, morte dans un incendie, leur cuisine avait pris feu. Hector, un jeune de Souza, mort dans un tragique accident : il avait été écrasé par un camion avec sa moto, les restes de son corps avaient été enterrés dans un coin de la route. Et Claude, le fils d'une amie de leur grand-mère, retrouvé pendu dans sa chambre. Julia écoutait ces histoires avec effroi, mais aucune tristesse ne semblait atteindre les autres, c'était comme des faits divers habituels, qui concernaient des gens qu'on ne connaissait pas. Elle se demanda : comment pouvait-on s'habituer aussi aisément au malheur ?

Elle rentra avec toutes ces horreurs dans la tête, en pensant aux enfants de Tonton Mich : comment pouvait-on continuer à vivre dans une maison où une voiture était venue prendre la vie de deux êtres chers ? Il avait tenté de fermer le grand trou qu'avait laissé le véhicule avec des tôles, mais les traces de ce tragique accident étaient toujours aussi présentes.

Julia pensa aux batailles menées par son grand-père de son vivant : il empêchait ces vieux sorciers de prendre des vies. Il était devenu l'ennemi de ces gens, qui excellaient dans la destruction des familles, juste par jalousie et méchanceté. Leur grand-père avait fini par être une de leurs victimes : il avait succombé après trois jours de maladie au cours desquels, il ne pouvait plus bouger ses membres, cloué au lit par une paralysie générale et foudroyante, dans laquelle il se débattait, en criant et insultant des visiteurs invisibles qui le maintenaient fermement sur ce lit de mort. Une forte tempête soudaine, s'était abattue sur le village la dernière nuit, des tonnerres avaient grondé durant des heures, il savait que c'était la fin, qu'il ne sortira pas vainqueur de cette bataille mystique contre l'ennemi. Il avait demandé à sa fille aînée de prendre ses pouvoirs, ses connaissances mystiques et surnaturelles. Elle refusa, la tempête s'était arrêtée avec lui, emportant son âme vers l'autre monde.

De nombreux petits villages étaient abandonnés par des familles, fuyant la mort. Julia se demanda si leur mère ne regrettait pas d'avoir refusé d'hériter de ce don, que son père voulu lui transmettre à sa mort. Elle voulait vivre en paix avec ses enfants, malgré cela, tous ceux qui la connaissaient et qui avaient connu son père, lui vouaient respect et considération : elle était intouchable.

Mais tous ces morts, tous ces drames étaient-ils naturels ou l'œuvre de quelques sorciers qui sévissaient dans l'ombre ? Assoiffés de sang et d'âmes perdues.

Julia pensa à cette histoire qui se racontait à propos des trains de nuit, des trains qui servaient à transporter, vers une destination inconnue, vers un autre monde, toutes ces personnes disparues dans le monde visible. Ceux qui étaient initiés à voir dans l'autre monde, pouvaient observer ce train passer. Julia avait lu très tôt le livre «Les yeux de ma chèvre» d'Eric de Rosny qu'elle avait trouvé dans les affaires de sa mère, elle avait épluché rapidement toutes les pages, fascinée par ce qu'elle découvrait. Lorsqu'elle entendait parler d'un accident ou d'une mort soudaine et mystérieuse, elle se demandait à chaque fois, si c'était naturel ou mystique. Elle était persuadée plus que jamais, que tout ce qui se disait et toutes les histoires qu'on racontait sur les gens de la nuit et les mystères d'un autre monde étaient bien réels.

La nuit était tombée très vite, dans la petite cuisine, la grand-mère servait déjà à manger : des plantains découpés en dé, qu'elle avait laissés mijoter dans un jus de tomate, d'oignon, d'ail et d'huile de palme, une recette qu'elle était la seule à faire aussi bien. Elles dégustaient toutes les trois en silence, dans la grande salle de séjour. Leur grand-mère avait achevé son repas, en buvant quelques gorgées de «Haar», une liqueur locale, faite à base de vin de palme distillé. Les filles arrivaient à supporter et à boire cet alcool dont une seule gorgée, se rependait très vite dans le corps, il arrivait dans les pieds et revenait progressivement sur toutes les autres parties du corps, avec une sensation froide et chaude à la fois. Julia et sa sœur avaient à peine terminé leur repas, que leurs amis entrèrent, les uns après les autres dans la maison, d'un pas timide et discret. Le silence qui régnait dans la maison, avait fait place à des murmures et des petits rires sournois et craintifs. Leur grand-mère préféra aller se coucher, leur présence bousculait ses habitudes qui consistaient de dormir dès la tombée de la nuit et d'être debout dès les premières lueurs du jour.

Quand elle venait passer quelques semaines en ville, elle avait du mal à changer ses habitudes. Elle s'ennuyait à ne rien faire, pressée de retourner dans son quotidien : les champs du lundi au samedi, sauf le vendredi qui était réservé au marché, où elle vendait ses récoltes et les «Miondo». Les dimanches étaient réservés au culte : la religion avait une place importante dans la vie des villageois. A leur arrivée, les enfants devaient se conformer à cette règle.

Julia appréciait ces moments où elle pénétrait en silence dans cette grande église. Les fidèles venaient parfois des zones les plus reculées, pour assister chaque dimanche aux offices. Certains s'installaient toujours à la même place, comme si ailleurs, l'Esprit Saint ne les atteindrait pas. Elle admirait ce défilé des tenues le plus colorées, impatiente de voir l'entrée des célébrants, accompagnés des enfants de chœur. Ils traversaient en silence la nef centrale jusqu'à l'autel, en versant quelques gouttes d'eau bénite au passage. Les fidèles s'empressaient de faire le signe de croix. Elle notait dans son esprit tous ces gestes, en essayant de retenir les phrases et les prières communes. Elle riait des exagérations de certains fidèles, leurs attitudes au moment des prières et de la sainte Cène. Julia observait ces individus assez particuliers qu'elle ne voyait que le dimanche à la messe et qui disparaissaient comme des fantômes dans le village. Tous ces moments étaient vécus comme des scènes qui se répétaient dans un film, elle avait toujours l'impression que les choses ne changeaient pas au fil du temps.

Le ton commençait à monter dans le salon, les nouveaux venus avaient trouvé leur assurance et parlaient plus fort. La grand-mère lasse de cette agitation, avait rejoint sa chambre, elle faisait une longue prière, avant de se coucher. Sa chambre sentait toujours cette odeur forte de Menthol, dont elle s'embaumait tout le corps pour soulager ses douleurs musculaires. Dans un grincement, la porte de sa chambre se refermait pour s'isoler des bruits du salon. Quelquefois, les bruits devenaient insoutenables, elle proférait quelques menaces à travers la porte, et les enfants sortaient tous, à la recherche d'un nouvel espace de jeu, moins contraignant.

Ils se retrouvaient par la suite chez un voisin, assis autour d'une radio cassette au son nasillard, écoutant en silence les sketchs de Jean-Michel Kankan. Les enfants les connaissaient tous par cœur, mais c'était toujours comme une découverte. Ils riaient de ses histoires et de son accent, Julia imaginait chaque scène et attribuait des ressemblances entre les personnages et certains vieux du village. Leurs rires résonnaient dans la nuit et attiraient d'autres enfants. Au bout de quelques minutes, tous les bancs étaient occupés, les nouveaux venus s'installaient spontanément par terre, sur un sol rafraîchi par l'humidité de la nuit. Le temps passait très vite, bientôt, il était l'heure de se séparer. Le voisin éteignit la radio cassette, chacun se leva. Dans cette euphorie, certains, en rejoignant leur maison, imitaient encore le comédien sur la route. Patricia était allée se coucher plus tôt, Julia entra en silence dans la maison plongée dans le noir.

Le grincement de la porte de leur grand-mère la réveilla, il faisait encore sombre dehors. Julia avait l'impression d'avoir dormi juste une minute. Leur grand- mère arpentait toute la maison, entre sa chambre, le magasin où elle rangeait ses affaires pour les travaux champêtres et la cuisine. Julia remit la couverture sur sa tête, espérant dormir encore quelques heures avant le départ.

La lumière du jour filtrait dans la chambre, Julia entendait les bruits qui venaient de l'extérieur : les pépiements d'une poule et ses petits, des chants d'oiseaux qui avaient pris possession d'un prunier, elle prit conscience de l'endroit où elle se trouvait. Leur grand-mère parlait dans la cuisine, elle avait cette habitude de se parler à elle-même. Julia sortit difficilement du lit, habituée aux grasses matinées en ville. Il était toujours pénible de prendre le rythme des réveils matinaux de leur grand-mère, qui en profitait pour les sermonner. Après une petite toilette et un petit déjeuner, elles prenaient la route. Patricia s'était installée dans le Pousse-pousse, qui servait à transporter toutes les affaires, surtout le bois que leur grand-mère récupérait autour du champ. Julia guidait tant bien que mal ce pousse-pousse sur la grande route, en traversant les dernières maisons du village, et celle de Tonton Mich. Leur grand-mère murmura quelque chose, elle se parlait encore à elle-même, Julia ne comprit pas ce qu'elle disait, mais elle savait que c'était lié à l'accident et à la mort des enfants de cette famille. Julia avait un pincement au cœur, en voyant cette maison à moitié détruite. De la route, on voyait mieux les dégâts causés par l'impact du véhicule. Les voitures continuaient leur course à vive allure, des chauffeurs insouciants de ce drame, toujours présent dans les esprits et qui avait marqué malgré les apparences cette famille à vie. Elles prenaient d'un pas lent, le sentier qui menait vers la brousse : une grande allée de palmiers à huile longeait le sentier, une immense plantation dans laquelle sillonnaient parfois des ouvriers froids et aux regards hagards.

L'extraction de L'huile de palme était une activité que de nombreux jeunes pratiquaient dans le village, ils se servaient dans les plantations de la grande firme Socapalm installée dans la région depuis des années, au risque de se faire prendre et d'être condamnés pour vol.

 La lumière du jour rayonnait à la sortie de ces immenses palmiers, qui débouchaient sur des champs de maïs et de manioc, que les autochtones tentaient de conserver pour survivre.

Elles longeaient le sentier qui menait au champ de leur grand-mère, Julia et sa sœur étaient impatientes de découvrir ce nouveau champ. Ça changeait chaque année, le précédent devenait un champ de manioc et le nouveau, un véritable enchantement pour les filles: il était plus grand, gorgé de maïs, d'arachides, de melons, de petits pois et de cultures diverses. Elles le parcouraient curieuses, mais peu à peu, l'enthousiasme s'estompait. Leur grand-mère s'était immédiatement mise au travail, elle récoltait une espèce de petit pois à la coque dure dont une partie sera vendue au marché hebdomadaire, l'autre partie, transformée à la maison, pour préparer un gâteau de la région : «le Koki». C'était une mixture de petits pois et d'huile de palme, épicée et enrobée dans des feuilles de bananier : très savoureuse et très appréciée même dans les autres régions du pays.

A côté du champ, quelques palmiers gisaient au sol. Un homme fit son apparition à travers les épis de maïs, il salua joyeusement le petit groupe et discuta un moment avec la grand-mère, puis lui tendit une bouteille de vin de palme, qu'il venait fraîchement d'extraire. Il avait un gros bidon à l'autre main qu'il portait difficilement, il n'allait pas tarder à vendre sa récolte.

Les filles s'étaient remises au travail aux côtés de leur grand- mère, qui ne semblait pas subir le soleil qui frappait plus fort. Elles essayaient de remplir péniblement les petites assiettes creuses mises à leur disposition pour recueillir les petits pois. Elles reversaient le fruit de leur travail, dans une grande bassine disposée à l'ombre. Malgré les allées et venues, la grande bassine semblait ne pas vouloir se remplir. Elle le fut enfin, lorsque leur grand-mère versa le contenu du seau qu'elle remplissait depuis des heures. Elle s'installa à l'ombre d'un arbre où elle avait aménagé un espace pour Patricia, qui avait abandonné le travail bien plus tôt. Elle se reposait tranquillement dans son nid. Leur grand-mère sortit le repas qu'elle avait mijoté tôt le matin, elles mangeaient ensemble, en silence, sous l'arbre, en buvant un peu de vin de palme frais et doux.

Après ce repos, le travail continua encore quelques heures, avant de se rendre à la rivière. Les filles attendaient ce moment avec impatience, c'était un plaisir immense dont elles profitaient sans parcimonie. Elles se baignaient dans l'eau fraîche et claire, le fond de la rivière était visible, avec son sable fin et blanc. Elle était bordée d'une immense forêt, qui se mit soudain en agitation. Les filles craignaient particulièrement les sangsues, qui logeaient dans ces eaux : elles se collaient très vite sur la peau, mais avec un peu de savon, la grand-mère les détachait spontanément. Elle continuait à travailler pendant que les filles profitaient de ces moments uniques. Elle avait trempé du manioc dans un coin de la rivière, elle devait trier ceux qui étaient assez ramollis. Selon elle, l'eau de la rivière rendait le manioc plus tendre et doux et favorisait de bons «Miondo». Tous ces travaux effectués, elle se concédait enfin un bon bain rafraîchissant dans la rivière. Les filles grelotaient déjà sur la rive, en regardant quelques singes curieux de leur présence, ils épiaient du haut des branches, hurlant, faisant bouger les branches d'arbres au-dessus d'elles. Julia était toujours captivée par ce lieu naturel et sauvage, elle restait des minutes à observer ces immenses arbres et cette végétation luxuriante, comme si elle les découvrait pour la première fois. Elle respirait cet air, ces odeurs d'herbes fraîches et d'effluves assimilées, en un moment, elle était comme hypnotisée par ce paysage unique.

Au village, de nombreux voisins n'étaient toujours pas rentrés de leur journée aux champs, tout était si calme et silencieux. Les voitures rompaient cette tranquillité, elles roulaient à vive allure sur cet axe habité et disparaissaient sous un nuage de fumée. Les nombreux oiseaux toujours présents sur les grands arbres, avaient disparu, ils semblaient vouloir respecter ce calme éphémère. Les nids vides ornaient ces arbres comme des décorations de noël et offraient un paysage singulier.

Julia s'installa sur un rempart devant la maison, observant les villageois rentrer. Certains portaient leurs provisions sur la tête, d'autres poussaient avec difficulté les Pousse-pousse trop chargés, dont les petits pneus s'écrasaient sur le goudron chaud. Depuis des années, c'étaient presque les mêmes, sauf certains devenus trop vieux pour continuer à travailler dans les champs, ou ceux partis en ville, dans l'espoir d'échapper à ce mode de vie et espérer trouver la prospérité. Quelques-uns saluaient Julia au passage, même ceux qu'elle ne connaissait pas. Les visages étaient striés par l'effort, par ces tâches quotidiennes difficiles, mais les sourires demeuraient présents.

Julia avait encore le souvenir des moments passés à la rivière dans sa tête, les dernières eaux s'écoulaient de ses oreilles. Beaucoup de villageois n'y allaient plus, depuis l'installation de fontaines publiques l'année précédente.

Ces fontaines avaient changé les habitudes de nombreux villageois, qui devaient après le retour des champs, repartir à la rivière pour s'approvisionner en eau.

La rivière où tout le monde se retrouvait était à environ quarante minutes de marche du village, certains devaient s'y rendre deux ou trois fois par jour pour avoir la quantité d'eau nécessaire. D'autres en profitaient pour faire le linge, la vaisselle, et prendre un bain.

Julia et ses amis étaient retournés revoir cette rivière, qui avait été durant des années, leur coin de jeux et de rencontres, mais la nature avait repris possession de son bien : le sentier était devenu impraticable, la rivière, un siège de serpents. Même les hommes qui travaillaient à côté, à une extraction d'huile de palme, n'osaient plus s'y rendre. Juste quelques rivières à proximité des champs étaient toujours visitées, mais de plus en plus de villageois préféraient rentrer se baigner chez eux.

Des changements commençaient à s'effectuer dans le village, pourtant proche de la ville, mais qui avait été loin de toute modernité depuis des années.

Les poteaux électriques étaient récents : du jour au lendemain, le village s'était endormi dans le noir et réveillé dans la lumière et les lampes à pétrole avaient été mises à l'écart.

Cette année, c'était l'arrivée de la machine à écraser le manioc : elle se déplaçait à travers le village, poussée par un homme chétif qui hurlait au passage, pour signifier sa présence, et ceux qui en avaient besoin l'interpellaient.

Son unité de transformation mobile faisait un bruit infernal, on l'entendait à des kilomètres. Des voisins avaient fait appel à lui ! Julia s'éclipsa de son mur, curieuse de voir cet engin. Des grandes bassines de maniocs étaient posées au sol, des maniocs durs que les voisins épluchaient, ils venaient pourtant à peine de rentrer des champs. Julia était surprise par la rapidité avec laquelle, ils exécutaient toutes ces tâches domestiques. Les maniocs continuaient à tomber dans les bassines, tandis que le jeune manœuvre mit sa machine en marche. Le bruit était encore plus assourdissant, d'autres enfants aussi curieux s'étaient approchés, ils gesticulaient, en essayant de se parler sous ce vacarme, mais n'arrivaient pas en s'entendre. Durant un quart d'heure, la machine écrasait les gros morceaux de manioc, préalablement épluchés et lavés. Avant, il fallait plus de deux jours pour écraser cette quantité avec de grandes râpes, qui arrachaient la peau des doigts à chaque passage. La pâte obtenue était mise dans de grands sacs, qui devaient permettre l'écoulement de l'eau du manioc présente dans la pâte, et durant des jours ces sacs étaient mis dans une sorte de pressoir artisanal, fait de troncs d'arbres, qui compressaient le sac pour extraire tout le liquide, qui était souvent transformé en amidon. La pâte de manioc dépourvue d'eau, devenait une pâte ferme et fraîche, qui était par la suite chauffée avec un peu d'huile de palme sur de grandes plaques en tôle, pour donner du gari ou du tapioca qui était consommé dans tout le pays.

Le bruit s'arrêta enfin, c'était agréable d'avoir ce silence soudain. Les oiseaux avaient rejoint leurs nids et les cris qu'ils émettaient semblaient doux et bienfaisants. Le jeune homme plia ses affaires pour continuer à sillonner le village.

Quant aux familles qui faisaient les «Miondo», elles devaient encore prendre leur mal en patience, en attendant qu'un opportuniste ramène une machine propice de la ville. Les femmes pilaient la pâte ramollie dans de grands mortiers, pour la rendre plus lisse, elles l'enroulaient ensuite sur de larges feuilles d'une plante sauvage ou des feuilles de bananiers et les attachaient avec des cordes végétales. Tout ce travail était précis et coordonné, pour Julia, réussir à attacher un «Miondo» était un exploit. Elle aimait regarder la rapidité avec laquelle les femmes le faisaient : c'était tout un art.

La grand-mère s'activait dans la cuisine. Elle avait nettoyé les légumes qu'elle avait coupés dans les champs et avait préparé les «Miondo». Elle fit sauter les légumes avec de l'huile de palme et des crevettes séchées, c'était rapide, simple et délicieux. Les filles parlaient gaiement dans la cuisine avec leur grand-mère, celle-ci se moquait de leurs difficultés à parler le dialecte, mais la communication passait malgré leurs limites.

La grand-mère servit des prunes et du manioc qu'elle venait de faire cuire. Les filles les dégustaient dans la cuisine, le feu de bois crépitait devant elles. Le dîner terminé, la grand-mère s'attelait déjà à faire des nouveaux «Miondo» : les maniocs extraits de la rivière n'allaient pas attendre. La grand-mère des filles avait en effet de la peine à rester sans rien faire : tous les soirs, après le champ et le dîner, elle pilait le manioc dans un grand mortier et mettait la pâte dans les feuilles avant de les attacher durant des jours. Aussi ardu qu'était ce travail, il n'en demeurait pas moins une distraction pour elle, avant l'heure du coucher, pendant que les enfants jouaient dans la salle de séjour.

Un soir, les enfants du village avaient prévu faire la chasse aux escargots, une nuit où la pleine lune était resplendissante et lumineuse, elle dévoilait une lueur translucide. Munis de seaux, de torches et de lampes à pétrole, les enfants sillonnaient le village, dans les coins les plus sombres et les plus lugubres. Il fallait dénicher les plus gros escargots pour espérer les revendre au marché et pour certains les manger. Julia appréciait cette expédition nocturne, elle aurait aimé les manger aussi, mais leur grand-mère en avait horreur, et par conséquent, pas du tout disposée à les cuisiner. Elle espérait revendre une partie de cette chasse au marché hebdomadaire comme ses compagnons : avec cet argent, ils avaient pour habitude de s'offrir des habits du dimanche, quelques cahiers pour la rentrée et de petites friandises ; Julia était loin de cette réalité. En ville, elle ne pensait pas générer de l'argent, leur mère subvenait à tous leurs besoins. Elle essayait d'imaginer ce qu'elle ferait de ce revenu hypothétique. Ses compagnons l'arrachèrent à ses réflexions : ils frappaient soudainement sur des casseroles, faisant un bruit assourdissait, rompant le silence de cette nuit douce et fraîche. Les torches illuminaient des zones sombres, ils découvrirent les toilettes des habitants, ou aimaient se nicher en général les plus gros escargots. Ils semblaient s'accoupler dans cette humidité nauséabonde. Les seaux se remplissaient avec de petits craquements de coquilles. Des défis étaient lancés entre certains, qui usaient de toute leur connaissance du terrain pour dénicher les plus gros escargots. La troupe s'aventurait dans les coins les plus reculés et les plus sombres. Julia se retrouva dans un cimetière, les tombes étaient fraîchement recouvertes de terre, avec des noms et des dates marqués sur des croix en bois, peintes en blanc. Certaines, contrairement aux autres, érigées en vertical, étaient couchées sur des amas de terre, comme désavouées, refusant leur présence en ce lieu. Julia resta un moment figée devant une tombe, des fleurs encore fraîches recouvraient une partie du sol, le nom marqué sur la croix lui semblait soudainement familier : Emilie Ndoumbé Missé. Elle lut ce nom doucement, en imaginant une jeune fille douce et belle, Julia n'entendait plus aucun bruit autour d'elle, un léger souffle frais et doux lui caressa le visage, elle sentit l'odeur des fleurs fraîches. Elle n'arrivait pas à détacher son regard de la croix blanche, la date fraîche marquée dessus, s'incrustait dans sa tête : 1979 – 1986. Elle n'arrivait pas à bouger, son bras tenait machinalement la torche et pointait les autres tombes près de celle de la jeune fille. Des jeunes en majorité reposaient dans ce lieu. Elle se sentit soudainement transportée et soulevée au-dessus de ce cimetière. La torche tomba au milieu des tombes, et s'éteignit. Elle était dans le noir au milieu de ces caveaux étrangers, les croix blanches scintillaient dans le noir, elle pouvait voir chaque inscription, chaque nom, chaque date ; le silence était lourd et une obscurité totale se fit autour d'elle.

Une lumière vive la frappa au visage, tout en l'éblouissant. Elle entendait du bruit au loin et des voix familières, elle réalisa soudainement où elle était. La fenêtre de la chambre était grande ouverte, Patricia et leur grand- mère papotaient dans la cuisine. Julia essaya de se souvenir de comment elle avait atterri dans ce lit. Elle avait dormi vêtue de la tenue avec laquelle elle avait participé à la chasse aux escargots. Elle sentait la boue, elle se rappela la soirée d'hier et du cimetière.

Sa grand-mère vint la sortir de ses pensées, il était l'heure d'aller au champ. Le village s'était vidé de ses habitants comme tous les matins. Sur le chemin, elles croisaient certains qui avaient pris du retard sur leurs activités. La route paraissait plus longue, Patricia était installée dans le pousse-pousse, que Julia dirigeait péniblement sur le sentier. Elle pensait sans cesse à cette aventure nocturne. En sortant de la chambre, elle avait retrouvé les escargots, tassés dans une vieille bassine, elle ne se souvenait pas de les y avoir rangés.

Elle avait hâte de retrouver ses compagnons d'aventure et de discuter avec eux, sur ce qui s'était passé durant la chasse. Les singes sautillaient de plus belle à leur arrivée à la rivière, la journée avait été difficile, le soleil était rude et la chaleur étouffante. La récolte n'avait pas été comme les jours précédents, mais leur grand-mère ne semblait pas déçue. La fraîcheur de la rivière leur fit du bien, cet environnement procurait une sensation de paix et de bien-être.

La nuit était tombée, Julia n'avait revu aucun de ses amis depuis leur retour au village. Ils s'étaient finalement manifestés après le dîner. Elle essaya d'abord de savoir qui avait gagné le défi. Un petit groupe s'était formé autour d'un jeu de Dames, un garçon répondit timidement : «C'est Adeline qui a rempli son seau la première.» Elle n'était pas encore arrivée, elle était un peu plus âgée que les autres. Julia posa rapidement la question qui lui brûlait les lèvres.

- «Qui nous a conduits jusqu'à ce cimetière ?» Quelqu'un lui répondit doucement :
- «Quel cimetière ?»

Julia essaya de paraître naturelle et de parler de façon détachée :

- «Le cimetière où on a ramassé les escargots !»

Personne ne se rappelait d'être allé dans un cimetière, Julia se demanda si elle avait rêvé, mais elle se rappelait bien le nom qui était gravé sur la croix et les dates qui y figuraient. Elle resta un moment, pensive, confuse, essayant de comprendre.

La nuit était chaude, la grand-mère était retournée dans la cuisine, dès que la maison s'était remplie d'enfants joyeux et volubiles. Le calme était revenu, après plusieurs heures. On n'entendait plus que le ronflement et les spasmes de toux de la grand-mère qui dormait dans sa chambre. Julia n'arrivait pas à trouver le sommeil, sa petite sœur dormait près d'elle, elle envia son sommeil lourd.

Une fine lumière filtrait à travers la fenêtre restée entrouverte, pour laisser passer l'air frais de la nuit. Julia sentit soudainement une odeur de tabac, qui devenait de plus en plus forte, et qui l'empêchait de respirer. Elle étouffait, elle voulut se lever, sortir de la chambre, respirer, mais elle n'arrivait pas. Elle essaya de crier, d'appeler sa grand-mère, mais aucun son ne sortit de sa bouche. Le voisin était assis devant sa maison, un octogénaire qui vivait avec sa femme, il se balançait sur une chaise en fumant une pipe, leurs regards se croisèrent, il émit un rire à travers sa pipe, montrant des dents jaunis par le tabac et la kola.

Julia se réveilla en sueur, leur grand-mère était déjà debout, elle se préparait pour cette journée particulière.

Julia se sentait fatiguée, elle aurait voulu rester à la maison et se reposer. Mais l'envie d'aller flâner dans ce marché était plus forte, découvrir tout ce que les habitants de Souza et ceux des villages voisins proposaient comme articles, lui semblait une distraction idéale, pour éviter de réfléchir et ne plus penser à ce cauchemar.

La grand-mère avait vendu une bassine de petits pois, elle avait fait quelques courses, juste le strict nécessaire pour leurs besoins. Les gens venaient de la ville pour se ravitailler en produits frais. Beaucoup de commerçants s'approvisionnaient auprès de cette population locale, faisant de bonnes affaires.

Les jours qui suivaient étaient toujours aussi chauds, Julia dormait mal et faisait toujours le même cauchemar, elle ne cessait de penser à ce cimetière. Elle avait essayé de le retrouver en vain.

Le vent souffla et la pluie tant attendue tomba enfin un matin. Les gens se pressèrent à ranger leurs affaires et sortir des bassines pour recueillir l'eau de pluie, qui n'avait pas tardé à tomber en trombe. La pluie apporta un peu de fraîcheur. Dans la cuisine, les filles appréciaient ce moment aux côtés de leur grand-mère, elle avait mis des épis de maïs sur le feu, qui crépitaient sous l'effet de la chaleur. Ces bruits explosifs réjouissaient Julia et sa sœur, les fillettes dégustaient les maïs au fur et mesure qu'ils sortaient du feu.

Des klaxons retentirent soudainement devant la maison, des voix s'élevèrent dans le salon, en appelant Ma kaly. C'est le nom que tout le monde utilisait pour elle, la grand-mère répondit spontanément, en sortant de la cuisine, Julia et sa sœur en firent de même. Des cris de joie retentirent dans toute la maison.

Leurs cousins étaient arrivés sous cette pluie torrentielle, cette venue rendait la journée agréable. Ils avaient été surpris par la pluie sur la route. Des accidents étaient fréquents durant les intempéries, avec la chaussée glissante, de nombreuses voitures de transport mal équipées, semaient la mort à travers le chemin. La grand-mère leur reprocha ce voyage risqué, mais les garçons riaient de ses craintes en la prenant dans leurs bras.

La pluie tombait de plus belle, le petit groupe s'était installé dans la petite cuisine. Ma Kaly avait rajouté du maïs. Elle avait défait les colis que les garçons avaient ramenés : quelques provisions envoyées par leur père et des plats spécialement préparés par leur mère. Les trois garçons faisaient griller eux-mêmes leurs maïs, qu'ils dévoraient à un rythme impressionnant, tout en racontant les dernières histoires vécues dans leur ville à Nkongsamba, et Julia leur parla de tout ce qui était arrivé dans le village.

Les rires des enfants s'entendaient à des kilomètres. Julia avait oublié les cauchemars et le mystère de la nuit dans le cimetière. Ces moments passés ensemble étaient particuliers, la grand-mère était parfois perdue dans leurs histoires. Elle répondait calmement, avec un sourire mélancolique, aux questions de ses petits-enfants, sur sa vie et celle de leur grand-père. Ces histoires les passionnaient, le temps s'arrêtait durant ces instants, l'atmosphère qu'il faisait dehors, apportait une centaine intimité indicible, réconfortante.

La pluie avait laissé place à une nuit fraîche, les habitants de Souza s'étaient terrés chez eux. Le petit groupe s'était retrouvé dans le salon et après le dîner, Ma Kaly avait sorti la boisson locale : le «Haar». Chacun avala un gorgée en faisant une grimace, se raclant la gorge. La sensation était toujours la même ! Julia sentit le liquide couler dans son corps. Après la première gorgée, ils en redemandaient, la petite bouteille n'avait pas tardé à se vider.

L'aîné des trois garçons avait pris une vieille radio qui traînait dans le salon, et tentait de la faire marcher, après plusieurs minutes d'essais, la radio émit un son avec des grésillements. Il redressa davantage l'antenne, en tournant le bouton pour mieux ajuster la fréquence. Le son était plus audible mais quelques grésillements persistaient. Ils savaient tous la chaîne qu'il cherchait. La voix langoureuse et entraînante leur fit tendre l'oreille.

L'Aventure Mystérieuse de Patrick NGuema Ndong était un rendez-vous privilégié, lors de leurs vacances à Souza, ils étaient fascinés par ces histoires. Les sons et les bruits apportaient une ambiance occulte et fantomatique à la nuit, leurs oreilles étaient collées aux baffles. Ils écoutaient silencieusement la voix envoûtante qui racontait l'histoire des sorciers bantous. Ils restaient captivés jusqu'à la fin, et commentaient un moment sur les faits qu'ils venaient de suivre avec ferveur, avant de rejoindre leurs chambres.

Les grenouilles croassaient effroyablement, Patricia dormait depuis quelques minutes, elle n'avait pas suivi la fin de l'émission radio. Julia se coucha auprès d'elle, repensant à toutes ces histoires macabres, à tous ces crimes qui se faisaient de manière mystique et occulte. La fraîcheur de la nuit l'aida à s'endormir vite.

Julia se réveilla essoufflée et fatiguée, des voix s'élevaient de la cuisine. Ses cousins discutaient gaiement, Manga était présent, et comme à son habitude, il n'était pas venu les mains vides. Les voix s'éloignèrent, puis un silence soudain retomba dans la maison. Julia apprécia ce moment de calme, sa tête était lourde et douloureuse : elle se demanda si les histoires de Patrick Nguema Ndong n'avaient pas influé cette nuit agitée. Elle était poursuivie par des gens invisibles, qui portaient des soutanes rouges, ils sentaient l'odeur de la mort : des corps en putréfaction et celle du tabac, une fumée émanait d'eux, elle s'était engagée dans une course effrénée, mais ceux-ci réussissaient à la rattraper, à l'étouffer, l'étrangler.

L'idée de partir au champ avec ses cousins lui donna la force de se lever. Ils sautillaient joyeusement sur le chemin. Le parcours était moins long que d'habitude, l'arrivée au champ se fit avec une forte excitation. Le travail avançait plus vite avec les trois garçons, la grande bassine se remplissait à vue d'œil. La chaleur était revenue et le soleil commençait à frapper fort. Les enfants se mirent à l'ombre d'un palmier, leur grand-mère avait déjà sorti le repas : du manioc, des prunes et un gâteau de «Koki». Ils discutaient joyeusement en dégustant ces différentes saveurs, loin de tout confort, appréciant juste ces moments.

Ils s'étaient rendus à la rivière, après un travail acharné, pour s'amuser, se rafraîchir, de découvrir les zones les plus reculées de ce lieu, admirer ces singes curieux qui semblaient leur parler étaient un plaisir immense.

Ils se racontaient des histoires, dont celle des chasseurs condamnés pour avoir assassiné des hommes dans la forêt : ils avaient tous soutenu qu'ils avaient vu un singe, mais que celui-ci s'était transformé en homme au moment de sa chute.

Deux semaines s'étaient écoulées, dans des fous rires, des histoires drôles et mystérieuses. Ils n'avaient pas senti le temps passer, les récoltes avaient bien avancé, et leur grand-mère semblait plus heureuse et épanouie, elle chantait plus souvent dans la cuisine et restait plus longtemps le soir, à faire ses «Miondo». Les garçons devaient repartir, ils devaient aider aussi leur grand-mère maternelle, avant de se rendre à Douala, pour passer quelques jours avec l'une de leurs tantes.

La maison était silencieuse, les garçons avaient déjà fait leurs affaires, ces moments de séparation étaient toujours difficiles. Ils essayaient de rester détachés, pour ne pas montrer leur tristesse. Sur la grande route, des voitures défilaient en trombe, laissant une traînée de fumée derrière elles. Les garçons n'avaient pas tardé à trouver un véhicule. Certains amis étaient venus leur dire au revoir, des sourires s'affichaient sur les visages, cachant une grande tristesse. Julia resta sur la route, regardant la voiture disparaître au loin.

Sa sœur et sa grand-mère avaient rejoint la cuisine, leurs amis s'étaient dispersés en silence. Julia sentit un grand vide autour d'elle, elle ne voulut pas rester à la maison, où le silence et le calme ambiant allaient l'engloutir, elle marcha sans but.

Manga nettoyait la cour de leur maison, des feuilles mortes retombaient en silence autour de lui. Il leva les yeux vers elle, elle s'approcha et lui dit doucement :

- «Ils sont partis !»

- «Oui je sais, Ils sont venus nous dire au revoir» répondit-il en continuant sa tâche.

Elle traversa le salon, il était aussi grand que le leur, une odeur d'humidité se dégageait de la pièce, le plafond se décollait, et des planches qui séparaient les différentes pièces ne se tenaient plus latéralement. Au-dessus de sa tête, de nombreux portraits en noir et blanc étaient accrochés aux murs, donnaient à la maison un air plus vieillot : des visages sombres et tristes qui essayaient de sourire, mais qui réussissaient juste à faire des grimaces morbides. Une table et quelques vieilles chaises occupaient la pièce.

La tante de Manga était dans la cuisine, elle tentait d'écraser quelques graines sur une pierre polie. Elle avait presque terminé de faire le repas et demanda à Julia qui l'observait, de retourner au salon.

Elle se planta une fois encore devant ces photos qui semblaient l'interroger, les regards la fixaient. Elle sursauta au contact des mains sur son épaule, elle ne l'avait pas entendu arriver, il avait déposé le balai à l'arrière-cour et s'était lavé les mains ; cette humidité la gêna et elle se retira doucement. Manga lui dit rapidement :

- «J'ai encore des livres pour toi.»

Sa tante entra dans la pièce des bols dans les mains, elle invita Julia à venir manger. Manga prit son assiette et disparut dans sa chambre, située à l'extérieur de la maison. Il pouvait entrer et sortir à sa guise, sans déranger sa tante. Julia s'installa en face d'elle, elles mangèrent en silence. Julia essaya de ne pas lever les yeux, évitant les regards des portraits, mais elle les sentait sur elle. Elle avait l'impression de ne pas seulement avoir la tante devant elle, mais aussi tous ses parents figés sur chaque photo.

Le foufou de manioc frais et sa délicieuse sauce gombo s'engouffraient vite dans son estomac, Julia oublia durant ce moment la solitude et le vide qu'elle ressentait. Manga était ressortit de sa chambre, il avait lavé son assiette, et y était retourné sans dire un mot. La tante s'était levée en silence et elle disparut dans la cuisine. La pièce semblait soudainement froide, Julia se leva et retrouva la tante qui s'occupait à d'autres tâches incompréhensibles. Elle prit l'assiette des mains de la jeune fille, et fit un petite grimace, Julia pensa aux photos du salon, et se dit qu'ils ne savaient pas sourire dans cette famille.

Elle attendait Manga devant la chambre, il y fouillait le livre. A travers le rideau fleuri, elle percevait ses va- et-vient dans la petite pièce. Il lui dit soudainement :

- «Entre, ne reste pas devant la porte !»

Il rejeta le rideau derrière la porte, il la tira à l'intérieur et continua à chercher dans ses affaires. Une petite table faisait face au lit, où trainaient de nombreux cahiers et livres. Il trouva finalement un livre de bandes dessinées, il remit le rideau en place, s'installa sur le lit et l'entraina avec lui. Julia se retrouva assise sur ses jambes, il tenait le livre ouvert devant elle, en lui disant tranquillement :

- «On va le lire ensemble.»

Son bras la maintenait fermement autour de la taille, il balançait ses jambes doucement de gauche à droite, disant tout bas :

- «On n'est pas bien là !»

Julia avait envie de partir, elle essaya de se dégager. Il l'appuya encore fermement contre lui et murmura à ses oreilles :

- «Attends un peu, on va s'amuser.»

Elle comprit soudainement ce qu'il faisait. Ce qu'il avait toujours fait depuis des années, pendant les vacances. Elle avait envie de fuir, de s'éloigner à jamais de cette chambre. Il continuait à la maintenir serrée sur lui. Elle entendit des pas venir du salon, il relâcha sa pression, elle réussit finalement à se dégager, et sortit en courant. Elle avait envie que ce séjour s'achève. Elle ne trouvait plus plaisir dans les jeux avec les amis et dans les sorties à travers le village. L'environnement reposant et paisible de la brousse et de la rivière semblait ne plus avoir d'effet sur elle. Les cauchemars avaient repris de plus belle et elle n'osa rien dire à sa grand-mère : elle ne savait pas comment lui expliquer tous ces rêves et mésaventures.

Adrian et Cecilia arrivèrent enfin, accompagnés de leur mère. Julia nota l'absence de leur père, avec une pointe de tristesse. Elle était contente de revoir son frère et sa sœur, mais souhaitait retourner à Douala, marcher à travers les rues familières de la Cité et s'éloigner de cet endroit qui devenait hostile. Leur mère discutait joyeusement avec Ma Kaly dans la cuisine. Julia s'installa entre ses jambes, cherchant à attirer son attention, mais la discussion devint soudainement moins joyeuse et le ton monta. Ma Kaly ne parlait plus, elle finissait de constituer les provisions de sa fille et déposa le sac devant la cuisine. Elle s'était plongée dans une autre occupation, silencieuse, laissant la mère de

Julia parler énergiquement, en colère. Julia n'avait pas compris les raisons de ce changement soudain, mais elle sut qu'elle ne pouvait plus rien prétendre, au risque de se faire réprimander. Elle essaya de cacher des larmes qui montaient dans ses yeux. Elle sortit de la cuisine, laissant sa petite sœur s'installer à sa place. Elle se refugia dans la chambre, se couvrant la tête pour cacher ses sanglots.

Julia s'était endormie, à son réveil, la nuit était tombée et leur mère était repartie. La maison était silencieuse, leur grand-mère était dans la cuisine, Patricia à ses côtés. Les nouveaux venus s'étaient volatilisés dans le village. Julia pensa au temps qu'il leur restait à séjourner encore dans cet environnement qu'elle n'appréciait plus. Elle remit en liberté ses escargots, espérant que ce geste allait d'une certaine façon, la libérer de son mal-être, de ses angoisses, mais le poids continua à peser sur sa poitrine.

Sa grande sœur était revenue tard, Julia n'avait pourtant plus sommeil, mais se résigna à retourner au lit. Adrian dormait seul dans la chambre des garçons, les deux autres frères étaient restés à l'internat, et l'aîné s'était installé à l'étranger où il devait poursuivre ses études. Ce départ ne semblait pas perturber le reste de la famille. Cecilia semblait pleine de bonheur, elle leur raconta la vie en colonie et les activités qu'elle avait eu le privilège de vivre. Elle était métamorphosée, était devenue une grande sœur soudainement à l'écoute et prompte à partager. L'attention qu'elle montrait, poussa Julia à lui parler de ses cauchemars. A sa grande surprise, sa sœur prit ce problème à cœur, et en parla à leur grand-mère. Celle-ci ne fit aucun commentaire.

Dans son sommeil, Julia entendit une voix à la fenêtre. Leur grand-mère, munie d'une lampe à pétrole, faisait le tour de la maison. Elle parlait d'une voix forte et ferme, c'était la première fois que Julia l'attendait s'exprimer de cette façon. Elle était toujours douce, même quand elle était en colère, sa voix ne montait pas très haut. Au milieu de la nuit, Julia pensa qu'elle rêvait une fois encore, mais c'était bien réel : elle sentit cette odeur, forte et désagréable, le voisin était installé devant sa porte, il fumait une pipe en bois noir, l'odeur qui s'y échappait était celle qui étouffait effroyablement Julia dans son sommeil. Ma Kaly fit un troisième tour en parlant avec fermeté, le voisin se leva, prit sa chaise et s'enferma dans sa maison.

Le lendemain, la grand-mère avait repris ses activités à l'aube. Une fine lumière filtrait dans la chambre. Julia entendit soudainement des voix dans la cuisine, ses sœurs dormaient, elle regarda discrètement à travers les fissures de la fenêtre : c'était la femme du voisin. Elle avait un panier de prunes, qu'elle offrait à Ma Kaly, en présentant des excuses pour son mari. C'était une petite femme frêle et chétive, elle parlait en pidgin d'une voix tremblante et modérée, on l'entendait à pein. Elle dit doucement : que son mari ne voulait aucun mal aux enfants. Elle disparut comme elle était venue, d'un pas silencieux et nonchalant.

Julia chercha partout, les prunes avaient disparu, elle se demanda ce que leur grand-mère avait pu en faire : c'étaient les grosses prunes dont elle raffolait. Le grand prunier de leur voisin, était en permanence vandalisé par les enfants du village, malgré les fétiches que son propriétaire attachait sur le tronc. Ses prunes étaient savoureuses avec un léger goût acide que les enfants adoraient en particulier. Julia savait qu'elle ne les mangera plus, elle avait appris que tout ce qui se donnait n'était pas toujours dans une intention bienfaisante ou de bonne foi.

Elle était pressée de s'en aller, la nostalgie et la tristesse qu'elle ressentait toujours au moment du départ, étaient absorbées par une joie et une excitation intense de repartir en ville, de renouer avec la cité, de fuir pour l'instant ce monde rural qui pouvait se montrer dangereux et hostile.

Chapitre II

La rupture

Septembre 1986

Une fine pluie tombait sur Douala, Julia regardait cette agitation et tout ce monde qui déambulait dans des ruelles boueuses. Elle ressentit une certaine nostalgie de l'environnement naturel, calme et paisible du village qu'elle avait eu envie de fuir durant des semaines. Ce séjour s'était achevé avec sérénité mais elle avait fait ses valises avec empressement. Elle avait hâte de retrouver son monde, mais là, elle semblait perdue.

Ce brouhaha inhérent à la ville résonnait dans sa tête, jusqu'à son arrivée à la maison. Celle-ci semblait plus petite, des haies de fleurs qui permettaient la séparation avec les maisons voisines, avaient été coupées et semblaient leur souhaiter la bienvenue. Le salon et la chambre étaient délicatement rangés. Leur mère avait profité de leur absence pour faire un nettoyage à fond. Sur les lits, leurs affaires d'école, des livres, des cahiers neufs, des sacs et divers outils, ramenèrent Julia à la réalité : la rentrée scolaire était le lendemain.

Replonger immédiatement dans l'environnement scolaire, après trois mois passés dans la campagne, Julia avait la sensation d'être la seule à vivre ça et ça la révoltait. C'est sans joie ni excitation qu'elle retrouva tous ses amis de l'école, elle vécut chaque instant, absente, avec une sensation de vide profond.

Les enfants avaient repris leurs habitudes à la maison, leur père n'était pas revenu depuis le départ en vacances. Julia ne pouvait rien dire, mais guettait impatiemment son retour, comme à chaque fois. Il partait pour des mois durant, sans donner de nouvelles. Il avait une autre famille, une femme et deux autres enfants plus âgés que Julia. Elle ne connaissait pas son frère et sa sœur, leur mère en avait parlé une fois. Dans un album, il y avait une photo de sa fille, une photo en noir et blanc, prise sur le vif au cours d'une réception. Leur père la tenait dans ses bras, une jolie fille avec de longs cheveux relevés en chignon. Elle devait être une grande fille maintenant, Julia tenta d'imaginer quelle grande sœur elle aurait été.

Cette absence la pesait toujours, elle ne comprenait pas pourquoi il disparaissait si longtemps.

Au milieu du trimestre, son père refit enfin surface. Dans la chambre, Julia entendit des voix qui s'élevaient. Elle avait dormi durant des heures, depuis le retour des classes. Elle se leva doucement, et à travers le rideau blanc, Elle le vit installer dans le salon, fumant nerveusement une cigarette, il l'écrasa machinalement sur un cendrier en forme d'escargot.

Julia voulut sortir se jeter dans ses bras, mais le ton ferme de sa mère stoppa son élan et elle resta figée, observant ce qui se jouait devant elle. Une dispute de ses parents ! Sa mère s'était levée, et demandait rigoureusement au père de Julia de s'en aller.

Julia avait le cœur qui battait fortement dans la poitrine, elle n'arrivait pas à bouger. Son père aussi, il resta assis sans dire un mot, il avait le regard fixé au loin : sur le buffet où étaient rangé quelques bibelots et où était posée magistralement une photo de lui et leur mère. Deux jeunes amoureux dans les années soixante-dix, élégant dans sa chemise ouverte sur son torse et son pantalon à carreaux en pattes d'éléphant. Les jambes de leur mère, étaient mises en valeur avec une petite robe et des hauts talons, comme savaient les porter les femmes à cette époque : ça paraissait si lointain.

Leur mère était entrée dans sa chambre, elle continuait à parler, Julia ne percevait pas ce qu'elle disait, mais elle savait qu'elle évoquait des choses qui la mettaient davantage en colère. Elle lui reprochait toutes ses absences et son irresponsabilité face aux enfants. Elle avait toujours tout assumé et aujourd'hui elle ne voulait plus vivre dans l'attente d'un regain de conscience de sa part. Julia sentait une lassitude dans ses propos et sa voix.

Julia vit son père se lever et se diriger vers leur chambre, elle se précipita sur le lit : il entra hésitant. Patricia dormait paisiblement, il lui caressa le visage un moment, et vint s'accroupir devant Julia. Il la fixa sans dire un mot, essuya une larme qui s'était échappée des yeux de la jeune fille. Il la prit dans ses bras pendant un moment, puis s'en alla sans dire un mot. Il était sorti de leur vie, comme leur mère le lui avait demandé, la tristesse la submergea.

L'image de son père ne la quittait pas, des questions se bousculaient dans son esprit. Julia se demandait pourquoi il ne se battait pas pour être près de ses enfants ? Elle retournait cette interrogation dans sa tête, elle éprouvait de la rage, une grande solitude, un sentiment de vide au fond d'elle. Elle essaya de repousser des larmes prêtes à jaillir de ses yeux. Elle ne pouvait pas pleurer là, pas face à ses camarades qui jouaient et riaient dans cette cour de récréation qu'elle avait envie de déserter. Elle enviait leur joie spontanée et naïve : une joie qu'elle n'arrivait plus à éprouver. Elle s'enferma dans une bulle de tristesse et de solitude.

Julia ne pouvait pas comprendre le choix de sa mère, elle ne pensait pas à tous les manquements dont il avait fait preuve, tout ce qu'elle désirait c'était sa présence et son affection, même occasionnellement.

Leur mère pourtant affrontait la vie avec sérénité, elle ne laissait transparaître aucune amertume ni tristesse, pour elle la vie continuait, elle avait l'habitude d'être seule.

Chapitre III

Relations de voisinage

Mars 1987

Dans la cité, la mère de Julia entretenait des relations strictes avec les voisines, elle avait imposé son charisme autour d'elle, mais certaines avaient réussi à lui imposer leur présence.

Tôt le matin, Madame Denseh venait souvent frapper à la porte, quand elle avait eu un incident chez elle, qu'elle voulait absolument raconter à la mère de Julia. Des faits souvent stupides et anodins, mais qu'elle prenait trop à cœur : une souris qui avait mangé le pain ou encore des chats qui avaient fait irruption dans sa maison. Toutes situations étaient prises au sérieux et racontées avec une telle fougue et une frénésie dont elle avait le secret. Elle vivait seule avec ses deux filles. La maman de Julia l'écoutait silencieusement sans état d'âme, en s'occupant de ses travaux. Elle était passionnée de couture et pratiquait diverses activités en dehors de son emploi d'agent de l'Etat au Trésor Public. Elle était de la génération des femmes qui savaient tout faire, et qui ne se lassaient pas d'apprendre, malgré l'âge. Infirmière, couturière, décoratrice, faire des gerbes de fleurs pour un enterrement, laver, habiller un cadavre ; aucune tâche ne l'incommodait.

La fille aînée de Madame Denseh arriva plus tard à la maison, elle avait de la peine à reposer son bras. Un énorme abcès avait poussé au creux de son aisselle, on lisait la douleur sur son visage. C'était une jolie adolescente, que de nombreux garçons de la cité tentaient de courtiser. Son attitude distante et silencieuse n'offrait à aucun le plaisir de satisfaire leur libido juvénile. Elle était brillante et avait intégré très vite l'Ecole Nationale d'Administration. Irma fit une grimace lorsque la mère de Julia palpa l'abcès. En quelques minutes, elle avait extrait d'énormes asticots sous l'aisselle de la jeune fille, qui étouffait de gémissements. La mère administra un soin à la jeune fille sans haut le cœur, on aurait dit qu'elle l'avait fait toute sa vie.

❖

Un climat de paix semblait régner au sein de la cité, le respect était mutuel entre les voisins, dans un environnement urbain et moderne, dans lequel les infrastructures pour l'épanouissement de cette population modeste ne manquaient pas, mais il suffisait de peu, que les rapports entre voisins se dégradent, et souvent des insultes et des disputes venaient plonger la cité dans une ambiance de tension.

Un dimanche matin, des cris et des gémissements s'élevaient de l'aire de jeu de la cité de la Douane. Un espace où tous les enfants de la cité jouaient au football et à divers autres jeux, s'était transformé en un lieu macabre et abject.

Norbert suppliait et sanglotait comme un animal sur le point d'être égorgé. Le jeune homme, connu pour ses délits de vol, subissait effroyablement la justice qu'avait décidé de rendre ce jour la famille Dave.

Le fils de la famille Noah, habitait à deux pâtés de maisons de la famille Dave, son père était un alcoolique qui ne suscitait que moqueries et railleries de la part de tous les voisins. Deux autres de ses derniers enfants avaient hérité des dommages congénitaux de l'alcoolisme. Ils étaient aliénés et n'étaient pas scolarisés, ils passaient leur journée d'une maison à l'autre, quémandant nourriture et friandises, bavant sur leurs habits usés. Son fils aîné, n'avait pas pu être sauvé du vice du vol, ce qui l'avait conduit ce matin-là sur ce poteau en béton. Lié fermement du cou aux pieds, par des fils de courant électrique et battu à mort. Norbert suppliait encore, sa voix commençait à faiblir. Madame Dave ne le voyait plus comme un enfant de la cité, comme le fils de son collègue et voisin, comme l'enfant qui dormait parfois chez elle : un refuge douillet qu'il avait trouvé, fuyant la faim et la solitude. Mais comme un simple voleur, à qui elle faisait payer un ultime délit. Certains voisins voulaient réagir mais n'osaient pas. Ils disaient au loin : « C'est quand même un fils de la cité !» Cette parole ne suffisait pas pour arrêter ce massacre qui se jouait devant eux.

La police arriva trop tard : il était mort dans cette souffrance, attaché nu, battu, brûlé à l'eau chaude et au fer par Madame Dave et ses enfants.

Le père du jeune homme s'était terré chez lui, incapable de se battre et de sauver son fils. La mère de Norbert était sortie à l'arrivée de la police : une femme frêle, ses épaules voutées semblaient porter tous les fardeaux de sa vie. Elle traversait le grand terrain, d'un pas hésitant et silencieux, le regard fuyant la foule qui ne cessait de s'accroître.

Le drame et le mal attiraient toujours autant de monde. Elle jeta un regard vers son fils que la police libérait de son supplice et mit ses mains sur son visage en grimpant dans une voiture de police.

Ce meurtre avait créé un choc chez beaucoup de jeunes, et généré un sentiment de culpabilité chez certains parents.

Comment ôter la vie d'un être, d'un enfant qu'on avait vu grandir, avec une telle violence ? C'était un fait que personne n'arrivait pas à comprendre et à assimiler.

La télévision qui était à l'origine de ce drame, n'avait pas été retrouvée, ni la marmite remplie de nourriture que Maman Dave avait préparée cette nuit-là.

L'autopsie avait révélé que le garçon avait reçu des injections de produits toxiques, d'eau de javel et d'antirouille : il n'aurait pas survécu ! Monsieur et Madame Dave avaient été incarcérés en attendant leur passage devant le juge : le jeune homme était mort pour un crime qu'il n'avait pas commis.

Le reste de la famille Dave devait continuer à vivre avec cette nouvelle étiquette : de famille criminelle ! Le déménagement de la famille Noah avait facilité les choses, ne plus affronter leurs regards, et tenter d'oublier cette nuit.

Ma Kaly elle était venue se reposer en ville, elle avait apporté quelques provisions : du maïs, des légumes, des oranges, elle avait préparé le «koki», ce met à base de petits pois et d'huile de palme. Julia dégusta en silence, ce repas qu'elle appréciait particulièrement, pensive. Ma kaly avait trouvé de quoi s'occuper, le repos n'était pas une notion qu'elle comprenait. Elle avait ramené quelques semences, qu'elle commençait à planter derrière la maison, et la mère de Julia eut l'idée d'exploiter un petit espace, abandonné près de la maison de Madame Denseh.

Un terrain, qui devait servir d'espace vert ou un joli jardin public, s'était transformé progressivement en dépôt d'ordures. La mère de Julia œuvra pour rendre l'espace propre et cultivable, elle planta des semences qui au bout de quelques mois portèrent des fruits. Les travaux n'attirèrent et ne suscitèrent que jalousie et haine, en particulier de la part de Madame Denseh, qui traitait dorénavant la mère de Julia de sorcière et cultivait différents ragots.

La Mère de Julia gardait une indifférence et un calme étonnants face à toute cette animosité soudaine.

Comment une personne qui semblait vous apprécier, pouvait devenir du jour au lendemain une ennemie aussi farouche ?
Julia était mal à l'aise face aux autres enfants de la cité, elle savait que ces ragots étaient au centre des discussions dans les foyers. Elle se renfermait davantage sur elle-même, personne n'osait lui en parler.
Elle avait pris l'habitude de rentrer de l'école avec des filles de la cité : Martine, Claudine et Nadia. Julia ressentait très souvent un sentiment de gêne tout au long du chemin, cet épisode avec Madame Denseh semblait éloigner Julia de tout le monde. L'attitude désinvolte qu'elle tentait de montrer au grand jour, ne l'aidait pas à fuir cette réalité si violente : les enfants pouvaient être encore plus méchants que les

adultes, par ignorance, par mimétisme des
actes et paroles des parents.

Julia espérait que cette histoire prenne vite fin,
et que ce soit vite oublié, mais la famille devait
affronter un nouveau drame.

La nouvelle s'était répandue comme une
traînée de poudre au-delà de la cité. La jeune et
délicate Irma était décédée.

Ils étaient sous le choc, et chacun avait de la
compassion pour sa mère. Elle parlait toujours de
sa fille avec une telle admiration, elle était une des
meilleures de sa promotion à l'ENA, discrète et
généreuse. Malgré tout ce que sa mère faisait vivre
à la famille de Julia, la disparition d'Irma les
touchait tous. Mais ses nouvelles accusations
étaient une douche froide pour toute la famille.

La mère de Julia n'avait pas réagi, elle s'était
muée dans le silence et semblait ne plus être
affectée par ces attaques et médisances. Les
menaces et les insultes étaient devenues plus
vivaces, mais la mère de famille gardait son calme

La veillée mortuaire fut un moment difficile. Des
pleurs et des voix s'élevaient, en prononçant le
nom de la mère de Julia, comme coupable de cette
mort soudaine. Elle cousait sereinement dans la

véranda, les mouvements des gens traversant la maison pour se rendre au lieu du deuil et ceux qui rentraient, après avoir vu le corps de la défunte, ne la perturbaient pas. Les murmures dans le noir à travers les haies de fleurs qui entouraient la maison, ne semblaient pas exister pour elle. La foule grandissait de façon exponentielle, des curieux qui venaient voir cette fille, fauchée à la fleur de l'âge. Au milieu de la nuit, la dépouille fut amenée au village et le calme retomba dans la cité dans cette nuit sombre.

La vérité sur la mort d'Irma n'avait pas tardé à se savoir. Julia s'était endormie en songeant à cette histoire. Elle pensa à toutes ces insultes que leur mère avait dû subir, cette haine, cette médisance dans la cité, l'honneur d'une mère de famille bafoué, et cette vérité cruelle et amer. Irma avait été empoissonnée! Tuée par l'homme qui finançait ses études et qui l'encadrait depuis des années. Une perte qu'il préférait, que de la voir dans les bras d'un autre. Julia ne savait pas s'il fallait se réjouir ou pleurer cette perte dont sa mère fut accusée. Elle était secouée par toute cette violence et cette haine qu'elle vivait autour d'elle, perturbée par cette vie qui se montrait cruelle, mais pourtant si précaire. Perturbée par cette attitude des gens qui se

montraient aimants, altruistes, mais au fond d'eux,
se cachent des êtres abjects et malfaisants.

Chapitre IV

La vie du lycée

Une nouvelle année s'était écoulée, sans aucune nouvelle de son père. Julia avait rejoint le lycée bilingue, comme quelques amies de la cité et de l'Ecole Publique. Elle essayait de s'intégrer dans ce nouveau monde, de s'épanouir autant à la maison qu'au lycée, mais elle avait le sentiment de ne pas être à sa place. Dans sa classe, elle regarda autour d'elle, elle trouvait les filles de sa classe heureuses, insouciantes, certaines parfois vulgaires et peu éduquées. Les groupes et les duos se formaient autour d'elle, dans l'indifférence de Julia qui ne comprenait pas cette sensation douloureuse qu'elle éprouvait au fond d'elle, un vide qui la rendait fébrile, fragile. Elle tentait de s'habituait de cette solitude, qui l'éloignait des soucis et des querelles avec ses camarades. Chacune voulait s'imposer et se faire remarquer. Les relations entre camarades étaient parfois violentes et les querelles régulières. Il fallait avoir une forte personnalité pour ne pas subir le harcèlement des autres camarades qui se transformaient très vite en bourreaux, rendant la vie scolaire de certaines infernale.

Sophie avait une attitude différente des autres. Les deux filles s'observaient du coin de l'œil, Julia avait l'impression qu'elle voulait lui parler ou créer une amitié.

Elle s'approcha finalement un jour, après le cours d'anglais, et lui demanda sans détour :

- «Tu es une parente de Rambo ?» Surprise, Julia n'avait jamais entendu ce nom, elle répondit timidement :
- «C'est qui Rambo ?» Elle continua sans hésiter :
- «C'est mon voisin, vous avez le même nom de famille.»

Le cœur de Julia fit un bond dans sa poitrine, c'était eux ! Son cœur ne pouvait pas se tromper, c'était bien la famille de son père, elle vivait proche de sa nouvelle camarade.

Elle répondit brusquement :

- «Non je ne les connais pas», en sortant de la classe.

Julia n'avait pas cours l'après-midi, elle avait besoin de respirer et savoir ce qu'elle allait faire. Elle marcha seule, en pensant à tous ces jours au cours desquels elle espérait le revoir, entendre sa voix rassurante. Elle savait aujourd'hui qu'elle pouvait le voir si elle le désirait.

Julia décida de rester proche de Sophie, les deux jeunes filles s'étaient installées l'une à côté de l'autre, elles partageaient la passion de la musique française et discutaient sur des sujets que peu de filles de leur âge abordaient : la foi. Ses parents étaient témoins de Jéhovah, elle tentait de se retrouver dans cette obédience et de comprendre, en quoi elle était différente des autres.

Les deux jeunes filles aimaient flâner dans le lycée et se retrouver dans l'espace des classes de quatrième, logées dans un long bâtiment rectangulaire. Le bâtiment faisait face à un autre, de la section anglophone du lycée, le contraste était frappant. Des dessins indécents sur les murs, un désordre régnait du côté des classes de quatrième francophone, à l'inverse de la propreté et de la discipline qu'on observait chez les anglophones : on avait l'impression d'être dans deux lycées différents.

Julia regarda les élèves, la majorité des garçons ne ressemblaient pas aux lycéens de la classe de quatrième, ils semblaient vieux et ailleurs. Assis sur des tables, ils chantaient des chansons de rap à la mode, certains s'imaginaient sur une scène de spectacle. Julia reconnut un voisin de la cité, Armand, il avait la même posture que les autres, il était le plus grand de tous, ils formaient un cercle et jouaient aux cartes. Soudainement, l'un d'eux frappa la table et jeta ses cartes au sol. Un brouhaha s'éleva dans la classe, et certains sautèrent par-dessus les grandes fenêtres qui favorisaient une aération suffisante des salles. Il s'approcha de Julia avec ses camarades, en disant à ceux-ci d'un ton dur :

- «C'est ma p'tite sœur les gars, faites gaffe !» Julia se sentit intimidée devant ses amis. A la cité, ils se parlaient très peu, Armand était fils unique. Son père douanier, était l'un des rares qui vivait encore à la cité de la Douane. Les garçons tournèrent autour d'elle et de Sophie en souriant et l'un d'entre eux osa dire :

- «Tu as caché un produit pareil depuis ?» Un autre prit Julia par les épaules en la serrant contre lui en disant tout doucement :
- «La sœur d'Armand, c'est ma sœur !»

Des filles observaient les garçons s'agiter autour de Julia et de son amie sans dire un mot. La sonnerie retentit, les garçons les raccompagnèrent vers leur classe, l'ami d'Armand garda son bras sur son épaule. Julia avait envie de courir, mais il l'obligea à suivre son pas lent, en médisant sur ses amis.

Julia s'était incrustée dans le groupe d'Armand, sans s'en rendre compte. Elle écoutait médusée, les commentaires qu'ils faisaient sur les filles. Julia ne s'intéressait pas vraiment aux garçons, mais elle était comme toutes les filles de son âge, qui imaginaient le prince charmant et idéalisaient celui qui allait conquérir leur cœur. Mais les commentaires des garçons, brisaient une partie de ce rêve. Toutefois, l'autre partie d'elle, voulait croire que le prince charmant existait, que cette bande de petits voyous, n'avait pas conscience de ce que désiraient vraiment ces filles. Elles étaient à la quête d'un potentiel prince, pour qui, elles étaient prêtes à faire n'importe quoi, mais ils les prenaient et les jetaient comme des malpropres.

La pluie était tombée à l'aube, de fines gouttes frappaient le visage de Julia, pendant qu'elle traversait la route, pour rejoindre le grand portail du lycée. Des jeunes couraient dans la boue, ils se précipitaient, en éclaboussant ceux qui prenaient leur temps pour s'abriter dans les classes. Malgré le temps pluvieux, la bande d'Armand ne rata par l'occasion de se faire remarquer : ils avaient porté la même marque de chaussures et marchaient au même pas, ils traversèrent la grande cour du lycée, tels les «Boys Bands» des clips américains. De nombreuses filles étaient conquises, Julia maugréa en voyant ce manège à deux balles.

Sophie et Julia ne se quittaient plus, sa maison était collée à celle du père de Julia et l'envie de lui faire une surprise persistait dans son esprit. A la pause, les lycéens s'étaient agglutinés autour des cantines, les «Boys Bands» étaient en retrait, observant cette agitation. Les filles leur apportèrent des sandwichs les plus garnis et des sodas. Julia regardait ce cirque sans rien comprendre. Ils éclatèrent de rire quand elles s'éloignèrent. Un ami d'Armand lui tendit un sandwich et une boisson, Julia chercha à comprendre qui payait la note. Armand éclata d'un grand rire, en lui disant de manger et de rester tranquille. Une fille s'approcha timidement, elle dit à l'un des garçons qu'elle voulait lui parler. Les garçons ne cessaient pas de rigoler, elle essayait de tirer sa jupe trop serrée qui remontait sur ses cuisses striées d'ecchymoses, qu'elle tentait vainement de cacher. Le garçon lui répondit de façon désinvolte et hautaine : «Je n'ai pas le temps, je mange là !» Elle n'arrivait pas à détacher les yeux de ce dernier. Elle resta debout sans rien dire, elle fit une dernière tentative pour parler au jeune garçon, mais celui-ci la repoussa violement. La jeune fille ne put se retenir et se mit à hurler en pleurant : «Pourquoi tu m'as fait ça, Steve !» Des filles plus âgées, l'attrapèrent et tentèrent de la calmer. Tout le monde savait ce qui se passait, les «Boy Bands» s'étaient volatilisés. Julia retourna en classe, elle n'arrivait pas à digérer le sandwich, elle avait un arrière-goût amer dans la bouche. Elle savait que les garçons séduisaient les filles, certains profitaient d'elles sexuellement et les laissaient tomber, mais elle était loin d'imaginer tout ce qui se passait hors du lycée.

Julia avait écouté le propriétaire d'une cantine raconter l'histoire, avec un tel mépris pour ces garçons, qu'elle côtoyait depuis des mois. Un groupe dont son voisin à la cité faisait partie: ils faisaient une victime presque tous les week-ends.

L'un des garçons séduisait une fille et lui tendait un piège. Ils abusaient d'elle sexuellement, chacun à son tour : ils pouvaient être six ou plus en fonction des relations que chacun avait dans son entourage.

Certaines filles avaient arrêté l'école, humiliées par ces bandes. Julia se demandait où elle était, dans quoi elle était tombée ? Elle prenait conscience de la nature de ces rires narquois, envers certaines filles que les garçons avaient. Elle avait l'impression que tout s'était joué devant elle, et qu'elle avait contribué à cela. Le Monsieur disait qu'il avait d'autres cantines dans trois autres lycées de la ville et que ce phénomène avait cours là-bas aussi.

L'administration n'intervenait pas et ne pouvait pas agir, ça se passait hors de l'établissement et beaucoup de filles ne les dénonçaient pas. Elles vivaient avec ce poids, dans la honte et l'humiliation.

Julia avait l'impression que la situation était banale pour beaucoup de lycéens. Martine, Nadia et Claudine accusaient ces filles d'être faciles et superficielles. Elles s'étaient retrouvées dans le même lycée et prenaient plaisir à rentrer ensemble. A la sortie, Julia voulait leur raconter ce qui s'était passé à la cantine, elles étaient déjà au courant. La nouvelle s'était répandue dans toutes les classes. Le nom de la fille avait déjà été tagué sur un mur du lycée : «Olympe Dikoum est passée au rallye.» Le rallye! C'était ce mot qu'ils utilisaient pour cette forfaiture. Nadia dit doucement dans un souffle : «Mon grand frère a déjà dit à Armand d'arrêter avec ces conneries, mais il n'écoute pas !» La famille de Nadia était proche de celle d'Armand, il était comme un frère pour eux. Martine dit rapidement :

- «C'est l'effet de groupe, tant qu'il sera avec cette bande, il ne pourra pas changer.» Renvoyer ces élèves, dissoudre ce groupe, il fallait user de tous les moyens pour que ce phénomène disparaisse définitivement au sein du lycée ! Julia resta persuadée qu'il fallait surtout susciter une prise de conscience auprès de ces garçons ou un choc, pour les dissuader de commettre de tels actes. Mais elle était loin du compte, des réalités et des conséquences de ces lâchetés.

A travers les quartiers, ces actes étaient connus de tous, personne n'agissait, personne n'était raisonnable, personne ne dénonçait. C'étaient des jeux entre jeunes gens irresponsables, face à des parents impuissants, malgré les menaces et la rigueur qu'ils tentaient d'imposer à leurs enfants.

La fin du trimestre approchait, la semaine culturelle se préparait, avec ses animations folkloriques. Des spectacles auxquels, les lycéens étaient excités de prendre part. Des évènements qui devraient se dérouler dans l'ordre, la discipline, s'achevaient le plus souvent dans la violence, et les excès. Les jeunes filles subissaient des sévices qui restaient secrets et déshonorants.

Yolande Akam était une élève de troisième, elle était la cadette d'une modeste famille très pieuse du quartier Béssengue. Son père était un ancien militaire, qui avait donné sa vie à Dieu et qui avait créé une église au sein de la maison familiale. Yolande était discrète et semblait parfois perdue entre cette vie que vivaient ses camarades et celle que leur père imposait dans la cellule familiale. Elle avait tenue à assister pour la première fois, depuis qu'elle fréquentait le lycée, à cette grande soirée qui marquait la fin de la semaine culturelle. Un spectacle inédit auquel Julia n'assista pas. Sa mère refusa catégoriquement qu'elle prenne part à cet événement, qui pour elle n'était pas encore de son âge. Les parents de Yolande auraient eux-aussi mieux fait de la tenir à distance de cette soirée, qui se transforma très vite en cauchemar.

La jeune fille fut surprise dans une classe des sixièmes, à travers des tables bancs, nue, entourés d'une dizaine de garçons. Ce fut comme une avalanche dans le lycée, des cris, des rires, des railleries, filles et garçons se mêlaient dans cette liesse moqueuse,

insouciants et inconscients des conséquences ;
le nom de Yolande était sur toutes les lèvres.

Une nouvelle semaine avait commencé dans
cette atmosphère chaotique, tous les lycéens
attendaient la venue de Yolande, mais une autre
nouvelle ne tarda pas à se répandre.

La jeune fille était aux urgences entre la vie et
la mort, le lycée s'était soudainement plongé
dans un silence lourd, un silence de peur et
d'incompréhension. Le proviseur et les
surveillants faisaient irruption dans certaines
classes, les visages serrés et le ton ferme.
Yolande avait tenté de mettre fin à ses jours,
les responsables étaient là dans le lycée, assis à
suivre des cours : tandis que la jeune fille se
battait pour survivre ou pour mourir, pour fuir
cette honte, une vie qu'elle ne pensait plus
pouvoir supporter. Supporter les regards sur
elle, de ce déshonneur qu'elle avait apporté à sa
famille, qui lui collerait à la peau toute sa vie.
Yolande n'était plus revenue au lycée, personne
n'avait plus eu des nouvelles d'elle. Cette
unique soirée avait fauché son destin. Le renvoi
d'une dizaine de garçons du lycée suffisait-il
pour réparer ce drame ? Ces jeunes garçons

prendront-ils conscience de la gravité de leurs actes ?

Quelques semaines avaient suffi pour faire oublier Yolande, les lycéens semblaient avoir mis cet épisode dans les placards. Julia regardait et enviait leur joie, leur insouciance, elle avait envie de croire et d'espérer qu'une conscience collective naîtra au sein de cette génération à laquelle elle semblait ne pas appartenir et dans laquelle elle voulait s'extraire. Elle se sentait coincée dans une boîte, dans laquelle elle était obligée de vivre et de trouver ses marques.

Chapitre V

Amour d'adolescents

A la cité, Julia ne se sentait plus en sécurité, elle grandissait et comprenait peu à peu ce que désiraient les jeunes garçons : tester leur libido et satisfaire des fantasmes qu'ils découvraient dans les revues pour adultes ou dans des salles de cinéma clandestines, qui s'érigeaient dans des lieux les plus improbables. Julia commençait à attirer malgré elle des regards, de la part des jeunes garçons qu'elle trouvait arrogants et imbus d'eux-mêmes. Un soir, au cours d'une petite soirée, le regard de Samy fit l'effet d'un tourbillon chez la jeune fille.

Julia avait la tête qui tournait, dans cette ruelle sombre où il tentait de lui voler délicatement un baiser. Ils étaient allés l'un vers l'autre spontanément, sans attendre qu'on les présenta. Il habitait dans l'un des quartiers environnants de la cité, il était ami avec certains voisins arrogants de Julia, mais elle ne l'avait jamais vu jusqu'à ce soir. Il semblait plus mature et humble, il lui souhaita une bonne nuit, avec une voix calme et rassurante. Dans son lit, Julia n'arrivait pas à trouver le sommeil, le son de sa voix résonnait dans ses oreilles, comme un murmure invisible. Elle ressentait encore ses mains chaudes sur ses bras et son baiser doux et léger comme un battement d'ailes d'un papillon, sur une fleur fragile qu'il craignait d'abîmer. Julia avait oublié tout le vide qu'elle ressentait depuis le départ de son père. La présence de Samy apportait à Julia une joie et un bien-être qu'elle n'avait jamais ressentis. Ils se retrouvaient tous les soirs, ils prenaient un plaisir sain à discuter de tout, malgré que la jeune fille fut parfois intimidée par l'assurance et l'expérience du garçon. Il avait eu plusieurs relations, mais ne voulait pas en parler : Julia se sentait maladroite et naïve. Elle ne voulait rien précipiter, mais elle avait soudainement l'impression que la joie qu'elle ressentait se transformait peu à peu en peur.

 Elle sentait autour d'eux les regards haineux de ses amis, et des changements d'attitude de Samy ne tardèrent pas à se manifester. Il devint violent et grossier, la relation ne le satisfaisait plus : cette simple complicité, ces petits moments d'échange, de partage, de rire et de joie innocents n'étaient plus à son goût. Julia avait toujours pensé à ce moment où il ne voudra plus, comme les garçons du lycée.

Elle avait appris discrètement, très tôt, auprès des voisines plus âgées et de sa grande-sœur, les questions liées à la sexualité. Elle écoutait leurs discussions et leurs histoires qu'elles tentaient de dissimuler, en utilisant des expressions que Julia n'était pas supposée comprendre à son âge. Mais son imagination recoupait toutes ces informations, et elle tentait de les déchiffrer à travers leurs dires, et les nombreux livres qu'elle dévorait, pour trouver des réponses à ses interrogations de jeune fille.

Toute sa joie s'était évanouie, Samy n'était pas différent des autres. C'était un jeu, un défi entre copains qui se terminait, parce que Julia n'était pas prête.

   Dans un moment de peur et de solitude, elle avait pourtant dit oui et cédé à un chantage sentimental. Il était venu la chercher, sous une légère pluie. Ils marchaient côte à côte, sans dire un mot, Julia avait la gorge nouée, elle ne trouvait pas ses mots. Elle sentait l'odeur de son eau de toilette, elle avait juste envie qu'il la prenne dans ses bras. Elle voulait qu'ils discutent comme avant, en riant, en chantant les chansons à la mode. Avec lui, Julia avait appris à aimer le Rap, et il se moquait de ses chansons françaises, qu'elle appréciait particulièrement. Elle lui chantait quelques phrases d'une chanson de France Gall aux oreilles, tandis qu'il tentait désespérément de se boucher les oreilles en se tordant de rire. Ces moments manquaient crûment à Julia, elle se racla la gorge, et frissonna en tentant de se rapprocher de Samy, qui gardait le visage crispé et les yeux rivés sur la route.

Le chemin était étroit, obscur et caillouteux, Julia commençait à regretter d'avoir changé d'avis. L'eau de pluie et les eaux usées ruisselaient sous ses pieds. Elle était dégoûtée par l'odeur et cette humidité qu'elle sentait dans ses chaussures. Ils arrivèrent enfin dans une petite maison, faite de planches et de tôle. Samy cogna discrètement à la porte, un jeune homme trapu ouvrit, il lui donna une clé et disparut dans un couloir sombre.

Un grand lit trônait dans la pièce, recouverte de papier et de grands posters de footballeurs. Le sol était revêtu d'un tapis qui sentait l'humidité. Samy se déshabilla lentement et tira Julia vers lui sur le lit.

Ils s'étaient séparés sans dire un mot, Julia savait que l'histoire s'arrêtait définitivement là. Elle se sentait nulle, ridicule, honteuse d'avoir cédé à ce chantage. La boule dans sa gorge semblait gonfler, elle avait de la peine à respirer. La pluie avait repris, mais Julia ne sentait presque pas ces gouttes qui la frappaient au visage. Elle arriva à la maison trempée. Elle répondit rapidement à sa mère, qui lui demandait sur un ton vigoureux où elle était : elle ne pouvait pas le dire. Elle ne pouvait pas expliquer ce qui s'était passé, comment elle était arrivée à croire qu'elle aurait pu le faire ou qu'elle était prête à ce genre de choses. Julia avait compris à travers son regard, que tout s'arrêterait à cet instant. Une larme s'était échappée de ses yeux, elle n'avait pas envie de pleurer, surtout pas devant lui. Mais elle n'était pas préparée à ressentir une telle douleur : personne ne lui avait parlé de la peine qu'on ressentait en pareille circonstance. Qui discutait de sentiment, de déception amoureuse ou pire encore de sexualité avec une gamine ? Julia n'était pas censée vivre ça, pas pour l'instant, elle n'était pas prête. Samy ne méritait pas son estime, elle devait l'oublier, oublier cette chambre humide dans laquelle elle fut confronter à la réalité, à la complexité de la sexualité et des sentiments. Elle s'était reprise en main, dans un sursaut, elle lui avait dit non fermement sachant que ce «non» sonnait le glas de cette relation qui ne pouvait plus exister, dont la base avait été bafouée.

Julia n'eut pas le courage de parler de cette déception, même avec Sophie. Elles avaient parlé avec pudeur de Yolande, qu'elles ne connaissaient pas en particulier, et des garçons qui avaient été renvoyés. Elles ne comprenaient pas comment une telle chose pouvait arriver au sein de l'établissement, comment Yolande en était arrivée là!

Le lycée paraissait calme et vide. Armand aussi était renvoyé. Son père l'avait envoyé dans un internat hors de la ville. La semaine culturelle avait laissé des traces que les responsables de l'établissement tentaient d'effacer.

Sophie avait rencontré Marc, un élève du lycée en classe de quatrième. Entre sa religion et sa vie de jeune fille, Sophie ne savait pas quelle attitude adopter, quelle conduite avoir : entre cette envie de vivre comme une fille de son âge, et celle d'appartenir à une famille de témoins de Jéhovah dans laquelle il fallait respecter les règles. Elle avait accepté de sortir avec Marc un mercredi, sans crainte de tout ce qui était arrivé, en dépit de tout ce qui se disait sur les garçons du lycée. Sophie était persuadée que Marc n'était pas comme les autres. En entendant ses propos, Julia pensa à ce qu'elle se disait elle-même au sujet de Samy, jusqu'à ce que tout ce rêve de jeune fille se transforma en un mauvais film pour adultes. Julia espérait que son amie ne soit pas en train de se tromper elle aussi. Elle demanda à Julia de venir chez elle pour l'aider à se préparer pour son premier rendez-vous, Julia ne pouvait pas refuser. Elle pensa à son père, elle ne savait pas si elle pouvait se savoir proche de lui et résister à l'envie de le voir.

Le quartier n'était pas le plus luxueux : sur les axes principaux, quelques immeubles construits pour abriter des entreprises et des espaces commerciaux, mais derrière ces vitrines, c'était une anarchie d'occupation d'espace. Des cabanes insalubres, des eaux usées nauséabondes, ruisselaient à travers des chemins que les riverains se créaient, entre des salons hypothétiques des uns, et des supposées cuisines des autres. Des maisons collées les unes sur les autres dans une promiscuité malsaine. Les deux jeunes filles se faufilèrent dans cette anarchie inattendue, Julia retenait son souffle, pour ne pas paraître discourtoise. Elle repensa à cette escapade désagréable avec Samy.

L'environnement était presque le même ou pire encore. Elle n'imaginait pas trouver son père dans un tel méandre, et pensa un moment que Sophie s'était trompée. Sophie marchait devant elle sans gêne, Julia remarqua qu'elle avait changé d'allure. Son bassin plus cambré, et ses jambes fuselées, semblaient chevaucher sur ces gros cailloux et ces remparts disposés pour faire face aux eaux usées. Elle traversait ces passages improvisés, en saluant les gens d'un ton calme. Un chemin plus clairsemé apparut enfin ! Les filles descendirent une petite pente verdoyante : la plupart des maisons étaient en bois. Elles entrèrent dans une petite maison en bois elle aussi, revêtue d'une peinture blanche. Le décor sobre du salon, témoignait de l'humilité des propriétaires. Le père de Sophie travaillait dans une usine de textile et sa mère était une femme au foyer, qui consacrait son temps au temple, à l'étude biblique et à l'évangélisation. Sophie était fille unique, La famille avait peu de moyens, mais s'efforçait d'apporter autant que faire se peut une meilleure éducation et un cadre agréable à Sophie. Elle avait sa propre chambre, l'avantage d'être enfant unique. Elle avait ses clés et s'occupait d'elle et de la maison en l'absence de ses parents, qui lui faisaient confiance, sûrement grâce à l'éducation religieuse qu'ils lui enseignaient. Elle avait une telle maturité qui fit accroître l'estime de Julia pour elle. Mais cette relation avec Marc ne risquait-elle pas de l'éloigner de cette vie rangée et saine qu'elle avait toujours vécue ?

Quelques vêtements trainaient sur son petit lit :

-   «Il faut que tu choisisses parmi celles-ci, je n'arrive pas à me décider» dit-elle en montrant les robes une par une à son amie, souriante. Les robes étaient simples et jolies, Julia découvrait son style, qui n'était pas du tout ce dont elle imaginait pour une fille témoin de Jéhovah. Les uniformes obligatoires au lycée, permettaient une certaine homogénéité entre les élèves et ne laissaient pas libre cours aux goûts excentriques de certaines filles. Julia essaya de s'impliquer dans les préparatifs de Sophie, qui voulait plaire à Marc, mais son esprit était ailleurs. Où habitait-il ? Pensa-t-elle. Que pouvait-il faire en ce moment ? Serait-il content de la voir ? Surpris ? Elle éprouva une crainte soudaine.

Ça faisait des années qu'il était parti de la maison, il n'avait plus fait signe de vie. Julia repensa à cette ultime dispute, et à la manière avec laquelle leur mère lui avait demandé de partir. Avait-il seulement une fois cherché à les revoir ? Sophie regarda une fois encore par la fenêtre de sa chambre et se tourna vers Julia :

- «Je crois qu'il est là !» dit-elle soudainement, le cœur de Julia fit un bond.

- «Qui ça ?» demanda-t-elle, sachant bien de qui Sophie voulait parler.

- «Le père de Rambo» répondit-elle en murmurant.

Sophie était ravissante, dans la petite robe blanche à rayures noires. Elle devait rejoindre Marc chez lui, avant de se rendre tous les deux à un spectacle au centre culturel. Julia se demanda si elle devait y aller, des questions se bousculaient dans son esprit. Sophie ne lui laissa pas le temps d'émerger de cette vague d'interrogations internes, elle lui montra discrètement la maison et s'éloigna, pressée de rejoindre son petit ami. Julia fixa la maison, sans oser bouger.

Un jeune homme sortit soudainement, avec sa carrure, Julia comprit pourquoi on l'avait surnommé Rambo. Il lui demanda brusquement :

- «Tu cherches quelqu'un ?» Julia balbutia et elle lui répondit avec hésitation.

Le jeune homme la fit entrer dans la maison, il appela son père, et disparut sans chercher à savoir qui elle était, les raisons de sa présence : la curiosité n'était vraisemblablement pas son fort. La maison semblait plus grande à l'intérieur. Des affaires traînaient çà et là, dans une grande pièce en chantier. Elle avait été prise au piège par des récentes inondations, comme beaucoup d'autres dans le quartier et les riverains tentaient au mieux de se protéger contre ces débordements pluviaux.

Julia ne parvint pas à sourire, elle resta figée. Il avait toujours cette allure fière, et ce regard gai. Sa barbe avait pris du volume et il semblait avoir un peu vieilli. Il afficha un sourire et un air surpris en s'exclama : «Alors la ! Dis donc ! Comment es-tu arrivée ici ?» Il posa une suite de questions auxquelles la jeune fille ne parvenait pas à répondre. Il s'approcha d'elle, curieux, surpris, la prit par les mains : «Tu as grandi !» Julia tentait de cacher ses tremblements, son émotion. Il tenta de s'exprimer, cherchant difficilement ses mots, pris au dépourvu, heureux de la revoir. Julia ne réussissait pas à émettre un son, elle vivait un tumulte de sentiments au fond d'elle : la joie, la tristesse, la colère, elle ne parvint pas à retenir ses larmes. Il la tira par la main doucement, en cherchant toujours ses mots : «Viens la, viens t'asseoir.» Ils s'installèrent sur un canapé, la pièce sentait l'humidité. Il la tenait toujours par la main et la regardait en souriant. Il demanda les nouvelles de Patricia et des autres, suivit une série de questions sur chacun, sur l'école. La maison était calme, leur discussion résonnait dans toutes les pièces, Julia avait oublié sa colère. Il ne parla pas de tout ce temps qui s'était écoulé, sans nouvelles, un temps qui semblait anodin, un vide qu'elle tentait de combler désespérément et dont il n'avait pas conscience. Pas un mot d'excuse, pas de pardon, Julia n'y pensait plus. Elle aurait pourtant voulu qu'il s'explique, qu'il lui témoigne sa désolation. Cette joie et cette émotion qui se lisaient sur son visage suffisaient pour oublier cette séparation douloureuse, cette absence pesante. Une heure s'était écoulée, à l'allure d'une seconde, il raccompagna Julia jusqu'à la route en parlant, elle tentait de ne pas penser à cet ultime aurevoir.

Le chemin était plus praticable, et Julia ne se souvenait plus de tous les détours rocailleux qu'elle avait pris avec Sophie. Il l'emmena chez son frère : celui-ci tenait un petit commerce dans une maison ancienne, comme celle de son père, la famille était l'une des plus anciennes dans le quartier, avant l'arrivée de nombreux commerçants venus de l'intérieur du pays. Son frère semblait souffrir d'une douleur à la jambe, il boitait légèrement, mais affichait un sourire radieux. Il connaissait la mère de Julia et il n'ignorait pas leur existence. Les deux hommes discutèrent avec une mélancolie palpable, leurs paroles étaient délicates et affectueuses. Ils se souvenaient de comment elle était toute petite. Julia sentit sa gorge se nouer. Les moments que les deux hommes évoquaient, semblaient si précieux et si doux à leurs yeux, elle ne comprenait pas pourquoi et comment il était arrivé à ne plus les voir, à ne plus être présent, pour nourrir son âme de plus de souvenirs ; ces souvenirs qui restent à jamais gravés dans l'esprit quand tout le monde s'éloigne, s'égare à travers le temps, à travers cette vie si éphémère. Ils discutèrent encore des minutes sur la route, laissant les voitures les dépasser en klaxonnant, la séparation était difficile, Julia avait le sentiment qu'ils ne se reverraient plus.

Les vacances s'annonçaient, Sophie et Marc
avaient planifié des sorties ensemble. Leur relation
devenait chaque semaine plus intense. Elle tentait
de rester discrète craignant la réaction de ses
parents. Les filles de leur côté, faisaient déjà leur
programme : Julia les écoutait sans dire un mot
durant le trajet. Elle savait que dans quelques
semaines, elle prendra la route pour Souza.
Martine et Claudine s'étaient encore plus
rapprochées et faisaient des projets pour passer les
vacances ensemble. Nadia fit une grimace et Julia
sentit comme une pointe de jalousie dans son
regard. Malgré le fait qu'elles soient toujours
ensemble depuis des années, Julia ne se sentait pas
à sa place. Leurs rapports à la cité étaient restés
amicaux et sympathiques. Des groupes de filles
s'étaient formés et Julia avait l'impression qu'à
chaque rencontre, elles étaient encore plus
nombreuses. Les affinités se faisaient vite et les
disputes ne tardaient pas à surgir.

Julia quitta cette agitation urbaine le cœur léger,
avec ses sœurs et une grande cousine avec qui elle
avait une grande complicité. Sa grand-mère était la

sœur de Ma Kaly. Rosa avait grandi avec elles à la cité, et dès que l'occasion se présentait, elle venait à Souza passer quelque temps avec Julia et ses soeurs, avant de rejoindre sa grand-mère dans un village voisin, qui avait la mauvaise réputation d'être un essaim à sorciers. Cette réputation n'avait pourtant pas empêché à la sœur de Ma Kaly, de se marier dans ce village et d'y vivre durant des années.

Les filles partageaient des fous rires et des histoires qui rendaient toujours les retrouvailles agréables. Les choses n'avaient pas trop changé, Julia appréciait à nouveau cet environnement et oubliait les tumultes de la ville, l'angoisse des garçons et son père qu'elle n'avait plus revu. Elle éprouvait un sentiment de paix et de joie, qu'elle avait juste envie de partager avec ses sœurs et profiter de la présence de leur grand-mère.

Une compétition sportive était organisée, pour intéresser les jeunes au sport et leur offrir des activités divertissantes et épanouissantes, qui manquaient durement au sein des zones rurales. Cette compétition était également, un moyen de faire des rencontres entre les jeunes des différents cantons de Souza et des villages voisins.

Julia et ses sœurs assistèrent aux activités au premier rang. Les relations de Rosa et de Cecilia leur donnèrent des privilèges et elles en profitèrent avec plaisir. Des jeunes filles qui venaient de la ville, étaient des conquêtes idéales que chacun voulait satisfaire et séduire. Les rires moqueurs des sœurs de Julia faisaient comprendre qu'elles se fichaient de ces prétendants téméraires et libidineux.

Les discussions au champ tournaient vers la compétition, mais surtout vers ces hommes qui faisaient des pieds et des mains pour les conquérir. Les rires résonnaient à travers les champs et les plantations de palmiers, qui prenaient davantage d'espace au détriment des forêts et des cultures vivrières.

Rosa et Cecilia étaient au centre de l'intérêt, des prétendants osaient franchir le seuil de la maison, ce qui n'aurait pas été possible en ville en présence de leur mère. Ma kaly, calme et douce, observait ces visites sans dire un mot, considérant tous ces jeunes hommes comme ses enfants.

Sunday sortait de nulle part, les filles ne l'avaient pas connu dans leur plus jeune enfance : quand tous les enfants du village jouaient nus dans la pluie, en plongeant dans un trou, devant la maison du voisin, qui se remplissait d'eau à chaque pluie. Le trou toujours présent, rappelait cette période d'innocence et de plaisir, pour des jeux et des choses les plus simples et improbables. Sunday était élégant, il avait une classe que de nombreux autres garçons n'avaient pas. Il venait d'hériter de son père, et était loin des activités d'exploitation d'huile de palme dans lesquelles tous les jeunes tiraient leurs revenus. Ses sœurs disparaissaient un peu plus souvent de la maison, laissant Julia, envahie par un sentiment de vide et de solitude. Elle essayait de traîner avec les autres enfants, en évitant la maison de Manga qu'elle n'avait plus revu depuis des années. Sa tante passait souvent à la maison, offrir quelques présents et discuter avec Ma kaly. Elle semblait plus amaigrie chaque année, face à sa solitude dans une maison froide et fragile.

La compétition attirait chaque jour plus de jeunes, Julia regardait tout ce monde sans grande attention. Malgré cette ambiance festive, elle s'ennuyait soudainement, trouvait le temps long, elle ne remarqua pas un regard insistant sur elle.

Le garçon n'avait plus manqué un jour des compétitions, depuis qu'il avait vu Julia,

nourrissant l'espoir de la rencontrer et trouver
l'occasion pour l'aborder. Cette occasion s'était
présentée à lui, après plusieurs jours. Rosa devait
partir le lendemain chez sa grand-mère, les filles
voulaient profiter de la journée, et passer du bon
temps ensemble. Leurs amis voulaient qu'elles
participent à un bal qu'ils organisaient.

Il était là, souriant et nerveux. Julia eut
l'impression de l'avoir déjà vu, mais le souvenir ne
lui revint pas. Des voix s'élevaient autour d'elle,
elle ne les entendait plus. Son regard ne la quitta
pas. Il fit un geste calme de la main, Julia ne
répondit pas, mais elle n'arrivait pas à se détourner
de ce regard pénétrant et envoûtant. Elle n'avait
plus envie de vivre une expérience avec un garçon,
mais ce regard était un appel auquel elle n'avait pas
la force de résister et dont la seule issue était de
prendre la fuite. Ses sœurs ne semblaient pas prêtes
à rentrer, elles présentèrent soudainement Julia à
leurs amis, elle devint à ce moment, au centre de
l'attention, avec des compliments des plus âgés, qui
la prenaient d'affection, sensibles à ses airs
angéliques et innocents. Ils agissaient avec elle
comme des futés, qui pensaient choyer la petite
sœur pour obtenir son soutien, afin d'avoir les
faveurs de la grande sœur. Cette situation la fit

sourire, elle sentait toujours le regard qui ne cessait de la percer. Il s'était rapproché silencieusement, il connaissait son nom, et ils échangèrent quelques mots discrètement.

Ils avaient dansé ensemble toute la soirée en silence, timidement, parfois serrés l'un contre l'autre en craignant chaque étreinte. Julia cherchait à comprendre si cette soudaine attirance était bien réelle. Son âge et son expérience semblaient la rassurer, il émanait de lui un aplomb et une singularité, qui intriguaient Julia. Il était délicat et faisait attention à ses désirs subtilement, sans tenter de la mettre sous pression. Julia se laissait aller par cette ambiance exotique qu'elle découvrait, des gens dansaient et s'enivraient autour d'elle. Ses sœurs profitaient elle aussi de cette soirée qui les détendait, après l'incident survenu en début de soirée.

Le magasin de Sunday avait pris feu, toute la marchandise était partie en fumée, les rumeurs avaient rapidement circulé. Celles-ci insinuaient que son père faisait partie d'une secte et qu'il aurait refusé de sacrifier son fils. La secte allait reprendre mystiquement tous les biens, afin que la dette du père soit remboursée, il avait déjà payé de sa vie. Personne ne savait comment son père avait fait fortune, ni d'où il venait, avant de s'installer à Souza, il y' a deux ans. Il possédait le plus grand dépôt de boissons de toute la région et avait construit une magnifique maison derrière le marché. Au bal, cette histoire était toujours dans certaines bouches, les gens aimaient ces faits dramatiques et mystérieux. Julia était aussi intriguée par cet incendie, qui ne s'était pas propagé à travers d'autres magasins, touchant exclusivement le magasin de Sunday, ravageant toute la marchandise. Julia essaya de chasser les images qui inondaient soudainement son esprit et de profiter de ce moment. Les choses n'avaient pas changé, les tragédies et les drames étaient toujours présents, au cœur de la communauté.

Manu était allé chercher à boire, il ramena à Julia un soda. Ses sœurs observaient sans rien dire, mais Julia lisait, à travers leur sourire, des moqueries complaisantes, elles gardaient l'œil sur le jeune couple, qui restait vigilant. La soirée s'était terminée dans la bonne humeur, Manu s'était montré très courtois, galant et respectueux. Julia eut envie de le revoir dès le lendemain, il lui proposa la même chose, il semblait avoir lu dans ses pensées.

Rosa était partie, laissant la maison triste. Julia avait pris soin de se préparer pour ce vrai premier rendez-vous avec Manu. Il habitait dans un autre canton après un cimetière, Julia hésita avant de prendre ce chemin : il y avait un autre, qui était beaucoup plus long, mais Julia sentit une voix lui dire qu'elle n'avait rien à craindre. Elle traversa le cimetière, en évitant de regarder les tombes, Mais elle entendit des voix, comme des appels, et se mit à marcher plus vite. Ce n'était pas le cimetière dans lequel elle s'était retrouvée des années auparavant lors d'une chasse aux escargots : elle ne l'avait pas retrouvé, mais la tombe de cette jeune fille était toujours présente dans son esprit. Julia essaya de reprendre son souffle en arrivant chez Manu. Ils habitaient une jolie maison neuve à l'entrée du canton. Une jeune fille sortit, elle avait presque son âge, mais semblait intimidée par la présence de Julia. Manu sortit aussitôt, l'air un peu gêné, il présenta Julia à sa petite sœur et la tira doucement vers ses appartements. La maison était grande et chacun avait son espace. Son petit frère fit soudainement son apparition, la nouvelle de la présence de Julia n'avait pas tardé à se répandre. Le petit frère de Manu avait une joie contagieuse et un charme dont il avait conscience. Ils discutèrent comme des amis de longue date, il fallut l'intervention de Manu pour les arrêter, Il mit son petit frère gentiment à la porte, et fit un soupire en souriant joyeusement.

Ils longeaient tous les jours les coins et recoins du village ensemble, ils ne se quittaient plus. Mais dans quelques jours, les vacances prenaient fin et Julia était inquiète. Elle n'avait jamais eu autant envie de repousser de quelques jours son retour en ville. Souza avait scellé un lien dont elle avait peur de rompre, elle n'avait pas confiance en l'avenir en ville et voulait juste vivre ce moment, profiter de cette présence, de cette relation qui l'émancipait.

Ils avaient un rendez-vous le week-end suivant en ville, elle se demanda s'ils allaient toujours s'entendre. Elle savait que l'oisiveté et l'ennui rapprochaient parfois les gens. En ville, Manu allait renouer avec ses habitudes, il avait sûrement une petite amie : une fille plus âgée qu'elle, avec une bonne expérience.

La famille quitta Souza, en laissant derrière elle un nouveau drame : la voiture du Père de Sunday avait pris feu, un ancien modèle de Mercedes dont raffolaient tous les nouveaux riches de la région de l'Ouest. La voiture était, méconnaissable, des gens essayaient encore d'éteindre les flammes qui s'y échappaient. Des femmes s'exclamaient et parlaient entre elles en pidgin. Sunday n'était visible nulle part, personne ne savait s'il y avait des victimes. Julia repensa à ce que les gens racontaient sur son père, sur son appartenance à une secte et de l'origine de ses biens, pourquoi tous ses biens partaient-ils en fumée ? Il y avait des choses qu'on ignorait dans cette vie et dont on n'imaginait pas leur existence, pensa-t-elle.

A la cité, les filles étaient encore plus nombreuses, Annie était revenue, les deux jeunes filles traînaient souvent ensemble, avant qu'elle ne parte à Garoua pour continuer ses études. Sylvie également était là, elle était revenue chez sa grand-mère, les autres filles de la cité la trouvaient prétentieuse et très portée sur les garçons. Aby quant à elle, se tenait en retrait de toutes ces filles et Julia était presque la seule à qui elle se confiait. Julia détestait ces clans et ces groupes qui se formaient du nord au sud de la cité, en fonction des affinités et des relations entre les parents. La rigueur de la mère de Julia avait un impact sur ses relations avec les autres. Julia traînait donc avec ses amies, loin de la maison, et se sentait libre de ces principes de meilleure amie dévouée, des principes que les filles s'imposaient inutilement, avant de s'apercevoir que ceci n'était que gaminerie et éphémère.

Martine, Claudine et Nadia étaient toujours au lycée, les filles avaient repris leur chemin quotidien. Julia avait l'impression que chacune d'elles était transformée, leur corps prenait des formes de vraies femmes. Elles se dévoilaient discrètement, des petits secrets de jeunes filles en riant troublées et heureuses de ce qu'elles découvraient et vivaient dans cette phase de leur vie. Julia n'eut pas envie de leur parler de Manu, elle ne savait pas ce qu'il y avait vraiment entre eux. Ils avaient passé le reste des vacances à se balader dans le village et à parler de musique et d'école. Julia avait hâte de le voir le week-end, mais elle appréhendait ces retrouvailles, le cœur en vrille.

Sophie et Julia n'étaient plus dans la même classe, mais les deux amies se voyaient pendant les pauses. Sophie était toujours avec Marc, qui semblait plus épanoui, et Julia le trouvait plus démonstratif sur ses sentiments que les autres garçons du lycée, qui n'assumaient pas leur relation ou ne savaient pas comment s'y prendre.

Elle espérait que la relation avec Manu durerait aussi longtemps. Elle essaya en vain de chasser les pensées ambiguës qui l'envahissaient. Sur l'instant, elles eurent raison sur elle et elle décida de ne pas se rendre à ce rendez-vous. Convaincue qu'elle était trop jeune pour lui et qu'elle se faisait des illusions sur une relation qui n'existait pas.

Julia se leva ce samedi-là, troublée et anxieuse: elle avait décidé de ne plus penser à Manu et à leur rendez-vous, mais elle n'arrivait pas à le sortir de sa tête.

Elle partit finalement, discrètement, malgré le temps qui ne semblait pas propice. Elle avait pris un vêtement de sa grande sœur, profitant de son absence pour l'enfiler rapidement. Le chemin était long, elle devait traverser le pont du Wouri et rejoindre l'autre partie de la ville qu'elle ne connaissait pas.

Le temps était nuageux, un imminent orage se préparait à tomber. Julia hésita un moment à continuer sa route, mais l'envie de revoir Manu était trop forte. Elle ne saurait plus où le trouver, si elle ratait ce rendez-vous.

Ils devaient se retrouver à l'ancien cinéma Le Foatoh, elle ignorait le lieu. Manu avait rassuré Julia qu'elle ne pouvait pas le rater.

De grosses gouttes de pluie tombèrent soudainement, les gens couraient à travers la chaussée pour héler un taxi ou s'abriter dans des immeubles inachevés. Les voitures tentaient de rejoindre au même moment le pont, créant un bouchon. Julia essaya de garder son calme, à l'abri dans le taxi qu'elle avait pu prendre plus tôt, elle craignait à présent que Manu ne puisse pas être au lieu du rendez-vous.

Le vieux chauffeur tentait de nombreuses manœuvres, pour passer à travers les colonnes des véhicules qui s'amassaient lourdement. La circulation devint finalement fluide, grâce à l'aide de jeunes gens sortis de nulle part, pour réguler cet embouteillage. La pluie frappait encore plus fort, des branches d'arbres tombaient à travers le chemin. La nuit était tombée, le vieux chauffeur avait de la peine à voir à travers le pare-brise. La voiture s'arrêta soudainement au milieu du pont. Julia essaya de voir de gauche à droite ce qui se passait et où ils étaient, elle sentait l'eau du Wouri monter au loin. Le chauffeur prit une torche, on ne voyait rien dehors, il sortit. Elle aperçut des mouvements de la lampe torche devant la voiture, à l'arrière et puis plus rien. Pendant un moment, elle eut l'impression d'être seule au milieu de ce pont, elle entendit des sons fluides et sinueux, provenant de l'eau. Des murmures et des appels, couverts par le bruit du vent et des vrombissements au loin des véhicules. Le chauffeur entra subitement dans la voiture et démarra en trombe, sans dire un mot. La voiture perça lourdement l'eau qui s'étalait devant elle, elle réussit à traverser le pont inondé d'eau. Les murmures se dissipèrent au même moment, Julia avait le cœur qui battait lourdement. Le chauffeur s'arrêta devant une bâtisse obscure, il lui dit d'un ton agité : «Voici le cinéma Le Faotoh.» Elle lui tendit ses économies de la semaine, en regardant autour d'elle. Julia ignorait où elle se trouvait, elle ne savait pas si elle était vraiment devant la salle de cinéma où devait l'attendre Manu. De légères gouttes de pluie tombaient, des gens sortaient timidement de leur cachette. Elle regardait toujours autour d'elle, cherchant Manu parmi ces inconnus. Julia regretta déjà de n'avoir pas écouté la voix qui l'avait déconseillée de suivre cette aventure. Elle sentait son corps trembler, elle ne savait pas si c'était dû à la pluie ou ce qu'elle venait de vivre sur le pont, elle avait envie d'être dans son lit. Julia commençait à se demander comment faire pour rentrer, quand il s'approcha d'elle, la tête couverte par la capuche de son haut. Elle grelotait et serra les poings, elle ne savait pas si elle était soulagée ou heureuse de le voir. Julia se demanda s'il réalisait ce qu'elle avait bravé pour être là, et ce que cette relation signifiait pour elle. Elle était dans la tourmente, avec divers sentiments, son corps tremblait de plus belle. Elle perdit la parole et toute notion du temps et d'espace. Il parlait en souriant, Julia avait un sourire figé qu'elle essayait de rendre normal, elle luttait pour se ressaisir et revenir à elle-même. Ils marchèrent quelques minutes, parcourant des allées de cette partie de la ville qu'elle traversait chaque année, juste pour se rendre à Souza. Elle s'était accrochée à son bras, cherchant réconfort et chaleur, ses tremblements s'estompaient peu à peu. Ils s'étaient arrêtés devant des baraques, en se promettant de se revoir le week-end suivant à cet endroit. Il avait vaguement dit à Julia où ils habitaient, il y avait dans son regard une gêne, l'environnement n'était pas comme au village, on était dans un miteux quartier de la ville, où des gens venus de partout tentaient de s'en sortir. Julia était davantage curieuse de mieux le connaître et la séparation se fit avec douceur et promesse.

Elle avait affronté les représailles auxquelles elle s'attendait à son retour, leur mère n'y était pas allée de main morte, mais elle n'y pensait plus sur son lit. Son esprit était tourmenté par autre chose : elle ressentait une peur et une envie de vomir. Elle n'arrivait pas à se réjouir de cette soirée, de cette petite balade avec Manu, malgré la tendresse échangée et la discussion délicate et agréable qu'ils avaient partagées. Julia ferma fortement les yeux, en serrant les poings, refoulant ces tremblements qui la saisissaient une nouvelle fois, elle s'enfonça dans un trou sans fond, dans son sommeil.

Le réveil était lourd et difficile, Julia avait l'impression d'avoir bataillé toute la nuit, pour sortir de ce trou dans lequel elle s'introduisait encore plus, à chaque tentative pour s'y échapper. Toute la journée, elle ressentit des présences et des murmures dont elle n'arrivait pas à se défaire, une peur l'envahit.

Julia avait hâte de sortir de la maison, d'être dans un autre cadre. Les activités au lycée l'aidèrent à oublier cette agitation qu'elle ressentait au fond d'elle. Elle dormait mal, le rêve de sa chute dans le vide ne la quittait pas. Elle n'arrivait pas à en parler, elle se refugia dans un silence qui lui donnait l'impression de ne pas exister, tout semblait si lourd et elle était absente de tout ce qui l'entourait. Elle essayait de montrer une joie de vivre qu'elle voyait autour d'elle, de participer à ces discussions endiablées et joyeuses avec les filles sur le chemin de retour de l'école, ou dans les salons, chez les unes et les autres, après le lycée.

Les week-ends se succédaient en compagnie de Manu, de façon presque mécanique et ordinaire, toutefois particulièrement tendre et agréable. Ils ne tarissaient pas d'histoires à se raconter, Julia profitait de ces moments qui lui offraient de vrais fous rires. Elle ressentait un bonheur qui s'estompait très vite, dès qu'elle rentrait à la maison, avec un profond sentiment de solitude.

Chapitre VI

Innocence volée

Julia était rongée par un sentiment de délaissement et de lassitude, elle avait la gorge nouée. La peur ne la quittait pas et la faisait trembloter à certains moments, elle affichait une mine rassurante et joviale devant les filles.

Elle ne pouvait pas se rendre chez Manu ce Week-end, la famille organisait une rencontre au village maternel. Julia s'était retrouvée chez Martine avec d'autres filles de la cité, elle espérait que l'ambiance marrante qu'elles partageaient ensemble allait agir sur elle. Les filles riaient dans la grande cour, autour d'une vieille table qui craquait sous leur poids, l'arrivée du frère de Martine fit cesser cette joie communicative. Il était l'aîné de la famille, il exerçait un rôle de père auprès des cadets, Julia ne l'avait jamais vu. Il était dans une grande école supérieure hors de la ville, elle sentit qu'il avait su imposer un respect dans son entourage. Tout le monde se glissa silencieusement hors de la maison, comme des enfants fuyant un parent hargneux.

Julia retrouva Sylvie, elles s'étaient un peu plus rapprochées, Julia constata que tout ce qui se disait sur elle, n'était que calomnie et jalousie. Elle était sensible et avait une fragilité, qu'elle cachait sous son arrogance et sa désinvolture. Les deux filles avaient marché dans les ruelles de la cité, parlant de leurs relations et de leurs sentiments, Julia avait l'esprit apaisé en rentrant. Devant la maison, Martine était là, son frère voulait la voir. Julia ne comprenait pas pourquoi il la sollicitait, Martine non plus, et elle semblait perturbée. Julia pensa qu'elle avait sûrement fait quelque chose et il voulait l'interroger à ce propos. Elles traversèrent le grand terrain, et la route qui menait chez Martine sans dire un mot. Dans la grande cour, Julia repensa à leur fuite, il n'avait sûrement pas apprécié cette conduite, elle chercha dans sa tête les raisons à évoquer, pour vite mettre un terme à cette sollicitation inattendue. La maison était plongée dans le noir, la lumière filtrait dans le couloir qui menait aux chambres. Martine se dirigea vers une chambre et dit doucement :

- «Elle est là.»

Il demanda à Julia d'entrer, sur un ton autoritaire. Martine disparut dans le couloir. Un silence lourd régnait dans la pièce, il demanda à Julia de s'asseoir, elle regarda autour d'elle. Il était assis sur un petit bureau et fit signe à la jeune fille troublée, de prendre place sur le petit lit qui remplissait la pièce. Il écrivit un moment sur de nombreuses feuilles qui traînaient sur la table, oubliant presque sa présence dans la pièce. Julia se racla la gorge, impatiente, cherchant les mots pour s'échapper de cette situation saugrenue. Il se leva et ferma la porte, Julia se leva au même moment, mais elle sentit soudainement le poids du frère de Martine s'abattre sur elle. Il la cloua sur le lit, appuyant fermement son coude sur sa gorge, Julia essaya de se débattre et de s'extraire de cette étreinte sauvage qui l'étouffait. Elle essaya de crier mais aucun son ne sortit de sa bouche, elle sentit une douleur vive envahir tout son être, et des cris s'échappèrent de sa gorge, étouffés par la bouche du jeune homme qui s'était posée sur la sienne, aspirant son haleine, sa salive, avec fougue et frénésie. Elle n'éprouva que dégoût et douleur, son corps et son cerveau semblaient se dissoudre et plonger dans le trou noir, elle s'engouffra encore plus profondément, toute douleur avait disparu, elle se sentit à ce moment libérée de toute peur, de toute angoisse.

Elle ne sut pas combien de temps s'était écoulé, comment elle était sortie de cette chambre et comment elle avait atterri dans ce caniveau sombre. La nuit était tombée, Julia était trempée, elle avait uriné sur elle, une douleur intense lui rappela ce qui s'était produit. Le mot «pourquoi» ne cessait de résonner dans sa tête, elle cherchait à comprendre, mais elle flottait dans un flou et un abîme sans fond. Peu de gens passaient par cette ruelle, elle ne rencontra personne jusqu'à la maison, elle n'aurait pas su quoi dire, ni expliquer l'état dans lequel elle se trouvait. La crainte d'affronter sa mère, la fit traîner avant d'entrer. Son grand frère regardait la télé assis sur une chaise de la table à manger. Il passait quelques jours à la maison, il était dans une université dans une autre ville. Ses sœurs étaient installées confortablement sur les fauteuils, avec un air gai et tranquille sur leur visage, Julia envia leur sérénité. Elle sentit des tremblements l'envahir tout d'un coup, une envie de vomir lui monta à la gorge. Elle essaya de traverser le salon rapidement, mais son frère la rattrapa au passage sans ménagement :

- «D'où sors- tu ? Et dans quel état es-tu ?» dit-il paradoxalement avec une voix calme, remplie d'inquiétude.
- «Je suis tombée dans un trou» répondit- elle, en fuyant son regard, des larmes inondaient son visage, sans qu'elle sache vraiment qu'est-ce qui la faisait pleurer : ce que le frère de Martine venait de

lui faire ! La douleur qui persistait entre ses jambes ! L'inquiétude de son frère ! Il la lâcha et haussa le ton :

- «Va te laver, et arrête de marcher la nuit, on te dit ça depuis des semaines tu ne comprends pas.» Julia sentit le regard perplexe et inquiet de ses sœurs. Elles se levèrent pour la suivre dans la douche, curieuses de savoir ce qui était vraiment arrivé, persuadées qu'il y avait une autre raison que celle qu'elle avait évoquée. Julia referma la porte derrière elle, elle n'avait pas envie de parler, elle ne pouvait pas, elle avait trop honte. Les larmes n'arrêtaient pas de couler, elle s'était refugiée dans son lit, sanglotant en silence toute la nuit.

Julia avait le visage enflée au réveil, et des douleurs aux bras et au bas ventre. Elle n'eut pas envie de sortir de son lit, d'affronter le regard de ses sœurs. Elle les entendit sortir pour se rendre à l'église avec leur mère. Julia trouvait toujours un prétexte pour ne pas y aller, malgré les réprimandes. Dans sa souffrance et sa douleur, elle se demanda si ce n'était pas son châtiment.

Elle revoyait sans cesse la scène, elle le sentait sur elle, l'odeur d'eau de Cologne, mêlée à la sueur qui émanait de lui, ses mains qui la maintenaient rigoureusement, l'étranglant, l'empêchant de lutter et de se dégager de cette pression qui forçait violement un passage entre ses cuisses, à travers elle. C'était si soudain, si brutal, elle se débattait en vain, la douleur lui fit avoir des soubresauts, et soudainement plus rien. Elle tenta de se rappeler comment elle était sortie de cette maison, le trou noir persistait.

Julia décida de ne plus y penser, ça semblait être une tâche impossible, car elle n'avait que ces images dans son esprit agité. Mille questions la hantaient et elle pensa à cette première fois, qu'elle avait toujours idéalisée. Comment pourra-t-elle regarder Manu en face après ça ? Ils devaient attendre qu'elle soit prête, ils voulaient que ce soit beau, inoubliable. Julia avait la sensation que le frère de Martine lui avait arraché ce qu'elle avait de plus précieux à offrir. Comment réparer une telle offense, une telle humiliation ?

Tout était calme et silencieux, ses sœurs étaient ressorties dans l'après-midi, il y avait des baptêmes chez des amies de leur mère. Julia avait prétexté être malade pour ne pas s'y rendre, elle n'avait pas le cœur à voir les gens, à faire semblant de sourire et de partager leur joie. Son frère était parti jouer au football depuis le matin, il n'était toujours pas revenu. Cette solitude nouait son estomac et la rendait triste. Elle sortit profiter de l'air frais devant la maison, l'odeur de l'herbe fraîche lui procura une sensation de bien-être. Elle ferma un moment les yeux, pour savourer cet instant et oublier toute cette douleur. Quand elle ouvrit les yeux, elle vit Martine avancer vers elle, Julia sentit la douleur revenir, plus vivace et blessante. Martine s'assit à côté d'elle, et lui dit sans scrupule, en mâchant un chewing-gum :

- «Je voulais te voir, on t'a vue t'enfuir de chez nous hier, je voulais savoir ce qui s'est passé avec mon frère, qu'est-ce qu'il t'a dit ?» Son indélicatesse irrita Julia, mais elle resta calme et lui répondit sèchement : «Il ne m'a rien dit, mais il m'a fait mal.»

- «Comment ça !» reprit-elle, curieuse de savoir.

- «Je ne veux pas en parler.» Julia repoussa une larme qui venait de s'échapper, Martine resta un moment, ne sachant pas quoi dire, et désorientée par le silence de Julia et son attitude. Elle se leva enfin et dit d'une petite voix : «Ok a demain alors.» Julia se demanda quelle attitude allait-elle avoir dorénavant vis-à-vis de Martine ? Elle était en colère, elle avait le sentiment que Martine l'avait conduite à l'abattoir. Elle repoussa des larmes qui coulaient sans qu'elle puisse les retenir. Elle décida de tout faire pour oublier la soirée de la veille, elle n'avait jamais existé, tout ceci n'était jamais arrivé. Ses sœurs la retrouvèrent lucide et remise de sa maladie, tout était comme avant.

En traversant le grand portail du lycée, Julia pensa à l'humiliation que subissaient les filles victimes du «Rallye», elle pouvait sentir leur honte, leur désarroi, cette salissure qui s'était incrustée dans leur chair, leur intimité et qui avait marqué à jamais leur vie sexuelle encore naissante. Le phénomène semblait avoir disparu cette année. Nombreux de ces garçons n'étaient plus au lycée. Elle chassa rapidement de son esprit des images moroses qui tentaient de l'envahir, elle savait que ce serait difficile d'oublier et surtout de faire un déni de toute cette situation : Mais que faire ?

A la fin des cours, Julia eut envie de rentrer seule, et d'ignorer les filles, mais elles se retrouvèrent comme d'habitude et tout semblait normal.

Julia n'avait pas attendu le week-end pour aller voir Manu. Le mercredi, elle avait pris la route : il fallait qu'elle lui parle. Elle traversa le Wouri avec une pointe d'inquiétude et un sentiment de culpabilité. Elle se dirigea vers la maison, qui etait en travaux, tomba sur sa mère. Elle la dévisagea, curieuse et surprise, son jeune frère fit son apparition et sortit Julia de cette inspection maternelle, il était toujours joyeux et taquin. Ils se dirigèrent à l'arrière de la maison, Manu était chez son ami. Son frère lui demanda d'attendre un minute et pénétra dans la maison ornée de fleurs, la peinture était fraîche, et l'odeur irrita les narines de Julia. Manu était face à elle quelques minutes après, l'air surpris, un sourire malicieux, cachant une gêne. Son frère revint et tenta de reprendre Julia et de l'éloigner, cherchant à réparer son erreur. Julia comprit que Manu n'était pas seul. Elle s'en voulut d'être venue : c'était une vraie femme, aux formes généreuses, elle était mature, prête à offrir aux hommes le plaisir qu'ils désiraient. Julia ne sut quoi faire, elle n'eut plus envie de parler, juste rentrer chez elle. Elle espérait mieux de Manu, mais s'en voulait d'avoir été aussi naïve et d'avoir cru qu'il n'était pas comme les autres.

Elle éprouvait une colère et une tristesse au fond d'elle, qui ne la quittaient pas, un mal-être qui la transformait en jeune fille rebelle. Elle n'appréciait rien et se terrait dans des silences sournois et douloureux. Les relations se dégradaient à la maison, Julia trouvait refuge à l'extérieur, elle sortait plus et traînait avec n'importe qui.

Julia avait trouvé la force de pardonner à Manu, elle abordait dorénavant cette relation avec une certaine légèreté. Il était casanier et Julia avait l'impression qu'elle trouvait avec lui le calme qui lui manquait, dans cette tumultueuse vie qui l'animait dorénavant.

Depuis son retour dans la cité, Annie était discrète, elle était inscrite dans un établissement technique à Bassa, dans lequel sa mère donnait des cours de puériculture. Elle et Julia se retrouvaient très souvent après les cours, les deux filles s'amusaient devant de la maison d'Annie, ou faisaient des balades au-delà de la cité. Annie avait rencontré Roch dans une de leurs balades quotidiennes, il était étudiant à l'université, charmant et semblait sérieux. Il était consciencieux et très vite, voulait rencontrer les parents d'Annie pour officialiser leur relation. Roch avait un bel avenir devant lui, mais Julia ne comprenait pas pourquoi un garçon aussi jeune voulait-il si tôt s'engager avec une fille, qu'il ne connaissait que depuis peu. Il pourrait sans doute offrir à Annie la vie dont elle rêvait, mais ceci dans quelques années. Annie était comme toutes ces jeunes filles que Julia fréquentait, elle rêvait de mariage, de prince charmant. Roch la motivait dans ses études et s'engageait matériellement et financièrement dans leur relation. La jeune fille semblait pleine de joie et sa maturité devenait plus subtile et inéluctable, mais le lendemain d'une sortie quotidienne, Julia fut surprise de la retrouver dans un autre état.

Sa mère était désorientée et perplexe, elle ne comprenait pas ce changement soudain. Annie était assise au sol, une grande robe usée couvrait son corps. Elle aimait en général laisser voir ses formes par de petites tenues légères. Elle se tirait les cheveux, et semblait perdue dans ses pensées. Elle évoquait un verset biblique, Matthieu 10-verset 22 : «Tout le monde vous haïra à cause de mon nom. Mais celui qui tiendra bon jusqu'à la fin sera sauvé.» Elle répétait ce verset et refusait d'écouter sa mère, qui voulait comprendre comment aussi soudainement sa fille avait changé.

Annie disait être dorénavant sortie de ce monde. Son petit frère avait révélé que le matin Annie était sortie faire une course, en traversant le terrain, ce même terrain qui avait été le lieu du drame du fils Noah, elle s'était brusquement évanouie. Les membres d'une église qui faisaient des prières dans la salle des fêtes de la cité de la Douane, l'avaient entrainée au sein de leur assemblée, pour une prière de délivrance.

La salle des fêtes était vide, la mère d'Annie était médusée, comment des gens se permettaient-ils de tels actes ? Annie ne voulait plus entendre parler ni de Roch ni de l'école, elle passait dorénavant tout son temps au sein d'une communauté religieuse, et s'y installa. Sa mère, dans sa détresse, se battait pour la faire sortir de cette église qu'elle disait ne pas être de Dieu : elle soupçonnait le pasteur d'abuser d'Annie et était décidée à sauver sa fille de son gourou, malgré les répulsions et l'agressivité que celle-ci manifestait à présent pour sa mère. Julia avait le cœur lourd, elle ne reconnaissait plus son amie, elle se sentait impuissante de ne pas pouvoir l'aider. Elle éprouvait à ce moment un besoin crucial de lire la Parole de Dieu et de chercher une réponse à tout ceci. Elle rêvait d'Annie, cette situation la troublait. Sylvie trouvait que Julia s'inquiétait pour rien, mais elle ne cessait de se demander si c'était vraiment l'œuvre de Dieu ou l'influence et la manipulation d'un homme pervers et immoral ?

Des idées lui montèrent à l'esprit, regarder toute cette violence autour d'elle la révoltait, elle prit une décision ultime.

Manu était surpris par sa décision, Julia ne voulait plus attendre, tout semblait chambouler dans sa tête. Elle pensait à Annie, elle se demandait ce que la vie lui offrait de bon, elle pensa à ce que le frère de Martine lui avait fait subir, elle voulait désormais être maîtresse de son destin et faire ses propres choix.

Julia fit un sourire pour le rassurer. «Pourquoi encore attendre !» dit-elle dans un murmure.

Ils avaient pris leurs dispositions, ils voulaient que ce soit parfait. Julia savait que tout risquait de basculer. Elle avait peur, peur de le perdre, mais elle avait envie que ça se passe avec lui. Julia avait appris à le connaître, elle avait vu son regard changer avec le temps, de la petite fille qu'on aime bien, à la petite amie qu'on désire. Julia espérait qu'il la comble, mais elle était anxieuse et elle n'arrivait pas à se détendre.

Julia ne sentait que douleur et malaise, et elle ne voulait pas qu'il s'en aperçoive. Il avait de l'expérience, et il ne fut pas dupe. Il voulut qu'ils en parlent, mais Julia se referma sur elle-même, elle ne sut quoi dire, elle ne pouvait pas parler de ça. Julia savait que la relation allait en être affectée, elle était incapable de dire un mot et de lui expliquer. Des larmes ne tardèrent pas à envahir ses yeux, elle espérait trouver du réconfort dans ses bras, mais son regard froid et dégoûté lui fendit le cœur. Silencieusement, elle s'enfuit de sa chambre, qu'elle découvrait pour la première fois, l'abandonna dans son incompréhension, dans son désir de vérité, il pensa qu'elle avait eu un autre avant lui.

Julia ruminait sa déception, elle ne cessait de penser à Manu. Elle était envahie par l'envie de parler, de se confier, elle ne supportait plus ce silence dans lequel elle s'était renfermée. Elle discutait avec Minette devant la maison, la gorge nouée, ne trouvant pas les mots pour s'ouvrir à elle et lui dire tout son tourment.

La famille de Minette venait de s'installer dans la cité. Sa grande sœur était dans le même lycée que Cecilia. Depuis leur rencontre, les deux filles se voyaient fréquemment et discutaient amicalement.

Julia avait le sentiment d'avoir une amie qui la comprenait, mais son blocage était profond, elle ne parvint pas à lui dire un mot.

Des cris s'élevèrent soudainement chez Annie, Julia reconnut sa voix. Annie lançait des cris qui attirèrent très rapidement quelques curieux. Julia s'approcha discrètement à l'arrière de la maison : une dizaine de personnes, formaient un cercle autour d'elle, Annie était accroupie, elle se tordait de douleur. Un homme tenait une bible à la main, il priait énergiquement, la voix d'Annie se transforma soudainement en une voix masculine, aboyant des insanités, des insultes à ses adversaires. Le groupe ne se laissa pas distraire par cette voix agressive et mortifiante, l'homme souleva la bible au-dessus d'eux, sa prière plus forte, couvrait les insultes d'Annie, qui ne cessait de se tordre sur le sable de cette cour, qui avait été témoin de leurs jeux d'enfant. Minette arriva à sa hauteur et murmura doucement : «Il vaut mieux partir d'ici.» Elle craignait que le démon cherche un nouveau corps où se loger. Julia ne pensait pas à cet esprit qui habitait son amie, elle se demandait si elle redeviendra comme avant ? Depuis que son amie vivait recluse dans cette communauté, elles ne se voyaient plus. Julia s'éloigna à contrecœur, inquiète, perplexe, curieuse de suivre cette cérémonie d'exorcisme jusqu'à la fin. De loin elles entendaient les cris d'Annie, des voix qui s'élevaient toujours dans un brouhaha, hurlant, criant, appelant l'esprit de Dieu. Quelques minutes après, le silence retomba dans la cité : un silence sournois et amer qui se refermait sur chacune des douleurs, que les gens dissimulaient, en tentant de faire bonne figure au monde extérieur.

Ce silence que chacun voulait à tout prix préserver, qui ne stigmatisait pas, ne défait pas de reproches et de jugements versatiles. Les nuits de Julia étaient longues et difficiles, face à ses pensées morbides, qui refusaient de disparaître. La vie était précaire, il fallait la vivre : quelle valeur lui donner, quand le mal était à chaque pas, encore plus présent et farouche ? Julia se surprit à réciter une courte prière, venue spontanément se graver dans son esprit et elle s'endormit dans une paix réconfortante, espérant des jours meilleurs.

La mère d'Annie, assise sur sa véranda, chantait des louanges d'une voix rocailleuse, un air ravi, elle semblait avoir trouvé la paix. Elle dit doucement : «Ton amie est là.» Julia pénétra dans le salon, hésitante, Annie était installée sur un fauteuil, une jambe sur l'autre, riant et discutant joyeusement avec ses frères, elle était à nouveau elle-même! Mais quelque chose semblait avoir changé. Les chants de sa mère résonnèrent longtemps sur cette véranda, une façon de témoigner sa gratitude au Créateur qui l'avait aidé à ramener sa fille. Elle avait pu gagner une bataille parmi tant d'autres, qui les attendaient au détour de leur vie : cette épreuve allait incontestablement marquer Annie. Les deux amies n'en parlaient pas, Julia respectait son silence, elle sentait sa douleur : elle avait été abusée durant des mois, et était tombée enceinte de son gourou. Après sa délivrance, elle avait fait une fausse couche: selon sa mère, cette grossesse ne pouvait pas aller à terme, elle était malsaine et satanique. Malgré la joie de vivre qu'elle retrouvait auprès des siens, un voile semblait souvent l'envahir : il était difficile de se défaire du démon, il prenait d'autres formes et la vie d'Annie allait en être marquée. Leur insouciance et innocence de jeune fille, avaient été précocement défaites par ces rencontres fortuites, qui compromettaient leur existence de façon virulente. Les parents, en particulier leur mère, avec une éducation rigoureuse, se donnaient tout ce mal pour les préserver, les protéger. Cette envie forte d'un brin de liberté les menait souvent à la catastrophe. Elles ignoraient que le mal était dehors, toujours présent, il chassait et attaquait, sans raison apparente des vies innocentes.

Julia avait embrassé une vie nocturne, à travers des rencontres et des personnes avec qui elle n'avait rien en commun, mais qui lui ouvraient un monde dans lequel elle pensait fuir sa réalité, sa solitude, son mal-être, mais ignorait que tout n'était que leurre et enchantement trompeur.

Chapitre VII

Relations abjectes

Julia regardait son visage dans ce miroir crasseux, elle entendait les rires venir de cette salle dans laquelle les gens buvaient depuis le matin. Les toilettes sentaient la pisse et l'eau de javel, Julia se demanda ce qu'elle faisait là, L'alcool lui faisait tourner la tête. Des bouteilles s'étaient très vite accumulées sur la petite table sur laquelle ils avaient dégusté dès leur arrivée, un poulet DG, dans ce maquis camouflé dans les méandres du quartier New-Bell.

Julia avait rencontré Gérard à l'université, lors d'une sortie avec Annie avant que le destin de celle-ci ne tombe entre les mains de son gourou bourreau. Gérard était devenu un compagnon de sorties, il lui faisait découvrir les lieux les plus immondes et les plus insolites, dans lesquels elle n'avait jamais imaginé mettre les pieds. Les amis de Gérard ne parlaient que d'argent et de femmes, la présence de la jeune fille ne les embarrassait pas. Certains s'interrogeaient parfois sur la relation qu'il entretenait avec la jeune fille. Il les déroutait en courtisant d'autres femmes en sa présence, des femmes plus âgées. Il disparaissait souvent dans une pièce, pour assouvir des désirs égrillards. Des femmes élégantes et belles qui n'aspiraient qu'à soutirer quelques billets aux hommes qu'elles avaient l'habitude de croiser, au cours de ces soirées arrosées et libidineuses. Julia regardait ce film se jouer autour d'elle, indifférente et buvait en silence. Il la raccompagnait avec son humeur joyeuse et espiègle, en lui parlant de ses projets, qu'il avait hâte de réaliser, de l'héritage de son père, qui divisait sa famille, de sa dernière fiancée, qui l'avait largué pour épouser un touriste blanc. Malgré l'alcool, il gardait une certaine lucidité, Julia avait l'impression d'être comme le jouet d'un gamin, sur qui il pouvait déverser toute sa frustration, sa colère et se confier sans peur d'être jugé. Sauf que Gérard n'était plus un gamin, ses échecs et ses ennuis familiaux faisaient de lui un homme rempli de rancœurs. Ce rôle ne vexait pas Julia, au contraire : les soirées avec lui étaient une occasion d'échapper elle aussi à sa réalité, elle oubliait ses craintes, et ses angoisses.

L'alcool devenait un ami indispensable, dont elle n'arrivait plus à se passer, pour pouvoir dormir ou se sentir mieux. A la maison, elle avalait des gorgées à la hâte, des bouteilles qui étaient toujours présentes dans le placard. Gérard lui avait fait découvrir le whisky en sachet, il était l'un des initiateurs de ce projet : Un whisky de piètre qualité, facilement accessible, à un prix dérisoire. Elle avalait, silencieuse dans une ruelle sombre de la cité, quelques gorgées, réchauffant son cœur en proie à de froides émotions.

Les mois s'écoulaient ainsi, entre son ivresse silencieuse, la colère et les insultes au quotidien de sa mère qui ne supportait plus son attitude de jeune fille têtue et impertinente.

« Elle n'avait rien à faire dans ce monde.» Cette phrase ne la lâchait pas, empoissonnant son esprit comme un venin qui la rongeait silencieusement. Elle se sentait rejetée, seule et incomprise.

Julia termina l'année, malgré son manque d'enthousiasme et sa lassitude. Elle quittait la ville pour Souza, elle se demanda si Manu allait y être aussi ? Ils ne s'étaient plus revus. Elle n'avait pas la force de lui faire face, elle avait honte et se sentait humiliée, elle n'était plus cette petite fille qu'il avait connue, innocente et pure.

Le séjour à Souza lui fit du bien, elle buvait moins et partageait des moments agréables avec ses sœurs. Elles s'étaient rendues un dimanche chez la sœur de leur grand-mère, Rosa y séjournait. Le village triste et en ruine semblait vide. Les habitants qui avaient le courage de vivre dans cette contrée, s'étaient réfugiés dans une maison où une prêtresse faisait des prières. On les invita à rejoindre le groupe et elles se retrouvèrent quelques minutes après, à genoux imitant les autres. La prêtresse se déplaçait d'un individu à un autre, invoquant le saint esprit, chassant les mauvais esprits. La situation ne plaisait pas à Julia, elle ne se sentait pas à l'aise dans cette séance de prière dans laquelle elles avaient atterri de façon fortuite. Elle sentit soudainement les mains de la prêtresse sur sa tête, et se dit intérieurement : «Il ne manquait plus que ça!» La prêtresse mettait une forte pression au-dessus d'elle, en priant énergiquement, elle demandait aux mauvais esprits qui possédaient Julia de la libérer, elle insista sur le démon qui la rendait têtue de quitter son corps. Julia entendait Amen autour d'elle, elle sentait ses sœurs retenir des éclats de rire. Julia pensa à tous ces sorciers présents dans la pièce, qui anéantissaient leurs frères, par simple jalousie, par haine viscérale de la réussite de l'autre, et se dit que la prêtresse ferait mieux de prier pour eux.

Durant toute la journée, ses sœurs avaient alimenté leurs discussions et leurs fous rires autour de cette séance de prière. Julia s'était résignée à en rire elle aussi. Le fameux «mauvais esprit» se calma durant les vacances et Julia vivait des moments de sérénité, qui lui faisaient oublier ses peurs. Elle tenta de profiter de ses amies et de cet environnement, mais elle ne pouvait plus le nier, elle n'était plus la même. Elle avait envie de se retrouver dans ces soirées mondaines, de boire en silence, et d'observer ces filles caresser sournoisement les hommes qui leur murmuraient des obscénités dans les oreilles. Manu lui manquait aussi, il n'était pas venu à Souza, Julia avait espéré que ce lieu allait faire opérer la magie et les faire renouer. Elle s'était trompée et avait hâte de rentrer, de retrouver ce monde dans lequel elle se perdait, dans lequel elle ne savait plus si elle existait, qui elle était vraiment.

A la rentrée, leur mère avait comme à son habitude pris toutes les dispositions : Julia avait commencé une nouvelle année dans un nouvel établissement, ce changement l'aidait à voir moins les filles, en particulier Martine. Cette distance semblait l'aider à se concentrer peu à peu sur l'essentiel, un sentiment de bien- être l'envahissait : le temps était sûrement le meilleur des remèdes.

Elle semblait contrôler ses peurs et ses angoisses, sachant dorénavant que toute chose s'accomplissait pour un but précis. Elle reprenait plaisir à la vie, en profitant de chaque instant. Elle passait de merveilleux moments au collège, et se faisait plus facilement des amies dont Flore avec qui elle parlait de ses expériences et quelques-unes de ses folies. Elle avait une timidité délicate et agréable, renfermée dans son quotidien, elle ne s'autorisait pas à vivre des moments d'égarement comme beaucoup de filles de son âge. Julia appréciait leurs discussions et ce regard ahuri qu'elle avait lorsqu'elle écoutait ses histoires folles. Murielle était encore plus jeune, sa vivacité et son envie de découvrir l'amour, avaient rapproché les deux filles, Julia était devenue sa confidente, elle était fragile et sensible, elle vivait mal un échec amoureux, et se réconfortait à ses côtés. Julia trouvait une sérénité face à ces relations, avec un sentiment d'être à l'écoute des autres, oubliant sa solitude et Manu. Elle rentrait désormais seule, et devant le collège, de nombreux jeunes trainaient, s'amusaient. Elle reconnut le petit frère de Manu, il jouait de son charme, et discutait agréablement avec deux jolies filles du collège. Le cœur de Julia fit un bond en le voyant, elle chercha Manu du regard, il était sûrement avec lui ! pensa-t-elle naïvement. C'était un mercredi, les cours s'achevaient tôt, Julia traînait souvent pour prendre part aux réunions du mouvement eucharistique qu'elle avait intégré, cherchant un appui et une aide spirituelle pour sauver son âme, mais toutes ces réunions commençaient à l'ennuyer. Elle avait envie de rentrer se reposer. Elle s'approcha timidement de lui, Kiki prit Julia par les épaules, il saluait les gens au passage en affichant un sourire délicat, joyeux et sincère. Son odeur fit un effet à Julia, faisant penser à Manu, c'était la même eau de toilette. Julia lui demanda machinalement :

- «Où est Manu ?» cherchant à se dégager de cette étreinte évocatrice.
- «C'est lui qui m'envoie» dit-il en souriant.
- «Il veut te voir.»

C'était trop facile, son orgueil ne lui autorisait pas à venir de lui-même : Julia était envahie par un sentiment de colère et de joie. Kiki voulait qu'ils y aillent sur le champ, mais son refus fut catégorique, elle appréciait cette résistance qu'elle manifestait volontairement. L'attente était difficile, mais elle ne pouvait pas répondre à la sollicitation de Manu, au moment où il le souhaitait, aussi facilement.

Elle s'était rendue chez Manu le week-end suivant. Julia s'était préparée délicatement, elle marchait angoissée et silencieuse sur le chemin, avec son corps juvénile et filiforme. Elle avait opté pour un pantalon blanc et un corsage marron. Elle avait envie de paraître sûre d'elle, mature.

Tout ce temps passé sans voir Manu, avait permis à Julia de s'apercevoir qu'elle avait des sentiments pour lui. Manu la regardait souriant, en disant doucement :

- «Tu as encore grandi.» Elle était gênée par son regard insistant et profond.

Ils avaient spontanément repris leurs discussions, Manu lui parla du club de musique qu'il voulait monter, et il voulait tout savoir sur ce qu'elle avait fait. Ils ne voulaient pas parler de ce qui s'était passé, évitant le sujet qui fâche, c'était mieux ainsi : profiter de l'instant et passer un bon moment.

Elle se sentait revivre, la relation avec Manu prenait tout son sens, elle profitait de sa maturité et de son expérience. Sa famille était au courant de leur relation, le père de Manu avait tenu à lui rappeler qu'ils étaient de la même famille, sans lui interdire de poursuivre cette idylle. Julia en avait parlé à sa grand-mère, elle et le père de Manu étaient effectivement cousins. Avec sa douceur habituelle et un sourire, elle rassura Julia en lui disant : qu'elle trouvait ce lien de parenté éloigné. Cette situation les rapprocha davantage et engendra une nouvelle complicité plus fraternelle et sensuelle, qui continua même au-delà des frontières, après le départ de Manu à l'étranger.

En Russie, où il avait posé ses valises pour une nouvelle vie, Manu partageait son quotidien dans de longues lettres que Julia recevait régulièrement. Son départ l'avait engloutie dans une profonde solitude, qu'elle essayait de combler en restant proche de sa famille. Elle ne pensait pas à l'avenir avec lui, mais il lui manquait. Elle avait un sentiment fort que leurs destins n'étaient pas liés pour un mariage, elle pensa en souriant que l'esprit de fraternité et de cousinage avait pris le dessus sur le reste. Cette situation motiva son investissement personnel durant le décès du père de Manu, elle avait également perdu un grand-père. La famille s'était retrouvée à Souza et ils avaient de la peine pour Manu, qui devait affronter seul sa souffrance dans le pays froid et glacial où il se trouvait.

Julia n'avait plus revu Gérard, il semblait avoir disparu. Elle pensa que c'était mieux pour elle, de rester distante de lui et de ce monde dans lequel il l'entrainait avec désinvolture et insouciance.

La réputation du collège, qui regorgeait d'enfants de famille aisées et snobs, suscitait des visites de chasseurs de jeunes filles, pour remplir leurs soirées et faire la promotion des nouvelles boîtes de nuit. Ils campaient à la sortie des cours et proposaient des invitations gratuites aux filles. Alain reconnut Julia très vite parmi ce beau monde. Ils s'étaient croisés plusieurs fois, au cours de ses sorties avec Gérard. Il semblait content de la revoir, et sentit une opportunité pour mieux faire la promotion de ses soirées. Il fut surpris quand Julia lui demanda des nouvelles de Gérard, et se proposa de la raccompagner.

Dans sa voiture, qui bondissait à travers le chemin cabossé, Julia était choquée : Alain passait brutalement ses vitesses et ses coups de frein, donnaient un mal au cœur à la jeune fille. Il lui raconta de façon désinvolte et incandescente, la mort brutale de Gérard par accident à l'Ouest du pays. Cette nouvelle assomma Julia toute la soirée. Elle revoyait cette joie de vivre qu'il avait, malgré les difficultés et le chagrin qui assombrissait son regard. La vie ne l'avait pas laissé accomplir ses projets. Julia était triste pour lui et pour tout le mal qu'elle voyait et sentait autour d'elle. Un héritier de moins, les autres devaient ravaler leur souffrance et se frotter les mains.

Julia regardait les invitations d'Alain, elle avait envie de sortir de la maison, elle se sentait comprimée et avait la gorge nouée.

La boîte de nuit était remplie de jeunes, empilés dans des box, certains longeaient les allées sombres, en buvant et fumant sans gêne, en gesticulant sur des nouveaux sons de Rap. Alain avait gagné ce nouveau défi de remplir la salle tous les mercredis et les week-ends, de jeunes venant des différents coins de la ville, de différents milieux. La boîte appartenait à un Français, ce dernier s'était installé à quelques pas, pour mieux superviser son business. Alain et le patron observaient en retrait, l'air satisfait, cette marée juvénile en effervescence, joyeuse et insouciante. Julia lui fit signe et le rejoignit, il sentait la cigarette et l'alcool, et semblait ne pas avoir dormi depuis des jours. Alain prit un verre rempli de glaçons, et mit une rasade de whisky. Julia regarda autour d'elle, sans vraiment voir grand-chose, les lumières scintillaient, le bruit de la musique, et les voix des jeunes qui criaient, en répétant les refrains, lui semblaient soudainement surréalistes. Elle avala une grosse gorgée de whisky, avec l'envie de se plonger dans cette ambiance, de danser jusqu'à épuisement, mais elle était envahie par une lassitude qui la maintenait dans une bulle morose. Des amis du patron arrivèrent, avec des airs dédaigneux, Alain chercha rapidement de la place pour ces clients privilégiés et ils s'installèrent, riaient, en jetant des regards sur la piste de danse. Des filles se levèrent spontanément en se mettant à danser devant eux, cherchant à attirer leur attention. Certaines ne restaient pas longtemps dans la boîte, elles disparaissaient discrètement, rejoignant ces hommes dans d'autres lieux plus intimes, avec la complicité des jeunes garçons qui s'attribuaient cette mission vicieuse à des fins lucratives.

Alain et le patron se parlèrent aux oreilles quelques moments, il fit signe à Julia d'approcher et la présenta au patron comme sa fiancée : Julia ne comprenait pas pourquoi Alain mentait, elle entendit le patron répéter : «Elle est jolie et bien jeune.» Alain ne l'intéressait pas, elle ne voyait pas en lui, la délicatesse et le charme qu'elle aimait chez un homme. Elle n'avait plus envie de s'éprendre d'un homme, de vivre une déception, et surtout elle ne pensait pas au mariage, elle n'en rêvait pas.

Plusieurs soirées s'étaient pourtant succédé avec Alain, ils allaient manger et finissaient la soirée en boîte. Il la présentait à tout le monde comme sa fiancée pourtant, ils avaient déjà discuté de ce sujet et il connaissait sa position, mais il restait persuadé que les choses évolueraient et qu'ils étaient faits l'un pour l'autre. Julia s'évadait de la maison où ses relations avec tout le monde étaient devenues désastreuses et de la cité où elle n'avait plus envie d'être. Elle pensait à Manu tous les jours, Leurs discussions en marchant à travers les ruelles de son quartier lui manquaient. Le temps passait silencieusement et Julia espérait qu'ils finiraient par se retrouver, qu'elle se libérera de cette emprise malsaine qui l'empêchait d'être heureuse.

Alain continuait à insister avec sa proposition de mariage, Julia avait finalement promis d'y réfléchir, même si elle n'était pas intéressée.

La boîte de nuit avait fermé après plusieurs mois d'activités intenses et lucratives, au détriment de la dépravation d'une génération. Alain avait ouvert un restaurant au centre-ville, Julia y travaillait pour gagner un peu d'argent pour financer ses études et s'offrir ce qu'elle voulait. Elle avait envie d'acquérir son indépendance financière, persuadée que c'était le seul moyen pour se libérer de l'emprise de sa mère et mettre un terme à leurs désaccords.

Le restaurant d'Alain s'était rapidement transformé en zone de rencontres. Julia revoyait les filles de la boîte de la nuit, elles se dédiaient à des va-et-vient incessants, que Julia ne comprenait pas. Alain gérait cette troupe avec une aisance et une promptitude qu'elle découvrait chez lui. Elle regardait ce manège naïvement, dupée par la confiance qu'elle avait en Alain : comment faire confiance à un homme qui travaillait depuis des années dans ce milieu ? Il l'avait certes sauvée de ce monde pervers et vicieux en la protégeant de son ancien patron. Ce dernier droguait des jeunes filles et abusait d'elles avec ses amis dans sa résidence.

Ses souvenirs étaient restés flous : Julia avait à peine bu son verre, proposé par un serveur, en attendant la venue d'Alain, qui était parti se changer pour cette ultime soirée des vacanciers. Elle se sentit soudainement mal, elle faiblit et plongea dans un trou noir. Alain était arrivé à temps, un jeune l'amenait vers cette résidence blanche et malfaisante, prétextant qu'elle avait trop bu. Julia savait que l'alcool ne pouvait pas lui faire cet effet, il n'avait jamais pu prendre le dessus sur sa lucidité. Combien de jeunes filles s'étaient réveillées dans cette résidence, noyées dans la désillusion et le chaos ? Des jeunes Dj étaient aussi victimes de ces pervers qui profitaient de leur naïveté et de leur confiance, le petit Brian, un beau garçon, d'une famille modeste, avait payé les frais de son innocence : ses agresseurs l'avaient abandonné dans la rue, inerte, sodomisé, baignant dans son sang.

Suite à des menaces, l'ancien patron d'Alain avait été contraint de vendre la boîte de nuit et de disparaître. Des années folles, durant lesquelles des jeunes qui voulaient s'amuser et vivre au rythme de l'air du temps, s'étaient transformées pour certains en échec et égarement. Alain avait retourné cette situation à son avantage, la réalité frappa Julia en plein visage. Elle côtoyait un monde dont elle ignorait les rouages et les travers. Un sentiment d'insécurité l'envahit, elle ne savait plus à qui faire confiance et Alain devint à ses yeux un parfait inconnu. Il alimentait depuis des années un réseau de proxénétisme, toutes ces filles travaillaient pour son compte, il avait initié et intégré beaucoup d'autres, pourquoi l'avait-il épargnée ? La question ne cessait de résonnait dans son esprit : était-ce par amour ? La voulait-il à lui seul ? Il faisait tout son possible qu'elle soit à sa merci, qu'elle lui soit redevable, la protégeant des autres hommes et cherchant résolument à la séduire. Elle ne pouvait plus supporter sa présence, lorsque toute la vérité éclata. Il avait déposé une fille dans un grand hôtel, elle était élégante dans son pantalon en faux cuir noir, des hauts talons qui allongeaient encore plus sa silhouette, son haut noir transparent laissait apparaître sa poitrine généreuse, qu'elle montrait impudiquement. Il était revenu quelques minutes après, se frottant les mains. Julia avait surpris la discussion de deux clients et ses yeux s'étaient ouverts tout d'un coup, elle espérait qu'il aurait une autre raison irrépréhensible à tout ce manège. Il n'avait même pas essayé de nier, il fit une grimace d'écœurement, la nargua en la traitant de naïve, il se justifia de façon arrogante et brutale : «Tous les moyens sont bons pour gagner de l'argent et je suis venu en ville pour ça, si tu n'es pas contente, rentre chez toi !» Cette phrase sonnait la fin de leur compagnonnage, Julia comprit qu'ils n'avaient pas les mêmes valeurs, le cœur serré, dépitée par ce nouveau visage d'Alain qu'elle ne connaissait pas.

Julia voulait sortir de ce monde, et fuir ces personnes qui étaient prêtes à tout pour parvenir à leurs fins.

Chapitre VIII

Jusqu'à la mort

Julia huma l'odeur du manioc fermenté, qui s'était imbibée dans sa mémoire, même loin de son village, elle semblait souvent sentir cette odeur unique. A Souza, Julia se sentit calme et apaisée, Rosa était venue avec sa fille qu'elle avait eue un an plus tôt. La petite fille apportait une joie de vivre dans la maison et la famille était heureuse de partager ces moments. Julia appréciait les choses les plus simples, avec ses sœurs elles riaient de leurs péripéties passées.

Le domicile familial de Manu à Souza semblait vide, depuis le décès de leur père. La famille y mettait très peu les pieds et les enfants en grandissant, aspiraient à vivre leurs vacances loin de cet environnement rural. Les dernières nouvelles de Manu n'étaient guère réjouissantes, il voulait rejoindre un autre pays, car la Russie était austère envers les jeunes noirs, et il risquait un rapatriement. La famille espérait qu'il allait trouver une solution sans avoir à revenir au pays, ce qui serait comme un échec pour lui, une situation qui le fragiliserait. Les sacrifices que la famille avait faits pour qu'il parte ne pouvaient être vains.

Ce qu'ils redoutaient ne tarda pas à se produire : Manu était revenu, le regard triste et honteux, il voulait le cacher en arborant des sourires forcés. Il était conscient de la déception de ses proches et ne savait pas comment effacer cet échec. Il plongea dans un silence lourd, ce silence qui prend place, lorsque le tumulte à l'intérieur de soi est si bouleversant, qu'on n'a pas la force de parler. Julia essaya d'être disponible, d'être à l'écoute, elle voulait être là pour lui, lui donner la force de faire face et de rebondir. Elle avait voulu qu'ils soient de nouveau ensemble mais pas dans ces circonstances. Manu était devenu amer et acerbe, une envie forte de repartir avait pris le dessus sur tout, aucune opportunité n'était plus possible à considérer ou à saisir sauf celle qui consistait à réaliser un nouvel envol vers le rêve de l'Europe. Cet envol qui lui permettrait d'essuyer la honte, de sauver son honneur, auprès de la famille. Julia ne comprenait pas cette obstination et tentait de le raisonner : la réussite peut être ici aussi, dans ce pays, il faut juste reprendre confiance et travailler. Ses argumentations résonnaient, comme un étau dans sa tête : Julia était celle qui brisait ses rêves !

Julia s'était résignée à accepter qu'ils n'avaient plus rien en commun et que c'était fini. Ils avaient discuté des heures, Manu restait inflexible et campait sur ses positions. Ils étaient devenus des étrangers, Julia ne le reconnaissait plus.

Son amie Sylvie l'écoutait d'une oreille, l'esprit ailleurs. Julia l'aidait à faire à manger pour les clients de sa mère, le restaurant était ouvert devant la maison, les deux filles mettaient le dispositif en place. Sylvie lui dit d'un coup : «Ma chérie, oublies-le, il est trop compliqué.» Julia la fatiguait depuis des années avec ses histoires, son cœur se serra : comprenait-elle ce qu'elle ressentait ? Elle attendait quelqu'un qu'elle voulait présenter à son amie et cette attente semblait l'exciter. Ils arrivèrent enfin ! D'une allure sûre et élégante, ils traversèrent la petite porte du restaurant, hésitants sur la table à occuper. Le restaurant était vide, mais les trois hommes semblaient le remplir soudainement, en parlant d'une voix haute et autoritaire. Ils s'installèrent finalement près de la porte, lorgnant les voitures qui stoppaient plus loin. Sylvie était de ces filles, qui savaient être aux petits soins pour leur compagnon, elle présenta la petite bande à Julia : «Mon chéri Cabral», en lui faisant une bise au front, «Thierry et Olivier» termina-t-

elle, avec un léger sourire et une mine coquine ;
son petit ami semblait plus jeune que les deux
autres, également plus éduqué. Il lui dit
doucement : «Et ton amie ?» Elle avait oublié Julia,
elle fit une nouvelle fois sa mine coquine et dit
doucement : «Je la laisse se présenter elle-même.»
Julia se sentit ridicule et mal à l'aise devant ces
hommes. Thierry demanda d'un ton brusque, avec
un accent exagéré : « Elle est timide ? Moi j'aime
les filles timides.» Les autres éclatèrent de rire.
Julia répondit d'un ton calme et
confiant : «Malheureusement, je ne suis pas timide,
j'ai juste été prise de court.» Thierry s'exclama et
dit fortement : «En plus, elle parle le français de
France.» L'accent qu'il utilisa fit rire aussi Julia. Ils
parlaient un langage terre à terre, avec un humour
adapté à cela, racontant des anecdotes folles. Julia
se relâcha, l'alcool aidant, elle trouva un plaisir à
partager ce moment avec eux. Elle apprit qu'ils
étaient commerçants : Cabral occupait une maison
familiale à Deido et les deux autres louaient des
studios près de l'université de Douala.

Sylvie et Cabral ne se quittaient plus, ils se
retrouvaient quotidiennement autour d'une table au
restaurant ou dans un bar à la rue de la joie à
Deido, buvant et riant, en compagnie de Julia et de

la bande d'amis de Cabral ; insouciants, indifférents à tout ce qui les entourait. Ils étaient maladroits, mais Julia restait là, en se demanda au fond d'elle : «Est- ce que c'était sa place ?» Leurs propos grossiers, l'amusaient, elle avait connu pire. Cabral et ses amis semblaient être de faux jetons, mais ils étaient inoffensifs. Leur façon de vivre et de parler était loin de l'éducation qu'elle avait reçue, mais elle se surprenait à ne pas s'éloigner d'eux. Thierry s'intéressait à elle : il n'avait pas cette délicatesse qu'elle appréciait et qu'elle cherchait chez un homme, il lui faisait penser à Alain, mais il avait beaucoup d'humour et de classe dans la façon de s'habiller. Julia n'avait pas le cœur à avoir une relation, aussi légère soit-elle, et Thierry ne semblait pas sérieux. Les filles ne cessaient de venir le chercher pendant qu'ils étaient tous ensemble, il s'éclipsait un moment et revenait, cigarette en main, en faisant une blague.

Julia avait l'impression que toutes savaient à quel endroit le trouver, qu'importe le bar dans lequel ils se trouvaient, une fille apparaissait. Elles étaient aussi vulgaires que maladroites, une seule avait une allure de fille de bonne famille, elle se tenait droite et avait une haute estime d'elle. Elle les trouva un soir, et vint se tenir devant Thierry, lui

imposa de se lever et de rentrer avec elle. Il resta
silencieux, faisant semblant de ne pas l'entendre,
les regards se posèrent sur elle. Ils étaient presque
dix autour de la table, dans un bar miteux aux
abords du grand Stade de Douala ; des tables et des
chaises jonchaient le trottoir, des gens de divers
âges buvaient en mangeant des brochettes
''Haoussa''. Elle insista, il prit doucement une
chaise, la posa près de lui et lui demanda de
s'asseoir, elle resta debout, regarda autour d'elle et
tourna les talons. Il fit une grimace et s'exclama en
sa langue maternelle, le groupe éclata de rire. Julia
se demanda à cet instant : qu'est-ce que cette fille
lui trouvait, elle était gênée et peinée pour elle. Elle
était amoureuse d'un leurre, ce type d'homme ne
pouvait être à aucune femme, il était libre, il
décidait avec qui il voulait être, au moment où il le
voulait, il était irrespectueux de l'amour que cette
femme lui portait. Julia essaya d'éviter la
compagnie de cette nouvelle bande que Sylvie ne
quittait plus, elle les trouvait trop bruyants et
impolis, mais leur amitié la contraignait à les voir.
Sylvie semblait plus épanouie et heureuse avec
Cabral. Julia l'appréciait sans ses amis : il était
calme, courtois et fin. Cet effet de masse déteignait
sur ses qualités, mais il cachait à Sylvie, qu'il avait
une compagne.

Cette nouvelle la bouleversa durant des semaines, au cours desquelles, elle refusait de le voir et de lui parler, elle jura qu'elle allait lui faire payer pour la honte qu'il lui avait fait subir. Pour le reste de la bande, la scène était plutôt insolite, ses amis savaient qu'il avait une autre femme dans sa vie. Au cours d'une soirée de beuverie, la compagne de Cabral était venue le chercher, il s'était silencieusement glissé sous la table et avait disparu de la pièce. Sylvie n'avait pas pu digérer cette lâcheté. Julia pensa que c'était fini entre eux, et que c'était mieux ainsi, mais elle se trompait sur les réels sentiments de son amie.

Rosa était venue passer le week-end à la cité, sa présence apportait une nouvelle chaleur à la maison qui se vidait. Cecilia aussi était partie poursuivre ses études à l'étranger notamment en France, comme toute la fratrie de la famille depuis les dernières années, sur les sept enfants de la famille, seule Julia et sa sœur cadette restaient encore à la maison. Tout le monde était dans cette frénésie de partir du pays autant à la cité qu'ailleurs.

Manu n'avait toujours pas trouvé un moyen de s'en aller, Julia et lui s'étaient revus mais leurs échanges restaient froids, elle éprouvait de la peine pour lui, pour eux, la peine d'avoir raté peut-être une occasion d'être heureux ensemble. Au cours de ces rencontres qui devenaient rares, mais qui la laissaient triste et sans voix, Julia restait irritée par son attitude inflexible et ferme, elle ne comprenait pas cette obstination à quitter son pays, en restant figé sur la seule envie et le seul projet de voyager pour l'Europe

 Le week-end s'était vite achevé : le dimanche, Rosa attendait un ami avec qui elle devait rejoindre la capitale, elle avait fait à manger, en début d'après-midi, il arriva. En sueur et couvert de sable, Rosa le présenta à Julia, avec une humeur toujours joviale et contagieuse qu'elle avait. Il sortait d'un match, une rencontre entre banquiers. Il n'avait pas pu se changer, toujours en maillot, il avait drapé une serviette blanche autour du cou, dont il se servait pour s'essuyer le front. Il se lava les mains et Julia constata qu'il était blessé au coude. Il tenta de dissimuler sa plaie béante, en voyant le regard de Julia posé dessus. Elle n'arrivait pas à parler : c'était le genre d'homme qui pouvait lui donner envie de se marier, pensa-t-elle, elle refoula un désir insidieux. Il émanait de lui un charisme et un charme, au point que Julia n'arrivait pas à le quitter des yeux. Il s'était installé sur la table à manger, discutant joyeusement avec Rosa, qui était allée chercher à manger dans la cuisine. Ils avaient mangé rapidement, en parlant et riant, Julia enviait cette complicité et cette chaleur qu'ils partageaient, ils prirent congé et Julia sentit un pincement au cœur au moment où ils s'éloignèrent.

Sylvie faisait la mine boudeuse et honteuse, elle avait finalement décidé de rencontrer Cabral. Il avait trouvé les mots justes pour la faire fondre, et de renouer leur relation, malgré la présence d'une autre femme dans sa vie. Julia la retrouva, le visage rayonnant, elle semblait avoir oublié sa rancœur. Ils étaient accrochés l'un à l'autre, comme deux êtres qui avaient manqué d'air depuis leur séparation. La présence de Thierry ne perturbait pas cette amourette ostentatoire, il buvait tranquillement une bière en fumant une cigarette. Sylvie se leva à contrecœur des jambes de Cabral, pour servir Julia à boire, elle fit une nouvelle tournée pour les garçons. Le restaurant était vide le dimanche soir, beaucoup de gens prenaient part aux réunions familiales ou amicales. Thierry l'air pensif, s'exprima soudainement :

- «Il me faut vraiment une femme !» Cette pensée fit sourire Julia, elle lui répondit calmement.

- «Ça ce n'est pas un problème pour toi.» En pensant à toutes les filles qui rodaient autour de lui.

Le restaurant de la mère de Sylvie était le seul endroit où aucune de ces filles ne pouvait apparaître et imposer sa présence. Thierry était dans un état d'amertume. Sylvie était revenue prendre place sur Cabral en demandant à Thierry :

- «Et la mère de ton fils ?» Il s'exclama, comme il savait le faire, Cabral pouffa de rire en buvant sa bière. Il avait un fils ! Julia l'ignorait, elle était soudainement curieuse de connaître la suite, ce qu'il dira de la mère de cet enfant. Il prit une grande gorgée de sa bière, en reposant fermement la bouteille sur la table. Sylvie avait rouvert une plaie que Thierry tentait depuis des années d'ignorer. Il semblait marqué par cette relation et Julia comprit que chacun traînait ses douleurs et ses déceptions, vivant dans l'espoir de trouver la paix et le réconfort. Il acheva sa bière et demanda à Sylvie de lui en apporter une autre. Il mit du temps pour terminer cette dernière, son humour l'avait quitté, laissant place à une morosité qui se lisait dans son regard et ses gestes. Sylvie regretta d'avoir parlé de la mère de son fils, l'atmosphère s'était alourdie comme le temps qui changeait dehors. Le vent soufflait en emportant quelques objets dans son mouvement oscillant. Ils étaient coincés dans le restaurant, Sylvie en profita pour se blottir davantage contre Cabral, ceci suscita une réaction spontanée de Thierry :

- «Vous n'êtes pas dans votre chambre !»

Julia avait ressenti de la peine pour lui, elle ne s'attendait pas à une émotion et une sensibilité venant de sa part. Son attitude maladroite et grossière cachait ses blessures et il essayait de se détacher de toute affection, pour fuir d'autres éventuelles déceptions.

Julia pensa à l'ami de Rosa : il devait être marié ou il vivait paisiblement en couple avec une magnifique femme qu'il rendait sans aucun doute heureuse.

La solitude la rongeait et la rendait silencieuse, malgré la compagnie euphorique de Sylvie, Cabral et Thierry. Ils se retrouvaient régulièrement, toujours autour de quelques bouteilles de bière, qui n'avaient plus aucun effet sur eux. Julia essayait d'écouter les histoires de Thierry et de la mère de son fils. Il avait décidé d'en parler, peut-être une façon pour lui d'éliminer irrémédiablement son chagrin.

Ils buvaient dans un bar sombre d'une ruelle de la cité, des femmes faisaient griller des poissons autour d'eux et l'odeur appétissante qui s'y dégageait, les ouvrait l'estomac. La cousine de

Sylvie avait rejoint ces virées nocturnes et inappropriées. Elle s'était mise avec un ami de Thierry, Julia se demanda à quel moment cela était arrivé. Les deux tourtereaux ne se quittaient plus eux aussi. Julia regardait ces couples partager des petites tendresses devant eux, en réagissant aux propos de Thierry. Les filles cherchaient à justifier les égarements de la mère de son fils qui, selon lui, n'était qu'une irresponsable qui ne pouvait pas s'occuper d'un enfant, ni tenir un ménage. Il étalait sa rancœur et sa déception, ses amis n'essayaient pas de le calmer, ni de souligner ses erreurs et manquements dans cette relation qu'il avait encore du mal à digérer.

Dans une histoire entre deux individus, chacun à sa version, qui semble être la bonne, mais très souvent la vérité est ailleurs. Son fils vivait avec sa mère, dans le domicile familial, les grands-parents tentaient de s'en occuper, pendant que la mère vivait une vie de débauche, elle n'avait pas le temps de prendre soin de son fils. Le petit garçon se refugiait très souvent chez son père, pour avoir de quoi manger, une chose qui manquait très souvent dans la maison de sa mère, qui ne servait que de dortoir aux enfants plus âgés.

Julia savourait le poisson que la serveuse avait posé sur la table. Une fille s'avançait silencieusement, avec assurance, elle s'approcha d'eux. Une longue robe moulait son corps svelte et élégant, elle avait tiré ses cheveux qui lui donnait un air plus jeune et laissait voir ses traits fins. Elle se tint près de Thierry en lançant un «salut» antipathique. Elle s'adressa à Thierry sur un ton hautain et dédaigneux :

- «Tu fais quoi encore avec ces petites filles ?» Thierry s'exclama et lui dit doucement :

- «Pourquoi tu aimes les problèmes Corinne ? Prends une chaise, tu t'installes, tu commandes même un poisson si tu veux.»

Le groupe mangeait en silence, ignorant les attaques et l'arrogance de Corinne.

Cabral intervint rapidement :

- «Corinne prend place pardon !»

Elle resta debout, et répondit fermement :

- «Je ne reste pas dans les bars.» Elle se tourna vers Thierry et lui dit sans gêne :

- «Je pensais que tu allais changer mais apparemment ce n'est pas près d'arriver, j'ai supporté le calvaire avec l'autre folle, maintenant tu es toujours fourré avec ces gamines.» Thierry acheva sa bouteille et se leva, il savait qu'elle était prête à faire un scandale et préféra s'éloigner, elle le suivit en marmonnant des insultes.

Il était revenu quelques minutes après, il prit une autre bière, calme et serein. Il activait chaque jour encore plus, la curiosité de Julia.

Le temps s'écoulait dans cette ivresse quotidienne et cette vie empreinte de légèreté que menait Julia avec ses amis. Elle avait achevé malgré cette inconstance, l'année avec succès, elle commençait à prendre confiance en elle, et à croire en l'avenir, mais elle était souvent remplie d'angoisse et d'incertitude. Elle devait une fois encore changer d'établissement et cette idée la perturbait, elle n'arrivait pas à profiter des vacances. Elle avait été renvoyée du collège à cause de ses absences, elle avait créé une activité génératrice de revenus avec Sylvie, dans la fourniture de divers produits aux restaurants. Malgré ses résultats, la Directrice avait irrévocablement signé sa feuille de renvoi, elle se sentait rejetée, incomprise.

Elle passa ses journées dans l'attente de ce départ vers la capitale. Le Lycée technique avait accepté sa demande d'inscription. Rosa était informée de son arrivée, Julia allait séjourner chez eux en attendant de trouver un logement. Elle ne souhaitait pas leur imposer sa présence toute l'année et voulait enfin prendre son envol, vivre seule et être libre.

Julia laissait dernière elle cette vie tumultueuse, qu'elle avait menée depuis des années. Sa mère avait eu quelques paroles encourageantes et affectueuses à son égard au moment de son départ, Julia avait senti un apaisement entre elles. Elle était inondée par des sentiments ambigus de soulagement, de mélancolie et d'angoisse qui nouaient son l'estomac, en se demandant ce qui l'attendait dans cette ville, qu'elle ne connaissait que très peu.

Julia avait hâte de démarrer les cours, de connaître mieux la ville, de faire de nouvelles choses et surtout rencontrer de nouvelles personnes. Le souvenir du visage de l'ami de Rosa ne la quittait pas, elle refoulait l'envie de le voir. La maison était petite, Julia voulait avoir une autonomie et se retrouver seule. La bienveillance de sa tante et la chaleur de sa cousine et de son frère, ne suffisaient pas pour que Julia se sente chez elle, elle devait se montrer patiente et surtout bien se conduire. Elle était loin des bars à la cité, loin de la rue de la joie à Deido, et de ce groupe avec qui elle buvait sans vergogne, elle voulait rattraper toutes ces années perdues à flâner dans le néant, dans l'ivresse de l'instant, sans âme, sans conscience, à flâner à la recherche d'une liberté hypothétique. Elle était loin de chez elle, loin de ce cocon qui voulait juste durant des années, la protéger de cette vie qui leurrait tant de jeunes, une vie qui pouvait être belle, brutale et farouche à la fois. Elle sentait au fond d'elle, qu'elle pouvait réussir, si elle se donnait les moyens, et vivre sainement, en oubliant son désarroi, sa tristesse et sa solitude.

Devant le lycée, des centaines d'élèves attendaient l'ouverture, la nouvelle proviseure voulait donner dès le début, le nouveau son de cloche : la rigueur et la discipline. Les années précédentes avaient été marquées par de mauvais résultats, une indiscipline démesurée, des trafics de stupéfiants, qui causaient des dégâts. Elle avait pour objectif de rendre au lycée, sa notoriété, et de lui redorer son blason. Pour l'heure, il fallait être en mesure de suivre les règles, de respecter l'autorité. Julia devait tenir une année pour obtenir ce Bac, qui allait lui ouvrir d'autres portes, mais elle se sentait épuisée. Elle avait choisi la filière Economie, mais semblait vidée et ne voyait plus d'options intéressantes qui lui donneraient l'envie de se surpasser et de continuer. Sa seule motivation, c'était de ses frères et sœurs qu'elle la tirait : ils étudiaient et avançaient, propulsés par cette envie de réussir, qui était devenue une nécessité, pour se démarquer des autres, et satisfaire les attentes de leur mère.

Le lycée était grand, mais Julia ne s'aventurait pas au-delà de leur bâtiment et de sa classe, sa curiosité à le découvrir, à mieux le connaître resta muette.

Elle traversait tous les jours en silence la grande cour pour rejoindre sa classe, absente et indifférente de ce qui l'entourait. Elle se sentait différente des autres, en classe, elle avait ces moments d'absence involontaires, et parfois les murmures qu'elle entendait la plongeaient dans un état d'égarement, et d'inconscience qu'elle avait du mal à contrôler. Julia partageait très peu avec les autres camarades, qui semblaient eux, rayonner de joie et de vivacité.

Elle cherchait à comprendre le sens des murmures et de s'en défaire, mais ils étaient inaudibles. Elle ne savait pas à qui en parler, sans se faire passer pour une folle. Son visage toujours souriant, cachait merveilleusement bien tout son trouble et les sentiments qui l'habitaient. Elle était prisonnière d'une âme qui voulait se terrer et se réduire dans le néant. Mais au fond d'elle se cachait une forte envie de vivre pleinement, joyeusement, comme les jeunes filles de son âge, rêvant d'aventure et de succès.

Julia pensa à Annie et à son exorcisme: était-elle aussi possédée ? Une force intérieure refusait de le croire et de l'accepter : «Aucun mal ne pouvait l'atteindre.» Elle plaça cette pensée au fond d'elle, nourrissant son esprit, d'un raisonnement positif et clairvoyant. Dans des moments de fortes tensions internes, saisie par des tremblements, Julia sortait de la classe, elle arpentait quelques minutes au soleil en récitant des prières, et des phrases qui l'aidaient à refouler ses peurs et ses angoisses. Elle ressentait un soulagement, mais aussi un grand vide, et réalisait pendant ces moments-là, que sa famille lui manquait, qu'elle avait besoin de sa mère. Elle avait envie de partager avec elle, tout ce trouble interne et lunatique, trouver les mots pour qu'elle comprenne afin toutes ses douleurs. Julia devait trouver la force pour se battre seule, lutter contre cette lassitude et cette déprime qui l'envahissait.

Elle avait appris à connaître sa voisine de table, Julia lui proposa de travailler ensemble en dehors des cours, pour renforcer leurs acquis. Valérie l'invita chez elle et proposa à deux autres élèves dont elle était proche, de se joindre à eux.

La maison, située dans les méandres du quartier Mvog-Ada, était dépeinte et marquée par la terre rouge. L'intérieur avait pris de l'âge, tout était en mauvais état. Des enfants jouaient innocemment sur des fauteuils déséquilibrés et usés par le temps et le manque d'entretien. Ce spectacle bruyant et inconfortable, ne favorisait pas un travail dans ces lieux. Valérie présenta à ses camarades ses frères et sœurs, avec une gaieté qui était habituelle chez elle, mais qui cachait aussi bien une blessure familiale.

Elle n'avait pas tardé à se confier, cherchant à soulager un poids lourd qu'elle dissimulait. Depuis cinq ans, les enfants vivaient sans leurs parents, ceux-ci étaient enfermés à la prison centrale pour détournement de fonds publics. Julia ne savait pas quoi dire face à cette situation malencontreuse, Valérie fit une grimace et un léger sourire pour dissimuler son désarroi, qui se dissipa très vite. Les enfants devaient continuer à s'occuper d'eux-mêmes, ignorant quand ça allait prendre fin. Les parents avait été condamnés pour quinze ans, mais avaient fait appel et la procédure était en cours. Valérie garda le sourire et un air joyeux et espiègle, apparemment son état psychologique n'était pas aussi lamentable que l'état de la maison. La situation l'avait-elle rendue forte au point de sourire à tout et continuer à faire des projets ? Elle voulait aller continuer ses études au Canada. Julia se sentit ridicule et pitoyable face à cette fille qui gardait les idées claires et qui souriait à la vie, malgré les épreuves. Elle avait honte de son mal-être et était déçue par ses faiblesses, elle voulait ressentir ce bonheur ineffable, vivre cette sensation inoubliable, de planer dans l'irréel, dans l'enchantement, vivre un sentiment qui rendait le cœur léger, loin de l'anxiété, de la peur, de la colère, de cette angoisse permanente et lourde.

Elle ne cessait de prier, pour ressentir cette émotion bienfaitrice et agréable, elle savait que seul le Créateur, pouvait faire ce miracle, lui ôter cette peine permanente, et remplir son cœur d'une joie immense. A travers Valérie, Julia essayait de comprendre, si les gens ne faisaient pas juste semblant d'être heureux. Elle tentait de percevoir chez elle des signes de dépression ou de tristesse, mais Valérie n'en montrait aucun. Elle était sereine et joviale, elle parlait de la situation qu'elle vivait avec simplicité, sans chercher de la compassion ou de la pitié, sans honte, sans haine. Elle n'avait aucune colère, acceptant la situation comme telle, elle ne pouvait rien faire, elle avait conscience de leur impuissance. Il fallait juste attendre que les années passent, et continuer à vivre, le cœur parfois serré de cette absence pesante des parents ; de les savoir derrière les barreaux, vivre et affronter les regards, les jugements désobligeants. Julia se demandait si elle était dans le déni de leur situation ou elle avait accepté et avait choisi d'être heureuse, en dépit de la situation.

La philosophie les menait souvent dans des discussions existentielles, Le professeur de philosophie était un monsieur d'âge avancé, il avait une façon particulière d'aborder les sujets, à la fois drôle et cynique, mais l'expression de son visage restait froide et sans sympathie. Il semblait ne pas croire en Dieu, et à travers ses dires, et ses connaissances philosophiques, Julia commençait à cerner le travail et la bataille qu'elle devait mener. Valérie avait une longueur d'avance, elle connaissait ses faiblesses et avait au fil de ces cinq dernières années sans leurs parents, appris à surmonter le désespoir et à se projeter vers l'avenir. Elle connaissait peu de choses sur Julia, elle ne posait pas de questions, une situation qui arrangeait bien la jeune fille, qui ne voulait pas se dévoiler et parler des démons qui la hantaient.

L'école avait agréablement pris toute la place dans son planning, Julia sortait peu, elle allait travailler avec Valérie et les deux autres : Carmen et Mike. Mike avait finalement proposé chez lui, afin que le petit groupe puisse travailler au calme. Il habitait dans un quartier résidentiel, où sa famille possédait une gigantesque villa. C'était calme et agréable, ils avaient une salle exclusivement réservée pour eux, loin de la grande salle de séjour, dans laquelle ses frères grignotaient, en regardant une télé qui occupait tout un mur. Julia ne s'attendait pas à voir tout ce luxe, Mike était un garçon simple et intelligent, il avait trois professeurs privés à sa disposition, il n'avait pas vraiment besoin des autres. Julia ne comprenait pas pourquoi il s'encombrait de trois filles : c'était un solitaire, qui n'avait pas vraiment d'amis et leur présence ou leur amitié le comblait. Les parents étaient rarement à la maison, mais Mike n'en profitait pas pour sortir ou vivre cette vie d'égarement, que beaucoup d'enfants de familles aisées menaient, et qui avait causé la perte de nombreux jeunes.

Julia croisa son regard en rentrant, son cœur fit un bond. Il était plongé dans une discussion joyeuse et délirante avec un voisin de Rosa. Il s'adressa à elle, sans détour, avec une telle tendresse comme quand on parle à un enfant. Julia était troublée et nerveuse. Il lui posa une série de questions, elle essaya de sourire et de répondre sans gêne, mais afficha une mine détachée en s'éloignant.

Après des mois d'études intenses, une pause s'imposait. Julia hésita entre rentrer à la maison à Douala, ou rester travailler avec ses camarades. Mais une nouvelle orienta vite son choix : son grand frère se mariait, elle devait donc s'y rendre, pour assister à cet évènement soudain et inattendu. La future mariée attendait un enfant, et le couple tenait à ce que cet enfant naisse dans le mariage. Julia comprenait cette exigence qui venait en particulier de son frère. Il était rentré depuis un an au pays, après des longues années d'études en Europe.

 A la gare routière, elle sentit un regard insistant sur elle. Il s'approcha d'elle son sac en bandoulière, accroché à l'épaule, Julia était intimidé par son attitude sérieuse. Elle se souvint de ses questions à l'entrée de la maison.

Ils s'installèrent l'un près de l'autre dans le bus en échangeant inconsciemment un regard et un contact doux et chaleureux.

Apres quelques minutes d'échange, Julia se sentit plus à l'aise, elle avait perdu conscience de ce qui l'entourait, et la notion du temps, leur discussion durant tout le voyage était calme et enrichissante, pleine de tendresse et d'empathie. Ils parlaient, en étant à l'écoute de l'autre, savourant cet instant unique qui semblait irréel. Le silence dans le bus, leur donnait l'impression d'être seuls.

Trois heures défilèrent sans qu'ils puissent terminer leur discussion, avec quelques fous rires sincères et bienfaisants. Philippe hésita avant de l'inviter le lendemain.

A la gare routière à Douala, l'agitation la ramena brutalement à la réalité, le nuage s'était dissipé sous ses pieds. Julia se sentait légère, mais soudainement nostalgique de ce moment.

 Il prit un taxi, et lui fit signe d'entrer, il entra à son tour à l'arrière, se rapprochant encore plus d'elle, elle n'était pas la seule à désirer ce contact et à ne pas vouloir qu'ils se quittent. Un silence retomba dans la voiture, la main de Philippe effleura celle de Julia, elle frémit une fois encore. Le chauffeur rompit le silence en demandant où ils allaient, Philippe indiqua leurs destinations. Julia regarda un moment la ville bruyante défiler devant elle.

Elle sentit ses doigts serrer les siens, et évita son regard illuminé par intermittence, par les lampadaires qui donnaient vie à certains quartiers insalubres. Le chauffeur prit le chemin que Philippe lui avait indiqué, il stoppa devant une petite maison, au fond d'une ruelle bruyante et mouvementée. Il lui dit doucement : «Demain à seize heures, c'est la maison en face.» Il donna quelques billets au chauffeur pour les deux courses, et mit quelques billets entre les mains de Julia et sortit de la voiture. Elle avait le cœur qui faisait des bonds dans sa poitrine, elle semblait planer et ne pas réaliser ce qui lui arrivait. Elle avait envie que ce moment ne prenne pas fin, sentir encore sa main chaude caresser délicatement la sienne, et son regard si profond et doux, souriant à sa gêne et son malaise.

Julia arriva à la maison dans cet état euphorique, sa petite sœur et leur mère, étaient déjà occupées par les préparatifs du mariage

Julia se perdait dans ses pensées, elle revivait sans cesse cette rencontre fortuite il était doux et attentionné, pudique et respectueux. Elle le voulait, son corps le désirait, elle frémit en pensant à ce contact chaud et tendre, à sa voix suave et réconfortante. Ses mots résonnaient dans sa tête, elle avait envie de l'entendre lui parler d'amour, de désir, elle ne savait plus comment résister à toutes ces vagues d'émotions qui la submergeaient soudainement, mais elle devait se contenir et garder la tête froide.

❖

La ruelle qui menait vers la maison de Philippe était calme en journée, quelques jeunes hommes discutaient devant des maisons en ruine, abandonnées par des familles, qui avaient tenté de rejoindre l'Europe.

Philippe apparut devant la maison et lui fit signe d'entrer. Il était l'aîné d'une fratrie de quatre enfants dont il s'occupait depuis qu'il travaillait, et surtout depuis le décès de leur père.

Vêtu d'un t-shirt et d'un short, une tenue qui le rajeunissait, il séduisit la jeune fille. Elle regarda autour d'elle, cherchant à cacher son trouble. L'intérieur de la maison était plus grand, chacun avait sa chambre, malgré l'étroitesse de certaines pièces.

Il changea son t-shirt et entraîna Julia hors de la maison. Ils traversèrent la ruelle qui reprenait vie. Les femmes qui vendaient les poissons à la braise, les beignets et haricots s'installaient peu à peu, les bars commençaient à se remplir, des voix s'élevaient au loin.

Ils marchaient l'un près de l'autre en silence. Philippe salua au passage des gens qui prenaient place dans leur bar habituel. Julia le sentit moins agréable, il semblait perturbé et contrarié, elle ne sentait plus cette forte attirance qu'ils avaient partagée dans le bus. Elle lui demanda timidement, ce qui n'allait pas. Il fit une profonde expiration et lui dit doucement :

- « Je suis content de venir ici, mais quand je suis là, j'ai hâte de repartir.» Il lui prit la main en ajoutant :
- «Je ne vais pas te fatiguer avec ça, c'est ma famille, c'est compliqué, parlons d'autres choses. Comment se prépare le mariage ?» Julia avait espéré cette tendresse qu'il avait su montrer lors du voyage, ce contact provoqua une montée du désir en elle, elle tenta de le cacher, le regarda d'un coin de l'œil.

Philippe était rentré en début de semaine, ils devaient se voir dès son retour, il avait promis de venir la chercher à la gare, elle était impatiente de rentrer.

Les occupations du mariage l'aidèrent à ne pas penser à lui, elle profita pour passer quelques soirées avec Sylvie et Minette.

Thierry vint voir Julia en compagnie de Cabral. Il était sur son trente-et-un comme d'habitude: une chemise blanche Louis Vuitton, une ceinture assortie, un pantalon gris cintré qui montrait sa silhouette svelte. Ils s'étaient vite retrouvés dans un bar, buvaient et discutaient dans une cacophonie musicale.

Julia ne comprenait toujours pas pourquoi Thierry voulait la voir, mais il était moins bavard que d'habitude. Il buvait en silence, pensif, avec un air sérieux, que Julia ne lui connaissait pas. Ils se séparèrent au milieu de la nuit, il n'avait rien dit, il avait demandé à Julia, quand est-ce qu'elle retournait à Yaoundé, elle était restée vague. Il la quitta, en lui disant doucement, qu'il viendra la voir, elle ne sut pas quoi penser.

Le mariage fut célébré de façon grandiose, les mariés étaient heureux. C'était également une occasion pour réunir la famille, Julia resta encore quelques jours avant de reprendre la route. Elle avait l'impression que la période des conflits avec sa mère était derrière elle, en quittant la maison, elle sentit comme un poids s'échapper d'elle, un soulagement, une plénitude.

Philippe était à la gare comme prévu, il prit le sac de Julia, ils s'engouffrèrent dans un taxi, qu'il avait loué pour l'occasion.

Il la traita comme une princesse, il avait fait un petit repas pour elle. Ils mangèrent en discutant, et riaient de tout. Il habitait dans un nouveau quartier calme, où il avait déniché un magnifique deux-pièces, idéal pour un homme seul, avec toutes les commodités nécessaires. L'environnement n'avait rien à voir avec celui dans lequel il avait grandi : son salaire lui permettait de s'offrir ce luxe, mais il devait créer les conditions pour que ses frères puissent être autonomes, en finançant leurs études.

Il travaillait dans la finance, précisément dans une banque, tous pensaient qu'il gagnait des millions, et leurs sollicitations étaient plus grandes que les moyens dont il disposait. Il souhaitait tout mettre en œuvre, pour assurer à sa mère un meilleur cadre de vie. Julia le regardait sans se lasser, il parlait avec une telle douceur de sa mère. Ils passèrent un partie de la soirée ensemble, serré l'un contre l'autre dans le canapé en rotin, qui grinçait sous leur poids. Julia ressentit des émotions inconnues et agréables, elle oublia qu'elle devait rentrer, profitant de chaque instant et de chaque caresse douce et sensuelle qu'il lui procurait.

A chaque rencontre, le temps s'arrêtait, Philippe lui faisait découvrir chaque partie de son corps, elle devenait une vraie femme dans ses bras, une femme qui voulait vivre cet amour et tout oublier. Vivre dans l'illusion qu'elle n'était plus seule, que le vide s'était comblé par un amour qui lui donnait un nouveau souffle, et le sentiment de compter pour quelqu'un.

Elle avait la tête qui tournait à chaque rencontre, elle semblait voyager avec lui comme dans ce bus qui les menait à Douala, voyager sur un nuage, avec une personne avec qui elle avait envie de partager la joie retrouvée, loin de ces moments de solitude, ces moments d'ivresse, d'égarement. La vie lui offrait- elle enfin ce bonheur tant cherché ? Elle voulait s'accrocher à ce bien-être que son cœur ressentait, était-ce ça l'amour ? Elle se demanda, qu'est-ce qu'elle avait éprouvé pour Samy, pour Manu ? Qu'est-ce que l'avenir lui réservait ? Elle chassa ce remous dans sa tête, elle voulait penser qu'au moment présent, profiter de cet instant, de ce bonheur.

Julia avait trouvé un logement, la famille était contrariée qu'elle décide d'aller vivre seule, mais elle avait besoin de son espace. Elle fit un bref séjour à Douala pour prendre quelques affaires pour son aménagement. La Cité de la Douane semblait se vider, les maisons retrouvaient pourtant une nouvelle jeunesse, grâce aux efforts des enfants, qui réussissaient hors des frontières. Julia éprouva une certaine nostalgie, de ces jeux, qui les unissaient et les rassemblaient dans un esprit d'humilité et de solidarité, mais chacun devait tracer son chemin, sans oublier d'où il venait, qui il était.

Julia ressentit un plaisir à l'idée d'être chez elle, dans un quartier en construction. Sa proximité avec l'université, était une aubaine pour les propriétaires terriens, qui construisaient à la va-vite des chambres pour les étudiants, mais les routes semblaient avoir été oubliées. Des chemins rocailleux et boueux en saison de pluies ôtaient le charme de cette ville qu'elle commençait à apprécier.

Elle avait rencontré en ville, un ancien client d'Alain qui s'amusait souvent, à la taquiner. Il se montra courtois et l'invita à boire un verre, puis il la raccompagna. Il fut surpris de l'état de cette route : l'informa qu'elle avait été bitumée et inaugurée officiellement trois fois de suite. Il savait de quoi il parlait, il était inspecteur des travaux publics, et venait d'être affecté à Yaoundé, avec lui, les rencontres devinrent régulières et amicales

Julia n'avait pas décidé sur ce qu'elle allait faire après cet examen qui la hantait, elle savait que les longues études n'étaient pas faites pour elle. Philippe ne cessait de l'encourager à poursuivre, il ignorait qu'elle devrait travailler pour payer ses études supérieures, qui s'annonçaient hypothétiques.

L'année se poursuivait de façon agréable, Julia se sentait en confiance et pleine de vivacité, elle évitait de penser aux choses qui nuiraient à son moral, en profitant de ces changements qui s'opéraient autour d'elle, et elle voltigeait dans un nuage, dans cette relation qui semblait la rassurer.

Quand le temps était propice, Philippe et Julia allaient au cinéma, échangeaient quelques baisers dans la pénombre, à l'abri des regards, ils se rendaient ensuite dans un restaurant manger, pour prendre des forces, afin de survivre le reste d'une soirée, particulièrement torride et enflammée.

Un soir, après un film timide et mélancolique, Philippe proposa à Julia de passer la nuit dans un hôtel.

C'était un petit hôtel calme et agréable, la chambre était encore plus petite que la sienne, un grand lit occupait majestueusement toute la place. Les draps blancs, jaunis par le temps et le lavage, avaient sûrement accueilli un grand nombre de couples, avides d'amour, et honteux de ces faiblesses éphémères et adultérines. Philippe s'était allongé sans ôter ses chaussures, Julia le sentait inquiet et troublé. Elle lui demanda doucement, en posant sa tête sur son torse :

- «Pourquoi tu ne veux pas rentrer ?» Il répondit dans un souffle :
- «J'ai des intrus chez moi. » Il la prit dans ses bras, la couvrant de baisers auxquels elle ne pouvait pas résister. Il était conscient de l'effet qu'il créait en elle et fit taire sa curiosité, avec ses mains expertes, il lui procurait du plaisir, leurs corps s'entremêlèrent en extase incontrôlable et singulière.

Ils se séparèrent à contrecœur. Elle avait cette sensation de planer et de rêver. Julia arriva devant sa porte, et son cœur fit un bond : surprise par cette présence inattendue. Elle ouvrit la porte, ne sachant quoi dire, mais une seule question trottait dans sa tête : comment était-il arrivé là ? Il entra derrière elle, et prit place aisément sur le petit lit, qu'elle avait ramené de la maison. La question sortit sans qu'elle s'en rende compte, il ne répondit pas, mais il lui demanda brutalement sans détour :

«Où étais- tu toute cette nuit ?» Elle tiqua : se demanda pour qui se prenait-il. Elle n'avait pas de comptes à lui rendre, elle ne répondit pas, et lui demanda fermement :

- «Pourquoi es-tu la ?» Il regarda autour de lui, et répondit finalement :
- «Je venais juste te voir, je t'avais dit que j'allais venir.» Elle le regarda sans réagir, ne comprenait toujours pas ce qui le motivait. Il reprit avec assurance :
- «J'ai rendez-vous à l'ambassade de France demain, et je voulais te voir.» Il était arrivé la veille, et avait fait le guet toute la nuit devant sa porte. Cette envie de la voir, la surprenait, elle avait vu son indifférence face à Corinne, et elle ne comprenait pas pourquoi il s'intéressait à elle, en se donnant tout ce mal, la cherchant dans la ville, au point de passer la nuit devant sa porte. Ils se retrouvèrent dans un petit restaurant, près du campus, il parlait d'un ton calme et serein de sa vie et des changements qu'il voulait opérer.

Thierry voulait qu'ils se mettent ensemble, il pensait qu'elle était la femme idéale, avec qui il pourrait construire une vie de couple. Julia était persuadée que ce qu'elle vivait avec Philippe unique. Ils ne planifiaient rien, juste être heureux ensemble, profiter de moments agréables qu'ils partageaient.

Thierry semblait avoir pris ses marques dans le quartier, leur discussion de la veille était restée en suspens. Julia n'avait pas pu lui dire qu'elle était déjà dans une relation, il ne semblait pas attendre une réponse d'elle. Elle avait l'impression que pour lui, le fait qu'il veuille être avec elle suffisait pour qu'ils soient ensemble. Thierry ignorait que personne ne décidait à la place de Julia. Il s'avançait tranquillement vers elle, Julia n'était pas d'humeur à trop parler, elle se sentait fatiguée, la journée à l'école lui avait paru interminable, elle avait juste besoin de se reposer. Il parla d'un ton calme :

- «J'ai eu le visa, je pars demain.» Julia s'entendit dire juste un ok las. Il reprit d'un ton plus ferme :
- «Je serais là dans cinq ou six mois, si tu termines tu rentres à Douala !» Julia avait envie d'éclater de rire, avec son air plein

d'assurance, il se prenait pour qui ? elle se posa cette question, en se dirigeant vers sa chambre. Julia ne voulait pas de scandale, Thierry la suivit et entra dans la chambre derrière elle. Julia sentait les regards des voisins curieux, qui passaient toutes leurs journées à observer les autres.

Dans la chambre, Thierry reprit d'un ton qu'il voulait tendre :

- «Tu ne m'accompagnes pas à la gare ?» Julia secoua la tête de gauche à droite, en lui disant doucement :
- «Je suis fatiguée, et j'ai des devoirs à faire.» Il tenta de prendre la porte, et dit soudainement :
- «Tu ne m'embrasses pas ?» Cette question la surprit, elle fit un pas vers lui, et lui fit un bisou à la joue, en lui disant bon voyage. Julia savait qu'il désirait plus, mais elle ne voulait pas aller dans son sens, et lui donner des faux espoirs. Il s'en alla enfin, la laissant perplexe, elle pensa à toutes ces filles qui lui couraient après, l'indifférence qu'il leur manifestait et Julia se demanda pourquoi elle ? L'idée qu'il aurait oublié sa demande

dans six mois la fit sourire, et l'aida à penser à autre chose.

Les examens approchaient, Julia voyait de moins en moins Philippe, à leur dernière rencontre, il semblait fatigué et contrarié, elle avait essayé de savoir ce qui le mettait dans cet état, mais il avait vaguement parlé du travail. Ils ne restaient presque plus chez lui, il préférait qu'ils sortent, et parfois ils dormaient à l'hôtel.

Son humeur ne s'améliorait pas, au contraire, il devenait désagréable et amer, il s'était renfermé dans une bulle du silence et refusait de parler à Julia. Il savait qu'elle n'avait pas besoin de ça, pas en ce moment. Son changement d'attitude l'affectait et elle voulait juste savoir ce qui n'allait pas et était déterminée à comprendre. Assise sur son lit, sa chambre était grande, il l'arpentait, en fouillant dans ses affaires, sortit une chemise et se mit à la repasser machinalement. Julia n'arrivait pas à parler, elle avait la gorge nouée et une larme s'échappa, il termina et vint s'asseoir sur la tête du lit, en la tirant tendrement vers lui. On sonna à la porte. Il alla ouvrir, revint dans la chambre, se changea et lui dit doucement :

-       «On y va !» Julia le regarda un moment, elle se leva sans dire un mot. Une femme était assise dans le salon, elle regardait la télé, le visage crispé. Julia lança un bonsoir auquel elle ne répondit pas. Elle était soudainement envahie par la colère et la déception. Des larmes inondaient son visage, elle pressa le pas, voulant fuir cet endroit devenu hostile. Philippe la rattrapa, il lui agrippa le bras, la força à s'arrêter et à lui faire face. Il couvrit son visage humide de larmes, de petits baisers en murmurant tendrement :

-       «Ce n'est pas ce que tu crois.» Il stoppa un taxi, poussa Julia à l'intérieur et s'installa près d'elle, il donna la destination, et ils se retrouvèrent quelques minutes plus tard dans sa petite chambre. Julia voulait juste des explications, savoir ce qui se passait et qui était cette femme. Il était rentré au petit matin, ils avaient discuté toute la nuit, sauf de ce qui la préoccupait, il avait tenté de rassurer Julia, mais elle savait au fond d'elle que les choses ne seront plus les mêmes.

Julia avait terminé ses examens, elle devait repartir sur Douala. Sylvie devait voyager pour la France, et elle devait reprendre l'affaire qu'elles avaient montée ensemble. Julia n'avait plus aucune idée sur la situation concrète de la structure, qu'elle avait laissée entre les mains de son amie, après son départ pour Yaoundé. Elle espérait avoir de bonnes nouvelles, elle comptait sur ces retombées pour payer une partie de ses études. Philippe l'avait accompagnée à la gare, Julia avait promis de revenir très vite, elle espérait également que les résultats allaient être positifs. Leur séparation fut difficile, il lui murmura pour la première fois : «Je t'aime.» Elle répondit timidement : «Moi aussi.» Elle lâcha difficilement sa main chaude, et entra dans le bus, son cœur lourd, elle n'avait plus envie de partir.

Il avait promis venir le week-end prochain, et la tension était descendue à ce moment, dans l'idée que la séparation ne serait pas longue. Le trajet fut pénible, Julia avait eu soudainement une angoisse, qui noua son estomac.

Elle descendit du bus le cœur serré, elle avait passé trois heures à tenter de prendre plaisir du voyage, en observant la vue verdoyante et profiter du silence ambiant, mais elle resta plongée dans une mélancolie irritante. Son voisin proche avait tenté d'engager une discussion, son air lui avait fait comprendre qu'elle n'était pas la personne idéale avec qui échanger pour rendre son voyage agréable.

Julia était arrivée trop tard, Sylvie était partie, sa mère le lui annonçait, en affichant un sourire empreint de désolation, elle tentait de cacher son chagrin : Il devait être difficile de voir sa fille aînée partir vers l'inconnu. La cité semblait vide sans elle, et Sylvie n'avait rien laissé qui la consolerait, juste quelques produits qu'elle n'avait pas pu écouler. Julia était triste de cette situation et en colère, elle devait tout reprendre de zéro et trouver les fonds nécessaires, elle se demanda comment elle allait payer ses études supérieures.

La jeune fille avait fait des demandes de préinscription dans plusieurs écoles, et elle avait reçu celle d'une institution au Maroc. Elle était intéressée par un cycle particulier, celui de la création publicitaire. Elle caressait ce rêve depuis longtemps en silence, espérant trouver des moyens pour le réaliser. La brochure contenait toutes les informations complémentaires et les coûts de cette école : les chiffres brisèrent ce rêve. Comment financer ces études ? Elle devait en parler à sa mère.

Elle lui rendit la brochure en grimaçant et en disant d'un ton glacial : «Je vais trouver cet argent où ?» Le sujet était clos. Julia serra la brochure sur sa poitrine, impuissante et en colère. Elle voulait rentrer sur Yaoundé, fuir cette réalité qui la hantait : elle n'était pas un enfant qui méritait un investissement particulier. Elle pensa à Philippe, il devait arriver dans quelques jours, Julia décida de l'attendre et repartir avec lui, elle n'avait plus rien à faire ici.

Tout semblait être clair dans sa tête, elle comptait rentrer et chercher un petit boulot, qui l'aiderait à s'inscrire à l'université.

Elle était impatiente de revoir Philippe, savoir qu'ils allaient se retrouver dans quelques jours, la mettait dans une joie et une excitation particulières. Le «je t'aime» qu'il avait réussi à dire à leur séparation à la gare, résonnait encore dans ses oreilles, son retour avec lui, allait être un nouveau départ.

Julia prenait de l'air devant la maison, lorsque le téléphone sonna, le son strident résonnait dans toute la maison, elle se précipita pour parvenir au combiner. La voix était enrouée et basse, Julia entendit à peine son nom, et elle demanda doucement qui c'était, en priant à la personne au bout du fil, de parler plus fort, elle se racla la gorge et lui annonça la nouvelle.

Les mains de Julia se mirent à trembler, elle lâcha un cri, l'autre continuait à parler doucement, mais Julia ne l'écoutait plus, elle lâcha le combiné : tout s'écroulait autour d'elle.

Sa sœur et sa mère étaient absentes, le vide de la maison l'engloutissait, elle n'arrivait plus à respirer. Julia sortit en courant, elle avait besoin d'air, ça ne pouvait pas être possible. Elle entendait à nouveau ces murmures, elle comprenait pour une première fois les mots qu'ils prononçaient : «Philippe est décédé.» Non ça ne pouvait pas être vrai !

Sa sœur et leur mère étaient revenues tard dans la nuit, joyeuses, parlant à haute voix, Julia essayait de cacher cette douleur qui la torturait à l'intérieur. Elle avait essayé de se calmer en avalant de grosses gorgées d'un cognac, précieusement gardé par leur mère. La sensation de l'alcool lui réchauffa le corps, mais ne l'aida pas à aller mieux, elle n'arrivait pas à arrêter les sanglots qui s'échappaient douloureusement et pleurait en silence dans son lit, vaincue par la mort.

Julia entendit le téléphone sonner dans son sommeil, elle ouvrit les yeux en espérant qu'elle avait fait un cauchemar. La lumière du jour filtrait dans la chambre, et un air frais pénétrait à travers les persiennes de la fenêtre en bois. Sa mère avait décroché, Julia n'arrivait pas à sortir de cette illusion. Tout semblait irréel.

Julia n'avait plus conscience du temps qui passait, ni de ce qui l'entourait, elle vivait comme guidée par une autre force, lasse et mélancolique. Elle réalisait machinalement les travaux quotidiens, mais son esprit était ailleurs : absorbé par l'unique pensée de cette vie, qui disparaissait d'un coup, un corps plein de vigueur, une personne en bonne santé, qui devenait en un instant, inerte, mortifiée.

Philippe ne pouvait pas être sans vie, ils n'avaient pas fini de parler, ils n'avaient pas éclairci les choses sur son changement d'attitude. Julia n'avait pas compris de quoi il était mort, il s'était plaint d'un mal de tête, et dans les minutes qui suivaient, il était dans le coma et deux heures après, les médecins avaient annoncé son décès.

Chapitre IX

Retour forcé

Le deuil se déroulait au village maternel de Philippe, dans une contrée du Moungo. De nombreuses tentes étaient disposées le long d'un grand terrain pour accueillir les amis et connaissances venus de Yaoundé et de Douala, rendre un dernier hommage à Philippe. Rosa était présente, elle avait tenu à accompagner Julia dans cette épreuve, elle tirait celle-ci au milieu de la foule, assise sous les bâches, abattue par la réalité de cette disparition brutale. Julia se laissait entraîner vers la maison, où le corps sans vie de Philippe avait été placé au centre de la pièce. Sa mère assise dans un coin, semblait avoir maigri et vieilli de plusieurs années, un chagrin immense se lisait sur son visage, qu'elle tentait de cacher sous un foulard noir. Les gens l'entouraient, pour la soutenir dans cette épreuve difficile. Julia n'arrivait pas à détacher son regard de ce corps, qu'elle ne reconnaissait plus. Les lèvres légèrement déformées semblaient faire un rictus, le teint éclatant et clair avait disparu, laissant place à un teint noir qui semblait avoir été brûlé par le soleil. Julia sortit précipitamment, elle ne pouvait plus le voir ainsi, elle avait envie de vomir, elle se refugia derrière une maison, rien ne sorti d'elle. Le cœur serré, l'estomac noué, elle étouffait. Rosa la retrouva, le visage plein de larmes, elle n'arrivait pas à placer un mot. Elles restèrent dans le silence, en retrait, attendant que le moment fatidique arrive. Le cimetière n'était pas loin, quelques groupes commençaient à s'y rendre, précédant ainsi le service mortuaire. Julia n'avait plus de force pour suivre cette procession douloureuse, elle fit un signe à Rosa d'y aller sans elle. Rosa se leva lourdement et rejoignit la foule qui marchait d'un pas lent et pénible, comme pour retarder ce moment qu'elle redoutait. La foule devenait plus fluide, Julia entendit les murmures, elle se boucha les oreilles, elle se sentit lâche et trouva la force de se lever. Le petit cimetière du village, regorgeait de monde. Elle fendit la foule, cherchant à se rapprocher, un pasteur disait quelques mots, sous le poids du silence de cette affluence, des gens refoulaient des sanglots. Julia devait voir où on le déposait, où il allait dorénavant demeurer, loin des tumultes de la ville et du stress que la vie imposait sournoisement aux hommes. Julia sentit un moment la paix l'envahir, il était bien et au calme à présent. Elle pensa à toutes ces nuits ou elle avait appelé et supplié la mort de la prendre, mais qui l'avait laissée dans sa douleur. Julia n'avait pas eu la force d'y mettre un terme, de se délivrer de cette vie triste et injuste. Elle se demanda, qui avait de la chance, Philippe ou elle ? Pourquoi la mort était-elle venue le prendre aussi vite ? Sans alerte. Le «Amen» du pasteur la ramena à la réalité, en quelques minutes tout était fini : des hommes en noir, le mirent dans sa tombe, les gens ne retenaient plus leurs sanglots. Des cris résonnaient dans le cimetière, des pleurs d'adieu, qui donnaient une puissance infinie à la mort, que les hommes n'arrivaient pas à démystifier. Il fallait partir, quitter à jamais ce lieu, quitter Philippe pour toujours, un adieu dur, amer, la peine était là, faisait enfler le cœur de Julia, elle se demandait encore : comment continuer à vivre quand on sait que tout peut s'arrêter du jour au lendemain ? Elle se sentait fébrile, faible, évidée. Rosa et elle n'avaient rien avalé depuis leur arrivée au village, l'idée de prendre un repas en ces lieux les répugnait. Elles avaient repris le car, avec des amis de Philippe et quelques femmes venues de Yaoundé. Le silence était pesant, mais brusquement des voix s'élevèrent : un ami de Philippe ne pouvait plus cacher son désarroi. Le cœur de Julia fit un bond en écoutant ses accusations. Elle ne pouvait pas le croire, elle baissa la tête, cherchant à cacher des larmes qui coulaient. Rosa, assise à ses côtés, essayait de persuader l'ami de Philippe de se calmer. Ses autres amis également lui recommandèrent la même chose, mais sa colère prenait encore plus d'ampleur. Julia pensa à cette discussion inachevée avec Philippe, il avait toujours trouvé un moyen pour remettre ça à plus tard : « tu sauras le moment venu, on a toute la vie devant nous » disait- il, sauf qu'elle l'apprenait maintenant, de façon si brutale, le jour de son enterrement, au milieu de nulle part ; « il avait eu un enfant !» La tête baissée cette pensée avait d'un coup comprimé son cerveau, elle recevait les autres informations avec une sensation d'aliénation. Son ami accusait la mère du fils de Philippe d'être responsable de sa mort.

«Elle a eu ce qu'elle voulait, j'espère qu'elle est contente maintenant» termina-t-il, le silence retomba dans la voiture. Les femmes qui venaient de Yaoundé, étaient des proches de celle qui avait donné à Philippe un fils: elles restèrent silencieuses. Julia entendit que le petit n'avait que cinq mois. Elle tenta de regrouper toutes ces informations, cherchant à comprendre, mais ne pouvais pas, son cerveau semblait avoir perdu ses facultés. Elle leva la tête lorsque le car traversait Souza. Elle regardait défiler toutes ces maisons qu'elle connaissait par cœur, puis la leur. Rosa aussi la regarda précipitamment, elle était encore plus petite, tous leurs souvenirs d'enfant s'y trouvaient. Julia pensa au «Haar», la boisson locale, elle avait envie d'avaler une bonne rasade, après tout ce qu'elle venait d'entendre.

 Leur grand-mère avait rejoint la maison à la cité, laissant derrière elle, tout son monde et toute cette vie passée dans ce village. La mère de Julia ne voulait plus qu'elle reste seule dans cette maison, seule face à cette vie difficile, laborieuse.

Julia n'arrivait pas à digérer cette frustration, qui lui donnait un goût amer d'une situation inachevée. Elle avait envie d'avoir Philippe en face d'elle, elle maudissait cette mort venue trop tôt, ils n'avaient pas réglé leurs comptes. C'était donc cette femme qui le faisait déserter de chez lui ! A cause de la pression qu'elle lui mettait pour concrétiser leur relation, assumer la paternité du futur bébé. Il avait accepté de reconnaître le petit, mais ne voulait pas d'elle et ça, elle ne voulait pas l'accepter.

L'image de Philippe restait présente dans son esprit, Julia rêvait de lui, elle le voyait partout, autour des gens, il disparaît ensuite, dans un silence sournois, la laissant seule, apeurée, vide. Julia ne voulut plus rester à Yaoundé, elle était repartie un matin, récupérer toutes ses affaires. Sa porte avait été vandalisée, elle était restée entrouverte, mais ses affaires étaient intactes. Julia sentit un vide l'envahir, elle ne pouvait pas attendre les résultats de l'examen, cette ville semblait soudainement invivable, pas propice à un épanouissement personnel, elle lui avait arraché l'homme qu'elle aimait.

Elle avait réussi à son examen, mais la joie ne l'envahissait pas. Cette étape était juste terminée, elle devait aller de l'avant, mais la force lui manquait. Elle décida de faire une pause, en nourrissant une envie au fond d'elle.

Thierry était revenu six mois après, plein de joie et plus épanoui, il avait offert à Julia un parfum d'une grande marque, elle ressentit une sympathie à son égard. Il avait rapidement pris ses marques et ses habitudes et était revenu sur sa proposition. Julia n'avait pas envie de s'engager, mais l'envie de faire un enfant grandissait inexorablement en elle, elle ne comprenait pas pourquoi.

Elle avait trouvé un boulot d'hôtesse dans une entreprise de distribution de produits alimentaires, et certains soirs, elle travaillait pour un représentant d'une marque de liqueur, elle espérait garder suffisamment d'argent pour reprendre ses études le moment venu. Le travail d'hôtesse permettait à Julia d'être proche des gens, elle retrouvait peu à peu confiance en elle et la joie de vivre. Le sourire ne la quittait pas toute la journée, ces échanges brefs et conviviaux, lui donnaient un plaisir et l'aidaient dans ses rapports avec les autres.

Dans le grand magasin, des clients arpentaient des rangées de produits, Julia essaya d'aider un, qui avait les mains remplies de paquets de chips, elle prit un petit panier, et le lui tendit. Il sourit, mais Julia fut gênée et choquée de voir ce qu'il consommait. Il fit un pas vers elle, lui demanda son nom, il parlait avec un essoufflement, faire le tour de ce magasin était un effort prodigieux qu'il réalisait. Julia lui répondit, essayant de ne pas le fixer, de ne pas prêter attention à son physique, il s'éloigna silencieusement, traînant difficilement le pas, sous son poids qui dépassait toutes les normes. Julia resta pensive, imaginant son quotidien. Un jeune homme s'approcha d'elle et lui tendit une carte, il lui dit sur un ton brusque :

- «Il faut appeler ce numéro c'est urgent, tu demandes Monsieur Mounié.» Il tourna le dos et disparut hors du magasin. Julia resta perplexe, elle regarda la carte et la rangea dans sa poche.

A la fin de la journée, elle n'avait pas oublié la fameuse carte, curieuse, elle se dirigea vers une cabine. A la première sonnerie, une voix féminine répondit : c'était le numéro d'un hôtel, Julia demanda Monsieur Mounié, elle fut mise en attente et quelques secondes après, il répondit : Julia reconnut sa voix essoufflée.

Elle raccrocha, en se demandant : «Qu'est-ce qu'il a de particulier à me dire?» Elle devait le rejoindre à son hôtel, c'était à deux rues du magasin. Julia marcha doucement, pensive et hésitante, elle s'arrêta un moment, se demandant : «Pourquoi j'y vais ?» Sa curiosité prit le dessus. Dans le couloir, une femme sortit d'une chambre, Julia regardait les numéros au-dessus de chaque porte, cherchant la chambre 203, la femme était justement sortie de celle-là. La porte était restée entrouverte, elle entendit dire, «Entre !». Elle resta figée, en traversant la porte. Il lui demanda de venir prendre place, mais Julia ne bougea pas : une fumée s'échappait des différents coins de la chambre, l'odeur irritait ses narines.

Il était assis nu, sur une natte, des tiges d'encens brûlaient discrètement, en diffusant un parfum que Julia n'arrivait pas supporter. Elle se racla la gorge et lui demanda brutalement : «Pourquoi vous vouliez me voir ?» Il ne répondit pas, baissa la tête et resta dans un silence, méditant quelques minutes, puis il tira machinalement un boubou qui traînait sur le lit et se couvrit le corps. Il dit une nouvelle fois à Julia de venir prendre place en face de lui, elle était intriguée. Son odorat s'habitua peu à peu à l'encens, mais elle ne cessait de se frotter les narines. Il lui dit doucement :

- «Tu dois apprendre à aimer ça, si tu veux que je t'aide.» Elle ne comprenait pas de quelle aide il parlait. Il essaya de détendre l'atmosphère, conscient qu'il l'avait mise mal à l'aise. Ils discutèrent des minutes, il parlait à Julia de son travail, et lui posa des questions sur elle, sa famille. Le téléphone posé sur le chevet du lit sonna, il fit une acrobatie pour se lever, son boubou retomba sur tout son corps. Julia était impressionnée par ce corps immense et se demanda comment on pouvait en arriver là ? Il raccrocha rapidement le téléphone et se tourna vers elle avec un léger sourire :

- «J'ai un rendez-vous, il faut que tu partes, mais je veux qu'on se voit demain» dit-il, en tirant un billet de sa poche et le lui tendit.

Ils s'étaient revus plusieurs fois, dans cette chambre d'hôtel, dans laquelle il recevait ses clients depuis plus de six ans. Des femmes en particulier, venaient le consulter pour des problèmes de stérilité, des difficultés pour se marier ou d'autres problèmes liés aux envoûtements et sorcellerie. Ils parlaient de spiritualité et de mysticisme, avec passion et ferveur. Après plusieurs rencontres, il finit par dire à Julia, qu'il voulait travailler avec elle, elle fut surprise :

- «Tu as de la clairvoyance, j'ai ressenti une force en toi la première fois que je t'ai vue, et je voudrais t'aider à développer ces acquis que tu as» expliqua-t-il avec calme et sérieux. Julia ne sut pas quoi répondre. Elle regarda autour d'elle, fixant un moment l'encens qui se consumait silencieusement. Puis elle le fixa, son regard s'était habitué à ce corps énorme, elle ne prêtait plus attention à son état. Il ajouta rapidement avant qu'elle ne réagisse :

- « Il faut avant toute chose, que je rencontre ta mère, et qu'elle me donne son accord.» Julia sourit à ces mots, sachant qu'il demandait une chose impossible.

Les discussions avec Monsieur Mounié avaient contribué à renforcer sa confiance en l'avenir, à se centrer sur la question spirituelle et transcender ses angoisses. Elle avait décidé de laisser faire, cette supposée clairvoyance, qu'il percevait en elle. Julia resta persuadée qu'il était un charlatan, profitant des personnes en situation de faiblesse. Elle restait sceptique sur les possibilités de Monsieur Mounié à soulager les maux de ses clients, mais ses connaissances dans le domaine de la spiritualité étaient certaines. Julia ne se lassait pas de l'écouter, elle trouvait par la suite les discussions avec d'autres gens fades, sans aucune profondeur.

Thierry cherchait à l'éblouir, avec ses préoccupations vestimentaires et ses promesses superficielles. Ils sortaient régulièrement manger, Julia avait l'impression qu'il avait fait un peu le ménage autour de lui. Elle ne pensait pas vivre une histoire avec lui et surtout vivre une relation d'amour, le cœur n'y était plus et le manque de tact de Thierry, de finesse, ses expressions ne la séduisaient pas. Elle désirait avoir un enfant, et lui aussi : un désir qui grandissait encore plus en elle, qui devenait si fort, qu'elle avait l'impression d'entendre des pleurs d'un bébé dans son sommeil. Elle avait laissé Thierry entrer dans sa vie.

Le temps passait vite, Julia sentait son ventre s'arrondir, elle redoutait d'en parler à sa mère. Pourtant, sa réaction fut calme, sans enthousiasme, elle se préparait à partir hors du pays, Julia ne pouvait pas compter sur sa présence pour l'accouchement, le premier de ses trois filles, auquel elle n'assistera pas. Julia essaya d'accepter cette absence qui la rendait triste, elle devenait mère et c'était ça qui comptait.

Julia passait du temps chez Thierry, malgré ses absences, et ses sorties nocturnes auxquelles il ne remédiait pas. Il avait pourtant tenu à bien faire les choses, en venant demander sa main. Après quelques rencontres avec la famille, il avait obtenu une liste raisonnable pour la dot, mais dans cette petite chambre silencieuse, Julia se demandait si c'était vraiment ce qu'elle désirait.

Elle ne voulait plus se poser de questions, elle voulait juste aller de l'avant et vivre une nouvelle vie, une nouvelle histoire, oublier tout son chagrin et sa solitude. Qu'importait son choix, qu'importait l'homme qui était en face d'elle. L'amour elle s'en fichait, elle ne voulait plus jamais éprouver ce sentiment dévastateur, elle ne voulait plus aimer un être, sachant qu'il partira un jour, au cours d'une nuit silencieuse et sombre, où la mort se présentera comme un voleur, lâche et ignoble.

Chapitre X

Concubinage dangereux

Julia avait l'impression de vivre dans l'irréel, cette relation avec Thierry était un leurre. Leur vie était différente, elle ne pouvait pas être là, coincée dans un bocal, comme un petit poisson rouge qui risquait fort de s'asphyxier à cause de l'environnement mal irrigué. Les nuits blanches devenaient son quotidien, la solitude, elle ne s'y habituait pas, autant elle aimait ces moments de silence, autant elle devenait vite mélancolique et angoissée. Julia avait peur pour le bébé, le suivi se faisait sans problème. Elle donnait l'impression de rayonner de joie et de s'épanouir dans cette nouvelle vie, mais au fond d'elle, régnaient le trouble et l'émoi.

Julia préférait se refugier souvent dans la maison familiale, qui était calme. Ma Kaly tentait de s'occuper avec quelques petits travaux, mais elle s'ennuyait dans cette ville, surtout depuis le départ de la mère de Julia. Les préparatifs de la venue du bébé étaient en cours, Julia avait aménagé la chambre de sa mère, un berceau blanc avait été installé et donnait un nouvel éclat à cette chambre, qui n'avait pas changé depuis des décennies. La future mère vivait entre la maison familiale et le studio de Thierry, ce dernier profitait de ses absences pour s'amouracher avec d'autres filles et faire la fête. Rien ne semblait pouvoir le faire changer et Julia ne voulait pas être affectée par une situation dont elle avait conscience et à laquelle elle ne pouvait y remédier. Elle gardait le sourire, qui masquait sa douleur et sa déception, en se donnant du temps, un sursis pour faire le choix, décider de la direction qu'elle voulait donner à sa vie. Thierry était persuadé que tout était acquis, que Julia était sa femme ! Avec ce bébé qui arrivait, elle était à sa merci.

Des tremblements ne la quittaient pas durant la nuit, ses oreilles bourdonnaient, les murmures revenaient, elle fut saisie d'une forte angoisse, mais tomba dans un sommeil troublant en entendant murmurer : «Va à l'hôpital !» Lorsqu'elle se réveilla, Thierry était là, il dormait torse nu. Elle se demanda combien de temps s'était écoulé, elle transpirait, grelottait, elle se prépara silencieusement et le réveilla.

Le jour se levait au dessus d'eux, leurs pas crépitaient sur le sentier rocailleux qui menait vers la route. Julia ne parlait pas et Thierry semblait respecter ce silence liturgique. Il s'était habillé spontanément pour l'accompagner à l'hôpital. Il restait encore trois semaines avant le terme de sa grossesse, mais cette fièvre l'inquiétait. Julia avait vu rapidement un médecin, qui avait tenu à la garder en observation. Une première perfusion, puis une deuxième, elle ne comprenait pas ce qui se passait, mais elle fut transférée en salle de travail. Cinq femmes occupaient la pièce, allongées ou assises sur de petits lits. Chacune manifestait à sa manière la douleur, qui se lisait sur leur visage crispé et grimaçant. Des sifflements et des cris s'échappaient parfois, comme une perte de contrôle de la situation, elles se tordaient de gauche à droite, cherchant une position adéquate qui pourrait stopper ce supplice. Julia avait l'impression d'être un imposteur dans ce lieu, elle ne sentait pas de douleur, juste de légers picotements, qui disparaissaient assez vite. La salle était interdite aux hommes et Julia n'avait plus revu Thierry depuis son admission, celle-ci s'était à moitié vidée en milieu de journée, mais très vite de nouvelles têtes apparaissaient, aussi crispées et gémissantes que les précédentes.

La nuit avançait, avec un va-et-vient incessant : des infirmières et des hurlements dans la salle voisine, suivis de cris stridents de bébés, marquant leur venue dans ce monde. Noyée par la fatigue, Julia vivait ces moments de forte intensité, de manière suave, réalisant la souffrance d'être mère, la joie de l'aboutissement d'un sacrifice incommensurable. Elle guettait chaque crispation de douleur, chaque cri, chaque insulte des femmes dans la salle, au point d'oublier pourquoi elle était là : le temps s'était arrêté dans cette pièce. Une envie pressante d'aller aux toilettes la prit au milieu de la nuit. Julia tenta de se lever, lorsqu'une infirmière fit éruption dans la salle. A sa grande surprise, Julia fut conduite dans la salle d'accouchement, une sage-femme prit soin d'elle, avec des gestes précis et des paroles rassurantes, Julia comprit qu'elle était en train de mettre son bébé au monde. Elle attendait et espérait hurler comme les autres femmes, elle sentit une petite douleur brusque et vive, qui stoppa au moment où la sage-femme posa son bébé sur son ventre, ce contact doux et chaud confirma qu'elle ne rêvait pas. Une petite fille de deux kilogrammes ! Des larmes s'échappaient de ses yeux, tout lui semblait si irréel, mais elle avait le sentiment de prendre conscience qu'elle existait, elle sentait cette joie d'être mère, un bonheur qu'elle avait longtemps cherché la submergea, une paix intérieure qui l'envahissait, lui donnant une sensation de planer, la peur et l'angoisse avaient laissé place à une confiance et une envie de vivre : Julia avait sa raison de vivre !

Le poids du bébé inquiétait les infirmières et les sages-femmes, une pédiatre fut appelée d'urgence pour contrôler l'état de la petite fille qui gigotait toute nue. Julia réalisa soudainement qu'elle n'avait pas pris ses affaires. La pédiatre termina de l'examiner avec un sourire : «Tout va bien, elle est juste petite !» Le stress, l'angoisse et un début de paludisme avaient provoqué la dilatation du col. Julia aurait pu accoucher à la maison. Thierry avait ramené les affaires de la petite dans la nuit, informé par les infirmières, que le travail s'était déclenché plus tôt. Il était entré dans la chambre, n'osa pas la prendre dans ses bras. Ils n'arrivaient pas à quitter des yeux ce petit être, qui dormait si paisiblement et qui apportait une sérénité inoxydable.

Julia rayonnait de joie, à la maison, l'aide et les conseils de sa grand-mère étaient si précieux. Elle s'attelait à ce rôle de maman, avec un engouement, qui la détachait de toutes les futilités de la vie, qu'elle avait connues avant. Une naissance qui comblait tout le vide qu'elle ressentait depuis des années. Elle se sentait si égoïste, mais ce bonheur était unique, elle voulait le vivre, et en profiter au maximum. Bientôt, il fallait revenir dans la vie active, travailler pour assurer l'avenir.

Thierry et Julia se contentaient d'être parents, il ne parlait plus de mariage et ça arrangeait bien la jeune maman, elle ne se sentait pas prête à franchir le pas avec lui.

Julia prenait goût à la vie, elle sautait sur les occasions qui se présentaient. Elle avait fini par trouver un travail, dans une nouvelle entreprise de communication, et avait décidé de reprendre les études. Ces occupations l'empêchaient de passer plus de temps avec sa fille, mais elle devait gagner plus d'argent et de diplômes. Julia avait le cœur serré, lorsqu'elle quittait la maison tous les matins. Le Bébé grandissait aux côtés de son arrière grand-mère, de son oncle et sa femme qui vivaient à la maison depuis leur mariage, et Patricia. Tout ce monde présent autour de sa fille, rassurait Julia, mais elle se culpabilisait.

Un chagrin planait dans la maison, Ma Kaly s'affaiblissait de jour en jour, elle quittait difficilement son lit, semblait déprimée, malgré la présence joyeuse des enfants dans la maison. La fille de Julia jouait avec ses cousines, innocentes, ignorantes de la perte de cette vie, qui allait marquer toute la famille. Dans la nuit sombre et calme, elle était morte, laissant un grand vide.

Elle était partie silencieusement, avec douceur, comme elle avait toujours été. La mère de Julia était arrivée des mois auparavant, appréhendant ce moment, la famille était unie face à cette épreuve douloureuse, honorant la vie pure, simple et sobre qu'avait vécue Ma Kaly. La famille était retournée à Souza, pour l'enterrement, c'était le lieu idéal : un espace dans lequel elle devait se reposer éternellement, près de sa mère, entourée de ces grands arbres, des oiseaux qui chantaient jusqu'au coucher du soleil. Dans la maison dans laquelle, elle avait vécu tant de moments de joie, de partage, avec ses petits-enfants ; ils savaient tous qu'elle était en paix.

La maison à la cité s'était vidée, la mère de Julia était repartie en Europe, Patricia avait pris son envol, vers un autre pays, pour ses études. Les cris des enfants à l'étage, dans l'appartement que le frère de Julia et sa famille occupaient, apportaient un nouveau souffle de vie. Les enfants jouaient toujours avec insouciance et bonheur. Julia traversa le portail le cœur lourd, elle sentait toutes ces absences la peser. Elle regarda la chaise sur laquelle, restait assise leur grand-mère. Elle revoyait les petites discussions qu'elles échangeaient, en cassant des graines de courge, dans une mélancolie palpable. La grand-mère ne supportait plus de voir ses proches partir, vaincus par la mort : le décès de sa sœur l'avait particulièrement affectée. Elle avait perdu une partie d'elle, sa vie n'avait plus de sens. Julia comprenait cette solitude qu'elle ressentait chaque jour, chaque soir, seule dans son lit, elle appelait la mort, pour soulager cette souffrance et retrouver les êtres chers, pour l'éternité. Cette solitude qui faisait perdre l'envie de vivre, cette solitude qui pesait dans cette maison, qui semblait avoir perdu ses piliers. Julia voulait fuir ces murs qui perdaient leur éclat, leur vivacité, elle vivait entre la maison familiale et chez Thierry, mais semblait basculer dans le vide, elle se sentait triste et seule.

Entre le travail le matin et les cours le soir, Julia n'arrivait plus à passer du temps avec sa fille. Elle retrouvait la maison plongée dans le noir, elle s'asseyait devant la porte, envahie par la tristesse, la solitude et l'envie de tout abandonner.

Autant Julia semblait tanguer dans le vide, autant la relation avec Thierry devenait distante et froide, elle retournait à contrecœur passer la nuit chez lui. Elle ne voulait pas déranger son frère, malgré l'envie forte de voir sa fille et de la prendre dans ses bras.

Thierry était toujours absent, il passait ses nuits entouré de filles, dans un bar que son ami venait d'ouvrir. Julia n'arrivait pas à être jalouse, ni à s'émouvoir de cette situation, elle restait insensible et froide, pendant que les copines de ses amis, qui vivaient dans ces indélicates relations, faisaient des scandales en outrance. Julia restait silencieuse, attendant le moment pour décrocher, consciente qu'elle ne voulait pas de cette vie.

Au sein de l'entreprise, elle tentait de trouver ses marques, mais les choses tardaient à démarrer : le patron Monsieur Fonkoua, un ingénieur en télécommunications, qui avait vécu en Europe de longues années, avait la volonté d'investir au pays. Il tentait de s'entourer de jeunes avec qui il réussirait ce challenge. Le secteur était nouveau et prometteur, ses ambitions grandes, mais le système manquait d'huile pour faire actionner les chaînes. Il n'avait pas encore certaines autorisations, et attendait depuis des mois un conteneur rempli d'appareils, de téléphones portables. La vente de ces appareils devait permettre à l'entreprise de financer ses charges, en attendant les agréments pour la fourniture des services en télécommunications, secteur dans lequel l'entreprise voulait se spécialiser. Monsieur Fonkoua parlait de son projet et des solutions qu'il voulait développer, avec passion et engouement, Julia se lassait de tout ce temps qu'ils passaient à l'écouter. Elle avait hâte de passer à l'action, sortir prendre de l'air. Il avait engagé sa petite amie qui le regardait parler avec une grande admiration dans les yeux. En la voyant, Julia pensa à une ancienne camarade en troisième secondaire, les garçons l'avaient surnommée «Jument». Julia n'avait jamais cherché à comprendre les origines de ce surnom, mais elles avaient en commun, un corps élancé, un cou si long, qui rappelait l'image d'une girafe dans sa réserve. Elle se comportait en propriétaire des lieux, et tentait de prendre de haut les autres employés. Ses allures amusaient Julia, mais elle sentait une grande tristesse au fond d'elle. Julia savait que Monsieur Fonkoua n'était pas le prince charmant dont sa copine rêvait. Il avait une classe et une élégance que les femmes aiment en général chez les hommes, toutefois, c'était un homme qui prenait les relations avec légèreté, qui refusait toute forme d'attache. Julia et lui avaient noué une complicité, qu'ils camouflaient dans le cadre du travail, ils se retrouvaient souvent autour d'un verre, où il parlait moins de travail. Julia évitait d'en parler à Emma : c'était une commerciale de l'entreprise, une jeune fille dynamique et joyeuse. Leurs tempéraments s'étaient vite accordés, Julia trouvait à ses côtés une joie qui lui manquait, mais qu'elle faisait paraître. Emma avait un garçon, un peu plus âgé que la fille de Julia, leurs échanges de jeunes mamans les enthousiasmaient et les rapprochaient considérablement.

Elle était mariée au père de son fils, un mariage qui paraissait fictif. Il s'était installé aux Etats-Unis d'Amérique, en laissant la mère et son fils dans une maison qu'il avait achetée, mais dont sa famille voulait s'approprier, projetant dans la foulée de mettre Emma et son fils à la rue. Elle se battait contre cette belle famille farouche, qui ne voulait pas d'elle et qui ne cessait de proférer des menaces pour la pousser à la porte. Emma ne se laissait pas influencer, malgré ces insultes et ces menaces qu'elle subissait au quotidien. Néanmoins, elle commença à souffrir de multiples douleurs et de maux dont elle jugeait «pas naturels».

Emma entreprit des soins et des traitements chez des tradi-praticiens, elle parlait d'eux avec enthousiasme, suscitant la curiosité de Julia. Les voitures n'avaient pas accès à cette zone : un village camouflé dans la ville. Des motos les transportaient dans ce coin perdu après le Kilomètre quatorze. De petites cabanes en bois étaient érigées à travers des champs, loin du brouhaha de la ville. Emma demanda au chauffeur de la moto de s'arrêter, elle descendit, à l'entrée d'une cabane, et celle qui transportait Julia se gara elle aussi. Les chauffeurs firent demi-tour avec un bruit qui perturbait le calme qui régnait dans ces lieux. La cabane des tradi-praticiens était identique aux autres, elle était encerclée par d'autres cabanes plus petites, sur les portes, on lisait la mention «Salle des bains». Un homme sortit de l'arrière de la maison principale, Emma présenta Julia comme sa sœur. Il précéda les filles dans une pièce sombre, ou traînait un bureau ordinaire. Un autre homme était installé derrière une table, remplie de dossiers. Emma présenta une fois encore Julia, et mentionna que celle-ci voulait faire une consultation. L'homme assis sur la table se leva, il avait un sourire jovial et parlait avec une pointe d'humour et un léger charme. Julia l'imagina dans un autre décor, avec une blouse blanche, il aurait été un charmant dentiste. Emma disparut, laissant Julia avec lui, ils continuèrent à discuter naturellement, comme de vieux copains qui se retrouvaient. Il expliqua à Julia leur façon de procéder, la différence qui existait entre eux et les autres tradi-praticiens. Il lui tendit une chemise en cuir, en lui demanda de l'ouvrir et d'y déposer ses frais de consultation. Julia devait ensuite poser la chemise sur ses genoux et attendre. Ils discutèrent encore quelques minutes et l'homme expliqua à Julia : qu'ils travaillaient avec une institution internationale, qu'ils alliaient les techniques modernes, la parapsychologie, avec la médecine traditionnelle africaine, ce qui faisait leur force et apportait plus de résultats. Elle se demanda quelle est cette institution internationale qui travaille avec de jeunes Africains logés dans un coin perdu de Douala ? Il sourit et lui dit doucement : «Ça je ne peux pas vous le dire.» Il semblait lire dans ses pensées, Julia évita un moment son regard. Il lui demanda soudainement d'ouvrir la chemise en cuir : l'argent avait disparu !

Une lettre écrite avec un stylo rouge, adressée au nom de Julia, avait pris place. L'homme avait ce sourire du magicien qui venait de réussir son tour de passe-passe, content de lire ce regard ahuri chez le patient. Julia prit la lettre, elle tenta de la lire, mais ses idées étaient troublées, et elle ne parvenait pas à déchiffrer le message. Il prit doucement la lettre entre ses mains, la parcourut quelques minutes et la lui tendit :

- «Revenez quand vous serez prête, nous sommes là !» dit-il d'une voix douce et caressante. Julia jeta une fois encore un œil sur la lettre, elle la plia et la rangea dans son sac. Il lui demanda si elle n'avait aucune question à poser, elle fit non de la tête en souriant, mais elle demanda brusquement :

- «Pourquoi les prix sont-ils en Euro ?»

- «C'est l'institution qui fixe les prix, après on fait le travail en fonction de ce qui a été diagnostiqué.» Il parlait comme un médecin, Julia se leva, impatiente de quitter ces lieux. Elle ne voulait plus être troublée, et tentait de ne pas penser à ces quelques mots qu'elle avait pu lire. Emma était revenue souriante, ses cheveux étaient mouillés,

Julia comprit qu'elle avait fait ces bains mystiques qui étaient censés la soulager et l'aider à retrouver la forme. Julia ne lui parla pas de la lettre. Emma insista pour savoir ce que son amie pensait de tout ça. Julia ne voulut pas briser son enthousiasme et émettre un jugement hâtif, elle lui répondit le cœur lourd :

- «Si j'étais dans la même situation que toi, j'irais probablement au bout du monde pour trouver une solution, donc si ça peut te soulager pourquoi pas ?» Emma sourit

- «Je savais que tu dirais ça, je sais que tu n'y crois pas» dit-elle à contrecœur.

- «C'est à toi d'y croire, pas à moi» releva Julia avec douceur, elle ne savait pas vraiment si elle y croyait ou pas, mais elle savait qu'elle n'y retournerait pas.

Julia était rentrée plus tôt, elle n'avait pas envie d'aller en cours, elle voulait juste retrouver sa fille, la prendre dans ses bras.

L'enfant sautillait et arpentait le lit, puis elle s'endormie d'épuisement. Le silence retomba dans la chambre, Julia tira la fameuse lettre au stylo rouge de son sac, en essayant de la lire calmement, en cherchant à percer ce mystère. Elle avait envie de savoir comment ça marchait ? Comment ils procédaient ? Elle ne se retrouvait pas, dans la légère description que la lettre faisait d'elle, qui mentionnait qu'elle avait des difficultés dans son travail, ce qui n'était pas le cas, pour le moment. La lettre mentionnait également qu'elle risquerait de tomber malade dans les années à venir, précisément d'un cancer de l'utérus, si elle ne prenait pas des mesures nécessaires dès maintenant. Julia relisait plusieurs fois la lettre, cherchant à comprendre des non-dits, des incohérences et des erreurs. Le montant global des soins était à deux cent cinquante euros : une somme qu'elle devait investir pour hypothétiquement soigner une maladie qui pourrait l'atteindre dans l'avenir. Julia déchira la lettre, elle ne se sentait pas concernée, et pensa profondément que Dieu ne permettrait pas qu'un malheur arrive, Il veillera sur elle. Elle s'endormit, avec cette conviction, cette foi profonde, en serrant sa fille dans ses bras.

Julia sortit de la maison un peu tard, Thierry n'était toujours pas rentré. Au bureau, des cartons jonchaient toute l'allée, la marchandise était enfin arrivée. Une excitation planait, la copine du patron semblait être en proie à une substance, qui ne la maintenait pas en place. Elle entrait et sortait des bureaux, arpentait les couloirs, en faisant claquer ses talons qui avaient perdu leurs semelles. Le bruit des clous sur le carreau irritait Julia et les autres employés, ceux-ci tentaient de retenir leur exaspération. Julia lui fit la remarque, avec un brin d'humour, et elle se refugia dans le bureau de son copain, qui convoqua une réunion. Il parlait une fois encore, de tout ce que les employés savaient déjà : les services qu'il allait développer, il remit à chacun une fiche des produits disponibles avec toutes les caractéristiques. Julia était chargée de vendre les stocks de téléphones portables, un produit qui s'écoulait rapidement. De nombreux commerçants s'étaient rués dans ce récent business. Julia avait déjà contacté quelques grossistes qui n'attendaient que l'arrivage. Monsieur Fonkoua reçut un appel, qui abrégea cette réunion improvisée. Sa copine, était assise nonchalamment sur une chaise,

qu'elle faisait grincer en remuant sa longue jambe de gauche à droite, en faisant la moue. Julia sortit du bureau du patron, elle passa quelques appels et disparut de cette agitation inhabituelle. Elle avait des commandes à honorer, et de potentiels clients à rencontrer, Julia voulait dépasser ses objectifs. Le responsable d'un magasin voulait qu'elle vienne rapidement. Julia se dépêcha, les voitures klaxonnaient et les chauffeurs se hurlaient les uns sur les autres, en se rejetant la faute de ce carambolage insolite. Julia décida de sortir du taxi et de continuer les quelques mètres qui la séparaient du magasin à pied. Elle traversa la porte du magasin et l'air frais du climatiseur lui fit du bien. Son corsage beige était trempé de sueur, elle sortit un mouchoir de son sac, s'épongea, gênée de se présenter ainsi. Deux jeunes filles étaient assises derrière le comptoir, elles firent spontanément un sourire, en appelant le responsable, qui dévala aussitôt les marches du bureau, situé au-dessus de la boutique. Un homme était assis dans un coin de la boutique, il discutait au téléphone dans une langue de l'Afrique de l'Ouest. Le responsable se tourna vers lui et fit signe à Julia d'attendre. L'homme parlait d'une voix forte, il regarda sa montre et se leva, Julia fut impressionnée par sa taille et sa carrure, un trouble l'envahit soudainement. Il passait le petit téléphone d'une main à une autre, en écrivant des notes sur un papier. Le téléphone semblait disparaître entre ses mains larges, il le posa sur la table, et la regarda à travers ses lunettes. Julia détourna rapidement les yeux de ce regard interrogateur, et elle fixa le responsable.

- «C'est la fille dont je t'ai parlé» dit- il en se grattant la tête.

- «Tu as les échantillons ?» demanda le grand monsieur, avec un ton brusque et autoritaire. C'était le propriétaire du magasin, il avait un charisme qui fit vaciller Julia. Les filles la fixaient, tous ces regards la déstabilisaient. Elle tentait de garder le sourire, de ne pas montrer son malaise grandissant. Elle sortit maladroitement les échantillons de son sac, en les posant sur la table. Il prit rapidement un et sa main effleura celle de Julia : ce contact provoqua une décharge dans tout son corps. Julia s'adossa sur le comptoir pour ne pas tomber et se donner un peu de contenance. Elle n'arrivait plus à se concentrer sur cette vente qu'elle voulait absolument concrétiser, tout semblait flou et confus. Le propriétaire maîtrisait parfaitement la situation, il lui demanda les prix de chacun des téléphones et Julia fut surprise par sa propre voix. Elle ne la reconnaissait plus, il prit une machine, une feuille et un stylo et se mit à calculer rapidement, en écrivant les quantités de ce qu'il voulait et lui retourna la feuille :

- «C'est possible d'avoir ça tout de suite ?» demanda-t-il, sur le même ton autoritaire.

Julia fit oui de la tête, intimidée par son assurance et troublée par cet homme, qui réveillait en elle des envies aussi soudaines.

Ils montèrent dans un taxi pour se rentre au bureau, il s'installa à l'avant. Assise à l'arrière, Julia essayait de reprendre ses esprits, mais le parfum délicat de cet homme lui parvenait, un effluve attirant et pénétrant.

Monsieur Fonkoua était dans son bureau, il avait passé la journée, l'oreille collée à son téléphone. Il réussit à raccrocher quelques minutes, pour recevoir le nouveau venu. Les deux hommes s'étaient présentés cordialement. Il s'appelait Dani Wade : Julia ignorait son nom jusqu'ici, elle avait de légers tremblements, elle s'échappa dans les toilettes. Ils avaient échangé quelques minutes et conclu la vente, un chèque trônait sur la table, et des liasses de billets, que la copine du patron s'attelait à compter et à enregistrer. Il ne restait juste qu'à s'occuper de la livraison. Le contact de sa main fit à Julia, l'effet d'une décharge de chaleur voluptueuse et caressante, elle afficha un sourire hébété, ignorant quoi dire. Il la tira doucement vers le couloir, lui demanda si elle était disponible pour prendre un verre. Cette proposition la prit de cours, elle ne sut pas quoi répondre, elle sentait son cœur s'affoler et fit spontanément un pas en arrière, cherchant à cacher des tressaillements qui envahissaient tout son être.

- « Non désolée, ce n'est pas possible, j'ai encore trop de travail, peut-être demain.» Elle s'entendit prononcer ces mots. Elle voulait fuir cet homme qui la perturbait, elle ne pouvait pas éprouver de tels sentiments, plus jamais.

Il mit un papier entre ses mains :

- «Je rentre ce soir, mais je serais là la semaine prochaine, appelles-moi.» Julia le regarda s'éloigner, serrant le papier dans sa main.

Elle se sentit nulle, envahie par une tristesse. Elle n'arrivait pas à se réjouir des chiffres qu'elle avait réalisés.

A la fin des cours, Julia se retrouva à marcher jusqu'à la maison, perdue dans ses pensées, sans prendre conscience de tout ce qui l'entourait : des klaxons, des fumées des véhicules, des embouteillages inexplicables, des vendeurs qui occupaient le trottoir. Julia avait traversé le bar de l'ami de Thierry, ils étaient assis chacun sur une chaise en plastique, une bière entre les mains. Thierry était en bonne compagnie : Corinne était assise à ses côtés, toujours avec cette élégance qu'elle savait mettre en avant. Julia ne comprenait pas comment elle pouvait encore le voir, après toutes les humiliations qu'il lui faisait vivre. Julia passa sans dire un mot, en ravalant sa colère et en refoulant des larmes qui tentaient de s'échapper de ses yeux.

Julia n'était pas rentrée chez lui, elle avait préféré aller dormir à la maison, aux côtés de sa fille. Sa présence si douce et pleine de vie, lui redonnait la force et une joie inouïe. Le téléphone vibra plusieurs fois dans la nuit, Julia l'avait mis sous silence, pour ne pas réveiller la petite. Une vingtaine d'appels manqués, elle n'avait pas envie de lui parler. Elle pensait à tout ce qu'elle subissait depuis qu'elle était avec lui. Des filles la menaçaient et l'insultaient quotidiennement : des voisines avec qui, il avait eu des relations, qui ne supportaient pas de le voir vivre avec elle. Julia tentait de garder son calme et de rester indifférente à ces jalousies farouches. Julia ne savait pas se battre pour un homme, et même si cela devait arriver, Thierry ne le méritait pas. Elle pensa à Monsieur Dani Wade, à cet effet qu'elle avait ressenti, au contact de ses mains. Elle se demanda comment elle pouvait encore ressentir une telle chose, elle se leva précipitamment : «Le papier ! Où je l'ai mis ?» se demanda-t-elle. Son cœur cognait fort dans sa poitrine, elle fouilla son sac, en vain. Elle renversa tout le contenu sur le lit. Elle se recoucha, peinée d'avoir perdu son contact, elle ne trouva pas le sommeil. Les images de la journée défilaient devant elle, elle sentit son odeur en fermant les yeux, ses mains qui retenaient les siennes, le papier qu'il glissait entre ses mains. Elle sauta du lit : «Mon pantalon !» Le papier froissé s'y trouvait, elle prit le téléphone et se refugia dans les toilettes.

La semaine s'écoulait, Julia n'avait toujours pas pu appeler Dani Wade, elle ne savait pas quoi lui dire. A plusieurs reprises elle avait tenté de lancer l'appel, mais s'était résignée, elle se rendit finalement à l'évidence que c'était la meilleure chose à faire, fuir et renoncer à cet homme qui ne la laissait pas indifférente. Elle l'imaginait à Douala, au sein du magasin, envahir ce lieu par sa présence, son odeur : elle devait l'oublier.

Thierry voulait qu'ils se retrouvent chez lui le soir, il l'avait appelée depuis des jours, mais elle ne voulait pas lui parler : il était temps que ça se fasse.

Thierry avait mis le volume de la télé à fond, il suivait des clips congolais, le son bruyant semblait faire trembler la pièce. Julia s'installa dans un coin, elle resta silencieuse, attendant qu'il baissât le son et qu'il engageât la discussion. Mais il resta les yeux rivés sur l'écran. De minutes s'écroulèrent, Julia sentit son téléphone vibrer dans le sac qu'elle avait gardé sur ses jambes, elle le sortit, et le message lui donna spontanément le sourire. Elle remit le téléphone dans le sac, pensive et souriante. Thierry lui demanda soudainement : «C'est qui ?» Cette question la fit sourire une fois de plus, elle se sentit agacée par son attitude et se leva pour partir, mais elle n'eut pas le temps de franchir la porte. Il la ferma brutalement, Thierry arracha son sac et poussa brutalement

Julia sur la chaise : «Tu n'iras nulle part, avant que je ne sache qui t'envoie des messages» dit-il sur un ton autoritaire, en fouillant dans le sac, il sortit le téléphone.

Il lut le dernier message à haute voix : «Désolé j'étais hors réseau, je t'appelle demain, bonne nuit.»

- «C'est qui ce Monsieur Mounié ?» demanda-t-il, en continuant de fouiller le téléphone.

Julia ne savait pas quoi répondre, elle avait la gorge nouée et des tremblements qui commençaient à l'envahir, elle sourit nerveusement en haussant les épaules. Il posa une nouvelle fois la question, et elle répondit calmement : «Un ami.» Il posa la même question sur tous ses contacts. Julia resta finalement silencieuse : choquée par cette attitude. Le lever du jour la surprit sur cette chaise, son sac entre ses bras. La nuit avait été longue, il s'était finalement lassé de son silence et était allé se coucher dans la chambre, emportant les clés et le téléphone de Julia avec lui.

Elle se sentait prise au piège, elle avait besoin de son téléphone, il ne pouvait pas le garder.

Julia ne comprenait pas cette réaction soudaine, elle ne lui demandait rien ! Il faisait ce qu'il voulait, pourquoi manifestait-il soudainement un intérêt pour elle ? Elle se prépara à sortir, en pensant à la brutalité avait laquelle il l'avait empêchée durant la nuit de s'en aller : elle était médusée.

Thierry s'était levé de bonne heure, il avait ouvert la porte et avait posé son téléphone et ses clés sur la table basse, un billet de dix mille francs était en dessous. Il se tenait derrière elle et dit doucement : «Fais nous à manger le soir, tu ramènes ma fille, j'ai aussi besoin de la voir.» Julia sortit sans dire un mot, l'estomac noué par l'angoisse.

Le bureau se vidait de tous les cartons, qui le jonchaient jusque dans le couloir. L'excitation qui y régnait depuis quelques jours, commençait à s'estomper, Monsieur Fonkoua était déjà dans son bureau, sa veste délicatement accrochée sur le dossier de sa chaise, il était au téléphone et arpentait le bureau, une cigarette à la main, l'air inquiet.

Sa copine était dans une pièce, avec la responsable des ventes et Emma, les regards rivés sur un ordinateur, elles levèrent la tête à l'arrivée de Julia, qui tentait de rester cordiale et se refugia dans le bureau des commerciaux. Julia s'installa sur une chaise, épuisée par la nuit agitée, un message arriva, elle prit le téléphone et lut machinalement le message envoyé par Monsieur Fonkoua : «Viens. » Elle se leva en faisant une grimace.

Il écrasait sa huitième cigarette du matin dans un cendrier, et lui fit signe de s'asseoir :

- «Qu'est-ce qui se passe avec ton gars ? » demanda- t- il sans détour. Julia marqua une surprise, ne comprenait pas de quoi il voulait parler. Il prit son téléphone et regarda dans l'historique des appels et lui dit sur un ton accusateur :
- «Il m'a appelé avec ton numéro à trois heures de la nuit, à trois heures trente-trois exactement.» Julia n'arrivait pas à dire un mot, il reprit rapidement :
- «Il est malade ton mec, appeler les gens à trois heures de la nuit pour leur demander ce qu'il y a entre eux et sa femme ? mais c'est du n'importe quoi, il doit se faire interner ce

mec.» Julia n'arrivait pas à le croire, Monsieur Fonkoua était excédé par l'attitude de Thierry. Julia ne trouvait pas les mots pour justifier cette jalousie soudaine.

Dans la journée, d'autres amis l'appelèrent pour savoir si tout allait bien, ils avaient eux aussi reçu ces appels tardifs, Thierry s'était montré menaçant et irrespectueux. Combien de personnes avait-il appelé dans la nuit ? Il avait épuisé son forfait mobile. Il avait pris la peine d'effacer tous les appels émis sur le portable de Julia, elle ne comprenait pas ses agissements, pour quelqu'un qui n'arrivait pas à être responsable dans ses relations. Julia trouvait ce dénouement absurde. Elle pensait toujours à Dani Wade, et vu la réaction de Thierry, refouler toute cette envie, cette attirance, ces sentiments naissants, était sûrement la meilleure chose à faire.

La fatigue submergeait Julia, après la mauvaise nuit qu'elle avait passée, elle ne pouvait pas s'attendre à être en forme. Elle avait besoin d'une petite sieste pour pouvoir tenir jusqu'au soir. Les cours lui semblaient soudainement hypothétiques et elle ne savait pas comment réagir vis-à-vis de Thierry. Plongée dans ses pensées et face au calme qui régnait dans le bureau, Julia ne voulut pas répondre au téléphone qui brisait ce silence bienfaisant, elle décrocha malgré elle. Mounié avait lui aussi reçu des menaces de Thierry, il ne s'était pas laissé influencer et avait pu dire à Thierry ce qu'il pensait de son attitude.

Autour d'elle tout semblait fade, Julia avait pu faire le dîner comme Thierry l'avait souhaité le matin. On pouvait croire que tout allait bien, qu'ils formaient une petite famille heureuse. Leur fille gambadait dans la petite pièce, en criant joyeusement, et en cherchant à toucher à tout ce qu'elle voyait et ce qui était à porter de main. Julia s'enferma un moment dans les toilettes, le cœur serré, elle avait envie de vomir, la déception et la tristesse nouaient son estomac. Après le dîner, Thierry s'était habillé, il était sorti sans dire un mot. Julia n'osa pas ouvrir la bouche, elle avait besoin de se retrouver seule et de penser. Elle avait éteint son téléphone dès son arrivée chez Thierry, elle le ralluma : «Qu'espérait-elle ?» Elle l'éteignit et ferma les yeux. Le jour se levait lorsque Thierry franchit la porte, il entra dans la chambre, une odeur d'alcool et de tabac émanait de lui. Julia ferma fortement les yeux, cherchant à fuir cette réalité qui l'effrayait et l'angoissait.

Julia n'avait pas la tête à travailler, à la pause, elle décida de sortir marcher, Emma la suivit : elle avait aussi ses démons qui la pourchassaient, mais elle continuait d'afficher un sourire. Sa belle-mère avait réussi à l'éjecter de la maison. Elle riait de son déguerpissement insolite, mais au fond d'elle, une grande tristesse se lisait. Elle s'était refugiée chez sa grande sœur, après avoir découvert un chat noir mort sur son lit, au retour du travail. La maison qui restait fermée toute la journée, semblait avoir été prise d'assaut par une force mystique, maléfique, malsaine. Emma avait été saisie de peur par cette présence sur son lit, dont elle n'arrivait pas à s'expliquer ni à comprendre la provenance, si ce n'était que de façon occulte. La perte de la maison était moins importante que la vie de son fils et la sienne, elle regrettait ce mariage gâché par cette famille, qui trouvait qu'elle n'était pas faite pour leur fils : car elle n'appartenait pas à la même ethnie. Le manque d'appui de son mari la rendait encore plus triste, il n'était pas intervenu, dès les premières menaces d'expulsion, la relation semblait être terminée. Emma affichait un sourire mitigé, en pensant à cet homme, qu'elle n'avait pas revu depuis bientôt deux ans. Elle s'était battue seule, défendant ce bien pour la sécurité de son fils, mais les menaces avaient sournoisement mis en place un climat d'insécurité, qui réduisait à néant les efforts de résistance d'Emma. Julia était navrée pour elle, il fallait traverser cette épreuve que la vie imposait et recommencer de zéro : elle avait de l'énergie pour y faire face, une détermination que ses détracteurs ne pouvaient pas lui ôter.

Elles s'étaient rendues dans un glacier, pour discuter et tenter de se faire un petit plaisir. La salle du salon de thé grouillait déjà de monde en cette mi- journée. Des hommes en veste et cravate, discutaient autour des petites tables remplies de tasses de café. Julia sentait des regards s'attarder sur sa silhouette, sa jupe moulante, laissait transparaître son corps mince, ses fesses qui dandinaient sinueusement à chaque pas. Emma se moqua d'elle, elle savait que Julia avait ôté son slip quelques heures avant au bureau, trop serré à son goût. Il était au fond de son sac, ce fut comme un soulagement de s'en défaire. Elle évitait les regards dans la salle et plongea son nez dans la carte. Une serveuse vint rapidement, sa voix lui sembla familière, elle leva la tête et poussa un petit cri.

Julia ne l'avait pas revue depuis le lycée, elle n'avait pas changé. Elle lui parla avec un sourire contagieux et une bonne humeur qui devaient séduire de nombreux clients dans ce lieu. Julia retrouvait son amie Sophie après plusieurs années sans nouvelles. Sophie essaya de rester professionnelle, mais la joie de revoir Julia était forte. Emma apprécia son délire et ses blagues, elle mit ses collègues à contribution pour leur faire plaisir et les deux amies promirent de se revoir plus souvent. Sophie ne donna pas les nouvelles de Marc, Julia n'osa pas lui demander, redoutant comment les choses avaient évolué entre eux. Elle se demanda comment une fille comme Sophie, née dans une famille témoin de Jéhovah, se retrouvait serveuse dans un café, un lieu où les tentations étaient nombreuses et qui faisait partie du ''monde''.

Thierry n'avait pas cessé de l'appeler, Julia recevait souvent plus d'une vingtaine d'appels dans la journée : il voulait savoir où elle était, avec qui elle était, savoir à quelle heure elle rentrait. Cette pression l'angoissait et l'irritait. Elle se sentait surveillée et suivie, mais essayait de ne pas prêter attention à cette attitude harceleuse.

Julia avait tenté de rentrer tôt, mais la maison familiale était déjà plongée dans le noir. Elle se résigna à aller passer la nuit chez Thierry, elle devait donc attendre le lendemain pour prendre sa fille dans ses bras. Le petit appartement était également dans le noir, Thierry était dans ce bar, qui était devenu sa maison. Julia se coucha dans le lit vide et froid. Elle ne voulait pas regretter ce choix, mais était triste, pour sa fille, une culpabilité qu'elle tentait de refouler, mais qui s'imprégnait dans son âme.

Elle fut réveillée brutalement, tirée du lit par les pieds, la lumière l'éblouissait. Julia ne comprit pas ce qui se passait, elle recevait de violents coups de poing au visage et sur les côtes. Elle tenta de se relever et de protéger son visage. Thierry la frappait encore plus fort, en l'insultant, il jurait qu'il allait la tuer. Elle se retrouva coincée entre le lit et la coiffeuse, se débattant avec ses jambes pour repousser Thierry qui lui assenait des coups dans le ventre. Ses cris résonnaient dans la nuit, elle ignorait quelle heure il était, espérait réveiller les voisins pour la sortir de cette folie inexplicable. Il la lâcha quelques secondes, elle se releva cherchant à s'enfuir, la porte était fermée et les clés introuvables, il revint vers elle, Julia était coincée dans la pièce, il brandissait un slip devant son visage, en hurlant, l'insultant, la traitant de pute.

Julia était abasourdie, elle tremblait, elle voulait disparaître de cette maison qui se transformait en cachot. Il avait fouillé dans son sac, Julia n'osa pas lui expliquer pourquoi le slip s'y trouvait ; il avait déjà son explication toute faite et rien ne pouvait changer son raisonnement, intransigeant, inquisiteur. Ses menaces et ses insultes vibraient dans son esprit, comme une alerte, Julia ne pouvait pas continuer cette relation, elle ne pouvait pas continuer à vivre dans cette union, que rien ne justifiait en dehors de leur fille. Il avait demandé sa main, mais elle devait rompre cette histoire, devenue amère et violente! Julia était envahie par la colère, par une sensation de vide, de tristesse et d'impuissance. Des larmes s'échappaient de ses yeux, elle sentait une douleur sur tout son corps qui la faisait vaciller. Il ne cessait de s'exclamer, scandalisé par ce slip retrouvé dans son sac. Julia le pria de la laisser partir, elle le supplia d'ouvrir la porte, de mettre fin à ce supplice, fuir cette colère, mais il l'insultait de plus belle. Elle retourna dans la chambre s'habiller, sa nuisette était en lambeaux, Julia prit un sac dans lequel elle jeta rapidement quelques affaires, il la suivit dans la chambre, arracha le sac :

- «Tu n'iras nulle part, tu penses que je vais te laisser partir faire ta vie avec un autre ?» hurla-t-il, en la jetant brutalement sur le lit et grimpa sur elle. Julia criait et luttait de toutes ses forces. Elle sentait des coups sur son abdomen, il tentait de saisir ses bras et de la maintenir fermement, il déchira sa robe, avec force et brutalité, il s'introduisit en elle, le dégoût la submergeait. Il cessa de lui donner des coups de poing, cherchant à prendre plaisir, il la torturait dans sa chair. Des souvenirs enfouis depuis des années, refirent surface : comme une gangrène indolore qui s'ouvrait enfin, suppurante, virulente et dont l'ouverture remettait les nerfs en activité, provoquant une douleur vive, odieuse. Julia cessa de se débattre, elle resta inerte, espérant une fin rapide, de ce calvaire qu'il lui imposait, des larmes s'échappaient d'elle, elle sentait des tremblements l'envahir et des murmures autour d'elle. Elle désirait sentir l'odeur de la mort, pour trouver la paix et être enlevée de ce monde inconvenant, abrupt, violent.

Des bruits lui parvenaient vaguement, de la musique et des voix résonnaient dans le salon, Julia ouvrit les yeux, ils étaient enflés, irrités par la lumière du jour, qui filtrait avec douceur à travers les rideaux. Des douleurs vives se rependaient dans tout son être, Julia était entièrement nue sous les draps, elle n'arrivait pas à se lever. Elle s'était endormie au lever du jour, épuisée de pleurer et de gémir en silence. Des idées effroyables avaient traversé l'esprit de Julia, en voyant Thierry couché à côté d'elle, elle devenait un monstre, assoiffé de vengeance et de mépris. Julia était restée toute la nuit, les yeux rivés vers le plafond, refoulant ces horreurs qui incitaient son esprit : mettre fin à ses jours, ou s'en prendre à cet homme que son être ne voulait plus et qu'elle ne pouvait plus jamais accepter dans sa vie comme un amant ou comme un amour.

Il entra dans la chambre en parlant, elle fit semblant de dormir, il la secoua, mais elle resta sans bouger. Julia le vit s'habiller, et quelques minutes plus tard, le silence retomba dans les pièces. Julia tenta une nouvelle fois de se lever, mais la douleur la cloua sur le lit. La matinée s'écoulait, elle voulut rentrer, mais elle ne pouvait pas se présenter à la maison dans cet état. Julia se traîna jusqu'à la douche, essayant de se rafraîchir et de soulager son corps endolori. Elle entendit des voix dehors et des coups légers sur la porte : des visites inhabituelles, elle discerna la voix de la compagne de Cabral et celle de la fiancée d'un autre ami de Thierry, le propriétaire du bar. Les deux femmes insistèrent devant la porte. Julia ne pouvait pas être vue dans cet état, cette faiblesse dans laquelle elle était plongée ne pouvait pas être vue, surtout pas par elles. Julia resta au calme dans la maison, impatiente qu'elles s'éloignent, des coups résonnèrent encore quelques minutes, puis finalement elles perdirent patience.

Thierry était revenu à la tombée de la nuit, Julia n'avait pas bougé, ni manger de la journée, elle se sentait lasse et faible, les douleurs persistaient. Il voulut qu'ils parlent, mais elle ne pouvait pas échanger, toute communication pour elle, était impossible, son estomac noué, et sa gorge serrée ne favorisaient aucun dialogue. Il n'arrêtait pas de lui poser la même question : «Avec qui tu étais hier ?» Elle resta muette, s'enfermant dans un silence stoïque, ignorant cette question, dégoutée par la situation, par cette méprise. Il se sentait en droit de la questionner, de l'enfermer, et de s'insurger contre une éventuelle aventure : lui, l'incontestable infidèle, qui dormait toutes les nuits sous d'autres draps souillés. Julia le regardait se noyer dans son jeu, il avalait des gorgées de whisky, en fumant sans arrêt. Julia n'arrivait pas à ressentir de la peine pour lui, elle luttait contre cette douleur, qui la tenaillait au fond d'elle, priant silencieusement pour s'éloigner de cette brutalité passionnelle. Thierry sentait la situation lui échapper, il fit venir du renfort : Cabral et la grande sœur de Thierry, arrivèrent le dimanche matin. Julia avait repris un peu la forme, elle voulait définitivement mettre un terme à cette relation. Ils restèrent silencieux, écoutant Thierry relater les faits et exprimer sa colère. La douleur qui la transperçait, la rendait indifférente à son état d'âme, elle éprouva une petite joie de le voir aussi troublé et perturbé : éprouvait-il de l'amour ? Ou seulement la colère à l'idée qu'il ne soit pas le seul homme dans sa vie et que son ego prenait un coup. Mais depuis toujours, il passait d'une fille à l'autre, avec tous les risques que ça engendrait, sans jamais se soucier des sentiments des autres : il semblait payer pour une fois un lourd tribut. Il se calma, le temps d'allumer une cigarette, Julia profita du silence, pour dire avec assurance :

- «Je ne me suis jamais plainte, depuis que Thierry me trompe et sort comme il veut, je ne peux pas tolérer qu'il me frappe, quelle que soit la raison.» Julia n'osa pas évoquer ce qu'il avait fait à la suite des coups. Des larmes lui montèrent aux yeux, elle se refugia dans la chambre. La sœur de Thierry la suivit, elle s'installa près de Julia, cherchant des mots justes pour l'apaiser. Julia avait envie de crier sa haine, son désarroi, de sortir toute cette colère qu'elle avait cumulée depuis trop longtemps, mais elle n'osa pas. Elle fut saisie par une peur étrange, la peur d'être mal jugée, de l'incompréhension : elle sentait à travers les yeux des autres, un regard accusateur, elle se sentit coupable. Elle se sentait soudainement responsable de tout ce qui lui arrivait. Elle avait accepté ces fiançailles, alors que la seule envie qu'elle avait, c'était d'être mère : pour cette enfant, elle devait donner un sens à cette union, comme le voulait la société. Il lui incombait de tout faire, pour que ça marche, malgré sa douleur et la tristesse qui ne la quittaient pas. Julia avait le sentiment de devoir payer toute sa mauvaise conduite, et ses mauvais choix.

Elle décida de laisser tomber, et de sauver cette relation pour le bien de sa fille, banalisant ces coups qu'elle avait reçus dans la nuit, refoulant toute son amertume. Elle sentait ces blessures internes, saigner au fond d'elle, elle n'osa plus dire un mot, elle voulait être seule, seule dans son affliction.

Julia s'était finalement rendue à la maison familiale en fin d'après-midi, les enfants jouaient comme d'habitude, joyeuses, avec une telle

énergie, qui lui faisait oublier sa lassitude. Son
frère était plongé dans ses écrits, il accumulait des
manuscrits, qui n'attendaient que d'être édités. Il ne
prêta pas attention à son visage tuméfié, ce qui
arrangeait Julia, elle n'avait pas le cœur à en parler,
à expliquer ce tumulte qu'elle avait installé dans sa
vie, dans lequel elle se résignait à vivre, au risque
de perdre toute dignité, toute confiance en elle et
surtout de perdre son âme. Elle rentra dans ce
studio en pleurant sur le chemin, serrant sa fille
dans ses bras, elle faisait une nouvelle fois le deuil
de cet amour, perdu trop tôt, elle était en colère
contre Philippe : c'était lui le responsable, c'était
lui son bouc-émissaire. Elle voulait le détester,
mais comment détester un mort ? Il était en paix,
mais elle était tourmentée, toujours en proie à cette
séparation brutale. Elle voulait l'oublier, mais son
âme refusait de le laisser mourir, mourir à jamais
dans son cœur, il était mort, elle était en vie, leur
destin était séparé.

Le reste de la soirée se déroula dans le calme, Julia
avait repris ses esprits. Thierry n'était pas sorti
comme d' habitude, il était resté affalé sur le

canapé, l'esprit ailleurs : sa peine restait présente et Julia avait envie de rire, de cet air abattu qu'il affichait. Elle resta silencieuse, tentant de lire ses cours. Il avait mangé avec sa fille et l'avait déposée dans le lit. Il était retourné se coucher sur le canapé, impassible, le dehors ne l'avait pas revu cette nuit-là. Julia savourait intérieurement et sournoisement cette petite victoire.

Emma éclata de rire, en écoutant les péripéties du week-end de Julia, la douleur était encore présente, mais le visage avait dégonflé considérablement. Elle avait osé un maquillage à outrance, pour cacher ce qui restait de cette nuit mémorable. Elle pouvait en rire avec Emma, mais au fond d'elle, la blessure était plus grande. Seule, elle revoyait ce regard rempli de colère, cette envie de la punir pour la douleur qu'elle avait réussi à lui procurer, elle chassa cette image de lui étendu sur son corps.

Son téléphone était resté éteint tout le week-end, elle le ralluma, le parcourra rapidement, elle pensa une fois encore à Dani Wade, l'envie de l'appeler était toujours là, elle repoussa le téléphone sur la table en essayant de se concentrer sur les tâches à faire. Oublier cet homme semblait difficile, elle se faisait violence, cette nouvelle souffrance la déprimait. Elle devait se faire une raison, cette relation était impossible, son choix était fait, elle devait l'assumer, mais elle ressentait une telle amertume qui comprimait son estomac.

Il restait encore des cartons à écouler, Monsieur Fonkoua devenait pessimiste pour l'avenir de son entreprise, son discours passionné du début, avait laissé place à des sous-entendus assez mitigés et peu encourageants. Il n'avait toujours pas obtenu ses agréments et les accords avec son partenaire potentiel ne prenaient pas forme. Il arpentait son bureau toute la journée, le téléphone à l'oreille, cigarette aux doigts. Julia sentait son inquiétude, les autres employés aussi, ce qui rendait l'ambiance morose. Elle avait besoin de ce travail pour financer ses études, Thierry ne l'aidait pas, elle devait se débrouiller seule.

La compagne de Cabral était revenue la voir, Julia ne comprenait pas cet intérêt soudain qu'elle avait à son égard, elle savait que Julia était l'amie de sa rivale. Sylvie était toujours en contact avec son compagnon et leur idylle semblait persister, malgré la distance. Julia ne voulait pas être au centre de cette relation à trois et surtout pas trahir la confiance de son amie. Elle organisait une soirée entre filles et voulait que Julia soit de la partie.

Julia resta sur ses gardes, elle se sentait comme un cheveu dans une soupe. Elle discutait parfois avec certaines copines des amis de Thierry, mais elles n'étaient pas les meilleures amies du monde. Certaines étaient trop superficielles, la compagne de Cabral, Angela, était plus mature et mesurée dans ses propos, la douceur qu'elle affichait contrastait avec la personne dure et amère dont parlait souvent Thierry. Elle travaillait dans un magasin de sport, son indépendance financière lui donnait une assurance et un épanouissement que les autres lui enviaient. Les bouteilles de whisky débordaient de la table, Julia avait peur de renouer avec l'alcool, mais quelques verres vite avalés l'aidèrent à se détendre, mais son esprit était ailleurs. La musique résonnait fort dans la grande boîte de nuit, elle se sentit un moment mal et se retira dans les toilettes. Elle transpirait abondamment, et avait une forte envie de vomir. Elle décida d'arrêter de boire durant la soirée, persuadée que c'était l'alcool qui lui faisait cet effet. Elle regardait les filles s'amuser, elles dansaient et sautillaient dans des éclats de rire, profitant de ce moment, oubliant le temps d'une soirée, les difficultés qu'elles vivaient toutes : la solitude et les infidélités à répétition de leurs hommes.

Chez le médecin, elle redoutait la nouvelle, troublée et anxieuse.

«Je ne peux pas le garder.» Ces mots résonnaient dans sa tête, dans son esprit, tout son être refusait cette grossesse. Le médecin semblait perplexe, elle savait qu'il ne pouvait pas comprendre ce qu'elle ressentait. Des larmes n'avaient pas tardé à inonder son visage, elle voulait qu'il l'en débarrasse sans perdre de temps. Il posa des questions auxquelles Julia ne voulait pas répondre, cherchant à satisfaire sa curiosité, mais elle n'arrivait pas à émettre un autre son de cloche que celui de : «Je ne peux pas garder cette grossesse.» Julia ne pensait pas aux risques, elle ne ressentait que les douleurs des coups de Thierry et le dégoût lorsqu'il l'avait prise de force : un enfant ne méritait pas de venir au monde dans ces conditions. Le médecin lui tendit un numéro, en lui disant d'appeler de sa part : il ne voulait pas prendre de risque, mais semblait touché par son désarroi incompréhensible. Julia ne tarda pas à appeler le numéro, le rendez- vous fut pris pour le lendemain.

Liliane l'accompagnait, c'était une amie d'enfance, elles se fréquentaient régulièrement, Julia appréciait son naturel, sa maladresse que beaucoup de gens lui reprochaient. Julia lui faisait confiance, elle savait qu'elle pouvait compter sur elle en toute occasion et sur sa discrétion. Elle n'appréciait pas Thierry et ne le cachait pas. Julia ne voulait pas aller seule dans cet endroit qui lui semblait être un cabinet clandestin. Dans un quartier populaire, au milieu des taudis et des détours interminables, elles avaient trouvé le cabinet, grâce aux explications, d'une voix féminine et froide, excédée par leurs appels, pour être orientées. Un homme en blouse blanche, l'avait rapidement reçue, il lui expliqua brièvement comment ça allait se dérouler, il demanda à Julia de régler le montant avant de commencer. Elle avait puisé sur ses frais de scolarité, ignorant comment elle allait combler ce vide, mais les nausées qu'elle ressentait le matin, l'angoisse qui la tenaillait chaque jour devaient disparaître. L'homme en blouse blanche glissa les billets dans un tiroir, et lui fit signe de le suivre, Liliane attendait dehors, elle regardait les choses se dérouler sous ses yeux avec stupeur, l'environnement n'inspirait pas confiance, et aurait pu dissuader Julia, mais elle ne voyait rien d'autre que la fin de ces malaises, de ce dégoût qui augmentait ses envies de vomir, cette douleur qui s'était effroyablement maculée dans sa chair et qui ne pouvait plus donner vie, qui ne pouvait pas procréer l'amour.

La salle était étroite, un petit lit surélevé trônait dans un coin, avec une table, où de nombreux ustensiles venaient d'être posés. Son esprit se vida, elle ne voulait rien sentir, elle essaya de refouler des larmes qui lui montaient aux yeux. Julia ferma fortement les yeux, attendant que ça s'achève, elle sentit la présence des ustensiles dans son corps, mais au bout d'un moment, plus rien.

Elle ne sut pas combien de temps elle était restée inconsciente, une douleur vive au ventre la ramena à la réalité, la dame la tapotait, l'air paniquée, l'homme en blouse blanche avait disparu. Elle aida Julia à se rhabiller sans dire un mot, et lui tendit une ordonnance.

Liliane afficha un sourire forcé, en la voyant apparaître enfin, l'air semblait avoir changé : plus frais, plus apaisant. Julia respira profondément, refoulant la culpabilité qui voulait apprivoiser sa conscience. Liliane lui donna son sac, qu'elle avait serré entre ses bras, durant toute l'attente, envahie par un stress qu'elle n'arrivait pas à cacher. Elle n'arrivait pas à dire quelque chose, elle qui n'était jamais à court de commentaires. Julia lui demanda doucement :

- «Combien de temps je suis restée dans la salle ?»

-«Je ne sais pas, mais plus d'une heure, je crois» répondit-elle en guettant les réactions de Julia. Le vide s'était refait une place en elle, elle savait que les matins ne seront plus jamais les mêmes.

Le silence avait recouvert son acte, Julia ne pouvait pas en parler, s'efforçant d'oublier. Les malaises avaient disparu, la vie reprenait son cours et le ménage avec Thierry devenait chaque jour plus violent et perturbant. Elle se sentait fouillée et comprimée dans cette union, enrôlée dans un échec, qui lui provoquait des angoisses perpétuelles. Elle luttait pour ne pas replonger dans le vice de l'alcool : l'envie était forte. Elle devait s'accrocher pour sa fille, espérant trouver la paix et un équilibre bienfaisant.

A l'école, ils préparaient une petite soirée entre camarades, pour la fin de l'année, tout le monde s'investissait dans cet événement, qui renforçait les liens, et qui mettait une ambiance particulière. Ils étaient une dizaine dans cette classe, de jeunes employés dynamiques et ambitieux, c'était motivant pour Julia d'être dans une classe avec des gens qui savaient ce qu'ils voulaient. Ses relations s'étaient approfondies avec Christelle, dont elle appréciait le pragmatisme et l'ouverture d'esprit. Elles décidèrent de se retrouver avec deux autres camarades pour travailler ensemble.

Thierry n'avait pas cessé d'appeler Julia, une trentaine d'appels en absence, étaient marqués sur son téléphone. Ça devenait une habitude, lorsqu'il rentrait et qu'elle n'était pas là. Julia le retrouva à la maison, devant la télé, le volume à fond. Leur fille s'amusait sur une chaise et bondit sur elle à son entrée. Il lui demanda brutalement où elle était, Julia entra dans la chambre, avec sa fille dans les bras, elle rangea son sac dans un coin. Il entra dans la chambre, prit son sac et fouilla à l'intérieur ; il sortit son téléphone et retourna dans le salon. Elle le suivit, cherchant à récupérer le téléphone qu'il tentait vainement de déverrouiller. Julia lui demanda sur un ton las et exaspéré :

- «Vraiment je ne comprends pas ton problème, quand tu sors d'ici, tu passes des nuits entières dehors ; est-ce-que, je te demande où tu étais ?» Il continua à pianoter sur le téléphone, et rétorqua brutalement :

- «Je vais savoir où tu étais, de gré ou de force !»

Julia essaya de lui prendre le téléphone entre les mains, mais il le frappa violemment au sol, des morceaux s'éparpillèrent dans la pièce.

Sur un sursaut, Julia prit son téléphone posé sur une chaise et l'envoya à travers le décor : l'appareil rebondit sur le mur et retomba sur le sol avec un bruit sec. Thierry gifla Julia du revers de la main, elle tituba avec sa fille dans ses bras, réussissant de justesse à s'enfermer dans la cuisine, en évitant une avalanche de coups. Le silence retomba dans la maison quelques minutes après, Julia entendit la porte claquer. Elle s'enfuit vers la maison familiale, avec l'envie de parler enfin, de se confier, de se soulager de ses démons qui devenaient ravageurs et indéfectibles. Fallait-il qu'elle vende son âme pour trouver la paix ? Ou supporter inlassablement, impuissante, ce karma maléfique qui se déchaînait dans sa vie ?

Elle ne sut à qui parler, son frère avait aménagé avec sa famille, au sud-ouest du pays, il prenait un poste dans une nouvelle usine. Cette entreprise appartenait à une famille avec laquelle ils étaient proches. Une tante et une cousine s'étaient installées dans la maison, permettant à celle-ci de continuer à vivre. La petite cousine aidait Julia à garder sa fille, lorsque la nounou était absente. Julia essayait d'éloigner l'enfant de cette violence permanente, en espérant y mettre fin. Julia passait donc plus de temps à la maison, fuyant ces altercations, mais Thierry ne cessait de l'appeler, de la chercher, exigeant qu'elle rentre, en usant du lien qui les unissait. Elle repensa aux paroles de la sœur de Thierry: «Le mariage n'est pas facile, il faut supporter.» Ce n'était donc pas fait pour elle, cette vision du mariage, de tout supporter en s'oubliant soi-même, dans la douleur, la souffrance, le mépris. Julia avait bataillé pour trouver l'estime d'elle-même, elle ne pouvait plus la perdre. Elle se sentait épiée, surveillée sans cesse, elle tentait de ne pas faire attention et de ne pas rompre ses habitudes, mais son estomac restait perpétuellement noué : son être restait immuablement habité par cette peur, qu'elle combattait depuis des années.

Le temps ne semblait pas agir sur Thierry et sur leur relation, il se montrait toujours jaloux, possessif et violent. Elle sortit des cours, ce soir-là, avec l'esprit perturbé, priant en marchant silencieusement. Un sentiment de vide s'empara d'elle. Elle avait besoin de l'aide venant du ciel, pour sortir de ce tumulte quotidien, dans lequel elle était plongée. Elle avait besoin de sentir cette paix, qui lui semblait inaccessible et irréel : elle n'attirait que tourments et ennuis.

Elle sentit soudainement que quelqu'un la suivait : c'était Thierry, elle ignorait pendant combien de temps il l'avait suivie, elle continua à marcher, indifférente à sa présence. Il pressa le pas et vint à sa hauteur, marchant à ses côtés en silence, puis s'arrêta devant un bar et lui prit la main.

- «Viens on va boire un verre ici» dit-il, en la tirant vers le bar. elle se dégagea de cet empoignement et continua son chemin.

Elle rencontra une de ses vieilles connaissances sur la route, elle n'eut pas le temps d'échanger avec lui, que Thierry était à nouveau là, il la tira une fois encore, en l'entraînant avec lui.

La maison était plongée dans le noir, il ne l'avait pas lâchée, et ouvrit la porte d'une main, en la poussant à l'intérieur de l'autre main.

- «Il est temps que tout ça s'arrête, Thierry, je ne veux plus de cette relation, entre nous c'est terminé depuis longtemps.» Ces mots lui échappèrent, et résonnèrent comme un cri de guerre, un affront pour Thierry. Il la prit violemment par les cheveux et la tira dans la chambre en hurlant :

- «Tu n'iras nulle part, je ne vais pas te laisser faire ta vie avec un autre homme !» Les coups s'abattaient sur elle. Ses vêtements se déchiraient, elle sentait sa peau brûler, sous les coups d'un fil électrique, qu'il avait ramassé au passage, Julia le griffait et mordait pour se défendre, des coups et des objets s'abattaient sur elle avec une telle rage, qu'elle n'arrivait plus à résister. Des minutes s'étaient écoulées, des voisins frappaient à la porte, alertés par les cris, mais Thierry ne bougea pas. Julia était entièrement nue, il la frappait au ventre l'insultant et tentait d'introduire ses mains dans son sexe. Une haine féroce jaillissait de ses yeux, il prit le fer à repasser et frappa au visage de la jeune femme : elle perdit connaissance.

Julia ouvrit les yeux, il était assis au bord du lit, elle était couchée les jambes entrouvertes, sa nudité lui était offerte, elle ravala difficilement sa salive, imaginant ce qu'il lui avait fait. Il semblait calme et fumait une cigarette, dont l'odeur étouffait la jeune femme. Julia tenta de retenir une quinte de toux, qui provoqua une douleur à travers tout son corps, elle avait de la peine à respirer, elle lui dit doucement :

- «Je dois aller à l'hôpital.» Des larmes s'échappèrent, elle se demanda pourquoi la mort était-elle si dure avec elle ?

Elle se sentit enfin en sécurité dans ce lit d'hôpital, elle devait y rester plusieurs jours en observation. Ses yeux étaient remplis de sang, son corps couvert de bleus et d'éraflures, elle n'avait pas de fracture aux côtes, mais elle ressentait un mal atroce, des blessures internes, qui guériraient avec le temps : «Par chance vous n'avez pas d'hémorragie interne, mais on vous garde pour contrôler tout ça» avait déclaré le médecin. Les regards des infirmières étaient compatissants, elles devaient voir des cas similaires fréquemment, choquées par une telle violence.

Liliane, Emma et Christelle n'avaient pas tardé à être à son chevet, elles étaient offusquées en voyant la tête de Julia, l'incitant à prendre des photos pour avoir des épreuves de ce drame. Thierry n'avait pas refait surface depuis son arrivée à l'hôpital, sa grande sœur était venue, la mine triste, le regard ahuri, elle ne savait pas quoi dire : toutes les phrases bien faites sur les difficultés du mariage, telles que : «chaque femme doit supporter son homme», ne sortaient plus de sa bouche. Julia avait le sentiment que toute crainte et toute angoisse s'étaient dissipées de sa vie : elle se sentait libre.

Chapitre XI

Le mari d'une autre

Cinq jours à l'hôpital, cinq jours à penser au sort du père de sa fille, le médecin lui procura un certificat médical, il était curieux de savoir quelle mesure elle allait prendre contre cet homme qui l'avait défigurée. Tout ce qu'elle désirait sur le moment, c'était d'être loin de lui.

Julia avait rejoint la maison familiale, elle se remettait de ses blessures, mais les souvenirs de cette nuit la hantaient. Elle avait appelé Dani d'une voix tremblante, elle ne cacha pas son envie de le voir, ses sentiments. Il était resté silencieux, il promit de la rappeler le lendemain.

Julia regardait le certificat médical posé sur le lit, elle n'avait pas envie de s'engager dans cette bataille, elle avait envie d'être en paix, mais les paroles de Dani lui revenaient à l'esprit. Il n'était pas le seul, à la conseiller de porter plainte, mais elle ne voulait pas traîner le père de sa fille devant les tribunaux. Emma assise près d'elle, était la seule qui la comprenait. Dani était persuadé qu'il ne la laissera jamais tranquille, si elle ne portait pas plainte. Il voyait cette procédure, comme une façon pour Julia, de renoncer définitivement à cet homme, mais elle avait renoncé à lui depuis longtemps. Julia essayait de faire comprendre à Dani ce qu'elle ressentait, ce qu'elle souhaitait, au risque de le perdre, elle avait le cœur lourd. Il sentit à travers sa voix, sa tristesse et lui dit doucement dans un souffle : «Fais ce que tu veux, je te soutiens.»

Julia avait hâte de le voir, ils échangeaient depuis des semaines au téléphone, sa voix était caressante et réconfortante. Julia réalisa qu'elle avait attendu ce moment depuis de longs mois. Ils étaient impatients de se rencontrer, de parler, de se toucher et de concrétiser cette relation qu'ils voulaient vivre. Julia se sentait prête et ne pouvait plus attendre, elle n'avait plus peur, plus peur de ce risque, plus peur d'aller trop vite, son cœur avait soif d'amour. Il n'avait pas tardé à venir à Douala pour elle.

Il voulut lui faire la surprise, il était arrivé le matin et l'attendait au magasin. Julia tremblait et ne savait pas si elle était assez présentable pour y aller, elle ne s'attendait pas à ce scénario-là.

Le magasin grouillait de monde, des hommes occupaient des places dans un coin, ils discutaient en poussant quelques cris. Les vendeuses tentaient de satisfaire des clients impatients, avec l'aide du responsable. Le groupe d'hommes se leva soudainement et chacun prit la sortie. Dani semblait avoir pris du poids, il demanda à Julia de le suivre. Ils s'engouffrèrent dans une petite voiture, dans laquelle il avait du mal à s'installer confortablement. Son ami au volant se moqua de lui et démarra avec un fou rire joyeux et sympathique.

Son ami logeait dans un appartement au centre-ville, aménagé à l'américaine, avec une cuisine ouverte, qui donnait à la pièce, plus d'espace. Des meubles rembourrés faisaient face à un téléviseur, qui réunissait quotidiennement un groupe d'amis Sénégalais, installés au Cameroun depuis plus de vingt ans, dont les habitudes culturelles n'avaient pas changé.

Dani s'installa confortablement sur l'unique canapé, et tira Julia vers lui. Ils n'avaient plus besoin de mots, plus besoin de parler, ils savaient ce qui les unissait, c'était plus fort qu'eux, cette attirance et ce besoin de se sentir.

Il la prit dans ses bras et la serra si fort qu'elle sentit son cœur battre contre le sien. Ils sentaient réciproquement ces battements convulsifs, qui passaient des messages d'alerte à leurs corps. Des bruits vinrent de l'extérieur, ses amis revenaient, Julia tenta de s'éloigner à regret, de cette étreinte agréable, heureusement qu'il garda son bras sur son épaule, la caressant doucement. Trois hommes entrèrent dans l'appartement, envahissant la pièce de leur voix et brisant la sensualité du moment. Dani et Julia échangèrent un sourire complice, la sympathie de ses amis était évidente, mais ils avaient hâte d'être seuls. Un autre fit son entrée, un plateau entre les mains, il le déposa sur la table. L'odeur emplit la pièce, creusant des estomacs, des couverts furent posés sur la table et ils s'installèrent tous autour du plateau. Julia découvrit le riz sénégalais, cette façon de manger ensemble, dans un même bol, qui créait une intimité particulière. Elle se sentait intimidée par ces hommes, aussi naturels, simples et serviables, des attentions particulières qui la mettaient mal à l'aise tout en lui faisant plaisir. Elle resta silencieuse, les observant, ils parlaient cette langue «wolof» qu'elle ne connaissait pas, qui transformait leur accent, lorsqu'ils parlaient en français. Très rapidement l'appartement se vida et le calme retomba dans la pièce. Dani disparut dans une autre pièce, et revint quelques minutes après, les pieds nus, en retroussant les manches de sa chemise. Son corps athlétique la fit tressaillir, il semblait à lui seul remplir la pièce. Il s'approcha d'elle et la souleva de la chaise, il la transporta dans une chambre, la déposa délicatement sur un grand lit qui occupait tout l'espace, et enleva sa chemise. Leur corps s'entrelacèrent dans une étreinte chaude et délicate, Julia ne put se contenir, elle fondit en larmes. Il prit son visage entre ses mains, essuya ses larmes, Julia se serra une fois encore dans ses bras, cachant sa honte et son désarroi sur son torse. Elle secoua la tête de gauche à droite, le sentiment de peur et d'angoisse réprimait ce désir qu'elle avait inéluctablement pour cet homme. Elle était encore affectée par tout ce qui s'était passé dans sa vie, Dani devait être patient et compréhensif. Il se coucha à ses côtés, la regardant profondément. Ils restèrent ainsi des heures à parler doucement et parfois des larmes s'échappaient des yeux de Julia, mêlées à quelques fous rires.

Il repartait le lendemain, Julia ignorait s'ils allaient se revoir, avant de sortir de l'appartement, il la prit dans ses bras, sans dire un mot, ils se serrèrent l'un contre l'autre, leurs odeurs se mêlèrent une fois encore. Julia avait la gorge nouée et une envie de pleurer : elle étouffait à la seule idée de le quitter.

Elle ferma les yeux, sentit cette odeur l'envahir, elle ne voulait pas revenir à la réalité. Elle entendait de loin les collègues rire et échanger quelques anecdotes. Julia essayait de se concentrer sur ce rapport que la responsable de vente attendait, mais son esprit voulait demeurer dans ce fantasme inouï. Elle ne pouvait pas éprouver une telle chose aussi vite, ce sentiment irrationnel et dévastateur ne pouvait plus faire partie de sa vie, surtout pas avec Dani.

Il était marié et père de famille, que pouvait-elle espérer ? Ils décidèrent de naviguer sur un fleuve tranquille et de prendre les choses comme elles viendront. Ses appels la rendaient heureuse et se multipliaient jour après jour, ils ne se lassaient pas de se parler, de discuter avec tendresse, partageant un désir commun, sensuel. Emma se moquait d'elle et qualifiait cette relation «d'amour de collégiens».

Julia refusait de parler d'amour, c'était un grand mot qu'elle s'interdisait de prononcer et d'y croire. C'était trop dangereux, mais comment qualifier et appeler ce qu'elle ressentait : quand elle entendait sa voix, et quand il lui parlait avec tendresse et délicatesse. Elle semblait planer pendant ces moments, elle sentait ses grandes mains sur son corps, ce contact chaud et doux lui manquait et elle semblait manquer d'air.

Thierry utilisait sans cesse le prétexte de venir voir sa fille, pour imposer sa présence à Julia. Il affichait un air confiant, il semblait penser que ce n'était qu'un mauvais moment entre eux, qui allait vite passer. Julia n'osait plus échanger avec lui, mais elle voulait qu'il comprenne que tout était réellement terminé et qu'il l'acceptât.

L'intervention de ses amis et sa famille ne fit pas changer d'avis à la jeune femme, plus cette fois : elle pensait à cette nuit-là, elle ne pouvait pas oublier cette haine, cette colère dans les yeux de Thierry. Julia avait longtemps appelé la mort, mais elle n'était pas venue, maintenant, elle avait envie de vivre, pour sa fille, pour l'amour qui était toujours possible, avec un homme aimant, respectueux de ce qu'elle était.

Thierry portait sa fille quelques minutes et revenait à la charge, suppliant Julia, implorant son pardon. Elle n'arrivait pas à le détester, elle n'arrivait pas à avoir de la compassion pour lui non plus. L'homme qui lui faisait peur, qui avait marqué son esprit de tant de remous, et remué des douleurs profondes, n'existait plus. Il tentait tout genre de manœuvre pour attirer son attention et l'émouvoir, il proposa d'organiser leur mariage dans les plus brefs délais et de faire tout son possible pour la rendre heureuse, mais ses paroles sonnaient comme une cloche dans un cimetière. Cet épisode de sa vie avec lui était terminé, il n'existait plus, il était devenu le néant qu'elle regardait avec indifférence.

Julia se sentait plus forte, pleine d'assurance. Indifférente au mariage, à tout ce que ce que la société pensait, sur la place d'une femme : des sacrifices qu'elle se devait de faire pour entretenir un ménage, en s'oubliant, s'humiliant, obéissant inlassablement, contre son gré, rendre compte à un homme qui jouissait de sa liberté, et dont tout lui était permis. Elle savait que ce n'était pas fait pour elle, elle rêvait d'une autre union, libre, aimante, douce, respectueuse. Julia tentait de se persuader que des mariages heureux existaient, et que toutes les femmes ne passaient pas leur vie à «supporter».

Elle voulait pour l'instant, profiter de ce sentiment qui l'animait, cette envie de revoir Dani, libre de l'aimer, libre de s'abandonner à l'extase du plaisir qu'il lui procurerait.

Julia était impatience de revoir Dani, mais elle avait peur de ce qui allait arriver, il avait enchaîné plusieurs voyages et promettait de venir la voir dès son retour. Plusieurs semaines s'étaient écoulées depuis leur dernière rencontre, et leurs échanges au téléphone étaient tendres, passionnés : des semaines après, il était là.

Il était enfin rentré ! Après plusieurs mois loin, à échanger, et à fantasmer au téléphone. Ils avaient hâte de se retrouver, elle n'avait plus la tête à ses cours ni au boulot, l'excitation la déroutait de toute réalité, l'attente fut longue et pénible.

Julia n'avait jamais eu cette difficulté à choisir quoi mettre, mais ce matin-là semblait particulier. Elle tremblait en mettant une quatrième tenue, qu'elle décida finalement d'adopter.

Cette journée s'annonçait pétillante et frémissante, elle se sentait revivre.

Emma sentit l'excitation qui l'habitait et la taquina, elles chuchotèrent en riant, plaisantant sur ce rendez-vous, qu'elle attendait depuis des mois. Il n'avait pas tardé à envoyer le message qu'il était là. Julia semblait étouffer soudainement dans le bureau, elle termina rapidement un rapport et sortit en courant. L'air chaud et le tintamarre des klaxons des véhicules qui zigzaguaient pour se frayer un chemin à travers ce chaos urbain ne semblaient pas perturber son humeur et son enthousiasme. Elle semblait planer dans cet univers cauchemardesque, pollué de bruits, fumées, d'odeurs nauséabondes. Elle afficha un sourire en traversant la porte vitrée, les deux vendeuses étaient assises derrière le comptoir, les yeux rivés sur la vitrine, observant les allées et venues des passants sur cette rue agitée de la ville. Le responsable, assis dans un coin, pianotait sur son téléphone, ils étaient plongés tous dans une léthargie matinale, que son entrée perturba. Dani descendit les marches d'un pas assuré, un léger sourire aux lèvres, une sacoche noire sous la main. Son responsable les observa quitter le magasin, l'air interrogateur.

Ils n'avaient pas dit un mot, Dani Stoppa un taxi, ouvrit à Julia la portière arrière, et grimpa à l'avant. Il indiqua une destination au chauffeur, et celui-ci gara quelques minutes après, devant un immeuble. Dani sortit en disant doucement : «J'arrive.» Il disparut dans le bâtiment. Il fit deux autres courses de la même manière, Julia attendait dans le taxi, perplexe et excitée. Le taxi les déposa enfin chez son ami, l'appartement était vide et silencieux, il déposa sa sacoche sur une chaise et s'affala sur le canapé en tendant son bras vers elle, l'invitant à le rejoindre. Elle se glissa dans ses bras, dans une étreinte douce et soyeuse, il la serra fort dans ses bras, humant son parfum, en lui procurant de petits baisers dans le cou.

Tous les sens de Julia étaient en alerte, prête à accueillir ce grand corps, qu'elle désirait de tout son être. Son cerveau s'était vidé de toute pensée, elle recevait et répondait avec volupté à ses caresses et ses baisers. Le désir montait en eux, comme un feu dévorant, une flamme vigoureuse, qui les consumait et les liait dans ses braises ardentes, dont leur seul espoir, était cette union farouche, sensuelle, de deux corps, qui s'emmêlaient dans des respirations haletantes et vacillantes. Entrelacés, les regards perdus l'un dans l'autre, ils sentaient leurs tremblements respectifs, cette sensation forte qui ne pouvait être mensongère et passagère.

Comment allait-elle survivre à ça ? Julia repoussa cette réalité qui s'imposait à son esprit, elle ne voulait pas se poser de question, ni réfléchir pour le moment, l'instant était trop délectable et semblait irréel. Elle voulait juste y demeurer ou s'y perdre. Couchés dans le grand lit, ils tentaient de reprendre leur souffle et leurs esprits, leurs corps collés l'un contre l'autre.

La sonnette fit interrompre ce moment d'intimité, il se leva, s'habilla rapidement, pour ouvrir. Des voix s'élevèrent dans le salon et un parfum appétissant prit possession des lieux. Trois hommes s'étaient installés dans le petit salon, et quelques minutes après, le plateau de riz était vide. Ils discutaient joyeusement, alliant le «wolof» et le français. Julia tentait de rester présente et de ne pas se perdre dans ses pensées. Dani était le seul qui était marié à une femme de la région du Centre du pays, les autres avaient leur famille au Sénégal, certains avaient déjà passé plus de vingt ans sans y retourner, mais le lien familial était toujours présent et si fort.

Ils se séparèrent tard à contrecœur, Julia devait se concentrer sur ses cours, mais elle ne cessait de penser à Dani, elle se demanda si elle pourra supporter cette relation à distance et surtout supporter qu'il soit déjà à une autre. Il avait réveillé de sensations nouvelles en elle, il était loin, dans une autre ville, combien de temps devra-t-elle attendre ? Il devait trouver des raisons chez lui pour être plus présent à ses côtés, leurs désirs étaient plus forts et plus fougueux. Au bout du fil, la voix de Dani lui faisait monter une chaleur sensuelle, ils parlaient pendant des heures, échangeant sur cette envie dévorante qui les animait.

Deux semaines s'étaient écoulées, le grand lit de l'hôtel accueillait leurs corps impatients de se retrouver : Dani était arrivé tôt dans la matinée, il l'attendait au magasin. Leurs yeux se parlaient, leurs corps frémissaient de désir, ils ne semblaient plus voir la ville, ni prêter attention à cette turbulente ambiance qui les entourait. Il avait pris son véhicule et avait conduit moins de trois heures pour la retrouver. Leurs mains changeaient ensemble les vitesses, ce contact leur procurait une sensation inouïe, leurs regards se perdaient l'un dans l'autre, oubliant la route devant eux.

Ils étaient montés dans la chambre collés l'un contre l'autre, indifférents aux regards dans le hall et dans l'ascenseur, la chambre les accueillit enfin : comme un nid inespéré et complice de cette envie sensuelle, qui les ceignait. Ils restèrent serrés l'un contre l'autre, craignant de rompre cette sensation qui était inédite, agréable, voluptueuse, délectable. La douceur de ses mains et de ses caresses contrastait avec l'homme vigoureux qu'il était. Il était à l'écoute de ses sens, manifestait un intérêt sur ce qu'elle voulait, ce qu'elle éprouvait, elle était une nouvelle femme dans ses bras : heureuse, épanouie, libre.

Ces rencontres se renouvelaient chaque semaine, tant qu'il était dans le pays : les deux cent trente-huit kilomètres qui les séparaient entre Douala et Yaoundé, devenaient un obstacle dans cette envie mutuelle de se voir et d'être plus proches. Il voulait qu'elle vienne aussi souvent, pour ne pas prendre tout le temps ce trajet dangereux, mais Julia n'avait pas encore la force de retourner dans cette ville qui lui avait arraché Philippe, son souvenir restait présent, douloureux, malgré le temps. Elle ne comprenait pas comment son cœur s'autorisait à aimer de nouveau et à désirer un autre homme, pourtant les liens se renforçaient avec Dani. Elle oubliait toutes les difficultés vécues avec Thierry.

Elle trouvait sa place et ses repères avec Dani, elle respectait son ménage, ils vivaient pleinement cette passion qui les liait. Leurs retrouvailles étaient à chaque fois, si fortes, si enflammées. Elle avait réussi à se rendre à Yaoundé, pour un week-end, il n'avait pas pu se déplacer cette semaine-là, et s'était arrangé pour son séjour, dans cette ville, qu'elle trouvait grise, avec un temps frisquet. Julia essaya de ne pas penser à Philippe, mais la gare l'avait déjà plongée dans le souvenir de leur dernière séparation.

Julia avait retrouvé Annie, qui l'avait rejointe à l'hôtel, elle était rayonnante. Elle revenait rarement à la cité, les deux amies s'étaient très peu revues depuis des années. Annie avait une fille qui avait le même âge que la fille de Julia et travaillait au Ministère des Finances.

Elles se racontèrent leurs péripéties de ces dernières années, riant aux éclats, heureuses de se revoir. Annie ne semblait pas marquée par les événements tragiques qu'elle avait vécus. Ces moments traversèrent l'esprit de Julia : elle la revoyait, accroupie, entourée de ces gens qui tentaient de la délivrer, ses cris ce soir-là résonnèrent dans sa tête. La voir avec cet air épanoui la rassura. Elles se quittèrent en début de soirée à l'arrivée de Dani, il était calme et serein, il prit délicatement Julia dans ses bras, lorsque la porte se referma derrière Annie. Entre le travail et la famille, ils n'avaient vraiment pas pu passer du temps ensemble, c'était leur instant à eux, elle frémissait, sous ses caresses, les accueillant avec frénésie et sensualité : tout s'arrêtait pendant ce moment.

Julia passait dorénavant, régulièrement ses week-ends à Yaoundé, elle retrouvait sa sœur Rosa et parfois quelques anciens camarades, dont un bon nombre d'entre eux continuaient les études à l'Université de SOA. Valérie y était elle aussi, elle logeait dans des nouvelles cités aménagées par les autochtones dans cette commune de Yaoundé, qui restait encore une zone en manque d'infrastructures. Ses parents étaient toujours détenus à la prison centrale et leur vie continuait, malgré cette absence cruciale. Les filles partageaient d'agréables moments, avant de replonger dans leur quotidien fragile et oscillant.

Julia avait trouvé un appartement dans le centre-ville. Aménager un nouvel espace était comme un nouveau départ, elle voulait aller de l'avant et vivre pleinement, mais une nouvelle absence s'était ajoutée à ses émois.

Dani sentait sa tristesse et tentait de lui faire plaisir, elle n'arrivait pas à s'habituer à cette absence lourde, à ce vide qui nouait son estomac.

Sa fille était partie rejoindre sa mère en Europe, Julia était persuadée que c'était le seul moyen pour éloigner Thierry d'elle, mais sa douleur était grande. Le vide l'envahissait entièrement, elle se força à penser qu'elles se reverront très vite. Julia s'était enfermée dans la petite chambre dans la maison familiale pendant des heures, elle maudissait ce silence ambiant qui semblait la narguer, qui avait pris la place des cris et rires joyeux qui envahissaient depuis quelques années cette maison : sa fille lui manquait et tous les membres de sa famille.

Thierry n'avait plus de raison de la chercher, Julia se sentait en sécurité, loin de la cité, dans ce nouveau cadre que les gens ignoraient. Les appels de Thierry qui restaient en général sans réponse s'espaçaient, elle priait qu'il trouve vraiment l'amour et l'oublie définitivement.

Julia avait terminé sa dernière année à l'Ecole Supérieure de Management, elle était fière d'elle, son diplôme lui ouvrait les portes du marché de l'emploi, mais elle n'aspirait plus à travailler pour autrui, ses ambitions étaient devenues tout autres. Julia voulait relancer l'entreprise de distribution alimentaire, elle devait trouver les fonds nécessaires, elle avait soumis ce projet à son frère, qui était installé en France, en espérant un appui substantiel. En attendant, elle continuait à travailler dans l'entreprise de communication, qui semblait faire faillite, Monsieur Fonkoua avait de la peine à payer les salaires et les démissions se succédaient. Dani proposa à Julia de lui donner un coup de main, en attendant qu'elle trouve mieux et surtout redémarrer son entreprise de distribution. Julia entreprit donc de revendre quelques produits du magasin de Dani.

Elle travaillait avec les vendeuses et le responsable, les relations entre eux étaient cordiales, ils savaient ce qui la liait à Dani et respectaient ce rapport, dont ils ne parlaient pas. Julia restait en retrait de la gestion du magasin, exclusivement réservée à Baldé, qui supportait malgré lui sa présence. Il affichait des sourires qui cachaient mal son malaise et son antipathie.

La jeune femme ressentait la paix au fond d'elle, elle se réjouissait de ces moments qu'elle passait tranquillement devant la télé, en discutant des heures au téléphone avec Dani. Ces moments d'intimité au téléphone, les aidaient à oublier la distance, à combler le vide de son absence, et celle de sa fille. Un numéro ne cessait de l'appeler tandis qu'elle était en communication avec Dani, elle pensa à Thierry, mais c'était la copine d'un de ses amis. Les filles ne la cherchaient plus depuis sa séparation avec Thierry. Julia fut curieuse et la rappela. Elle fut gagnée par une stupéfaction et une douleur soudaine : la compagne de Cabral était décédée. Elles avaient gardé de bonnes relations, elle avait tenté une réconciliation entre Julia et Thierry, mais elle avait vite compris que c'était peine perdue. La douceur de son ton ce soir-là, revint brutalement à l'esprit de Julia : comment la mort choisissait-elle ses victimes ! Elle frappait avec une telle brutalité et rapidité certaines personnes : sournoise, laissant les vivants dans la consternation.

La mort d'Angela plongea Julia dans les souvenirs douloureux de la disparition de Philippe : prise par de violents maux de tête, il avait fallu que quelques heures, elle était plongée dans un coma irréversible.

Cabral était anéanti, il semblait vouté sous le poids de cette douleur profonde. Il avait eu le soutien des proches, de ses amies, il avait perdu une amie, une compagne de longue date, ils étaient ensemble depuis le collège. Il était important pour tous, de rendre un dernier hommage à Angela, une femme forte, sensible, généreuse.

Cette semaine-là, semblait être rude et remplie de surprises : Dani appela Julia un matin, plus tôt que d'habitude. Il tentait de garder son calme et de parler d'une voix sereine. Des heures plus tard, Julia se rendit au magasin, pour constater les faits.

Les vendeuses semblaient ailleurs, les regards vides, l'esprit perturbé, ébahies par cette nouvelle qu'elles ne comprenaient pas. Baldé en tant que responsable, était le seul à avoir les clés du bureau et celle du coffre-fort. Il avait fermé les locaux la veille et le lendemain matin, cinq millions s'étaient volatilisés ! Il était sous le choc, perturbé et troublé par cette perte incompréhensible, mystérieuse. Le malaise au sein de la boutique était palpable, Baldé s'était rendu à la police. Les filles étaient plongées dans un silence léthargique, elles servaient mécaniquement quelques clients présents dans le magasin, mais elles n'étaient plus elles-mêmes. Baldé entra, suivi de quatre hommes, ils montèrent en silence dans le bureau et lorsqu'ils descendirent, ils demandèrent aux filles de se hâter : la boutique fermait, tout le monde devait se rendre au poste de police. Les filles exécutèrent sans broncher, suivant le groupe de policiers qui semblait décidé à percer ce mystère. La journée s'acheva sans suite.

Au poste, les filles avaient tenu tête aux enquêteurs, elles s'étaient métamorphosées en jeunes filles rebelles, insensibles et froides parlant d'un ton tranchant, dur et arrogant, une certaine impassibilité émanait d'elles, déstabilisant parfois les policiers, qui comptaient sur leur influence pour les faire faiblir et trouver le responsable. Elles avaient rejoint la boutique, gardant cette attitude froide et arrogante.

 Baldé insista auprès de Dani, pour poursuivre cette affaire auprès de personnes assez particulières.

Julia décida de se mêler au groupe. Ils traversèrent un cimetière au cœur de la ville, certaines tombes semblaient s'effondrer sous le poids de l'âge et de l'humidité, elles s'empiétaient parfois les unes sur les autres, par manque d'espace. Quelques cabanes faisaient face à ce spectacle mortuaire, ils entrèrent dans une cabane, entourée de branches mortes. Le propriétaire, un jeune homme vêtu d'un jean et d'une chemise blanche, sortit et discuta brièvement avec Baldé. C'était un marabout très connu, Julia avait entendu parler de lui au lycée : il agissait spécialement dans des affaires de vol et trouvait toujours le coupable disait-on. Sa technique consistait à mettre des grains de maïs dans les yeux des différents suspects, en mimant quelques paroles inaudibles, le coupable se retrouvait avec des grains coincés dans l'œil et pris d'une douleur atroce. Julia observait cette mascarade avec méfiance et dédain : elle ne s'attendait pas à trouver un jeune homme. Elle apprit plus tard, que le père était décédé et que le fils avait pris les affaires en main. Baldé fut le premier à passer, les graines retombèrent, frappant sur une cuvette mise sous son visage, ce bruit signifiant qu'il était innocent. Les filles passèrent elles aussi, cet examen mystique, qui les dédouanait de toute accusation. Dani était curieux, il voulait tous les détails de ce moment insolite. Il banalisait finalement cette perte, il savait que ça faisait partie des risques des affaires, mais il avait perdu confiance en ses employés.

Baldé était comme son fils, confié très jeune à Dani par l'un de ses parents, le petit garçon avait grandi sous sa coupole. Dani lui avait offert sa chance de réussir, ce qui suscitait jalousie chez grand nombre de leurs concitoyens. Le jeune garçon se montrait arrogant et hautain au fil du temps. Dani rejetait toutes les mises en garde des proches, se sentant responsable de lui, refusant de le laisser tomber, sur des dires et soupçons aléatoires.

La boutique tournait mal, Dani n'était plus régulier dans la ville, il cherchait des solutions pour remettre les affaires sur les rails. Baldé était toujours à ses côtés, avec une assurance et un ego surdimensionnés. Ils avaient de la peine à trouver des vendeuses efficaces et honnêtes, des pertes considérables d'argent et de produits ne cessaient d'être constatées.

La complicité et l'intimité que Julia partageait avec Dani étaient un cadeau immense, ils étaient en symbiose dans les épreuves qu'il traversait, ils étaient confiants que rien ne perturbera cette sérénité, cet amour qui les unissait. Ils sortaient d'un restaurant, heureux et pressés de se blottir l'un contre l'autre. Il était venu en voiture, elle était restée garée dans un parking, sans sécurité apparemment. Ils constatèrent rapidement en montant dans le véhicule, une pierre sur le pare-brise, enroulée dans un papier avec une phrase écrite grossièrement en rouge : «Je vais vous tuer.» Il demanda à Julia brusquement de monter dans la voiture, il jeta un regard autour de lui et chercha les agents de sécurité, assis sereinement dans un coin de la rue : ils n'avaient rien vu !

Ça ne pouvait pas être une mauvaise blague, ils restèrent silencieux, durant le trajet, cherchant à comprendre cette menace, et identifier l'auteur. Le téléphone de Dani se mit à sonner, c'était un numéro masqué, il décrocha d'une main, en stoppant le véhicule au bas de la maison. Il entendait une respiration sifflante, l'individu resta silencieux. Dani insista en criant : «Allo !» Qui resta sans réponse, il raccrocha. Ils montèrent dans l'appartement, le téléphone sonna de nouveau, Dani se refugia dans la chambre. Il ressortit une quinzaine de minutes après, un sourire gêné et crispé. Julia attendait qu'il s'explique, ils ne se cachaient rien, il semblait ne pas savoir par où commencer. Il fit un soupir et prit place près d'elle, en caressant sa cuisse. Le téléphone sonna une fois encore, un numéro masqué, il le laissa sonner.

Blottie dans ses bras, Julia entendait son cœur battre fort. Ils ne se lassaient pas de ce contact doux, de ce désir qui les entraînait dans une escapade de plaisir, plus intense et vigoureuse. La nuit s'écroulait, dans une fièvre montante, de leurs ébats fougueux et sensuels, qu'ils voulaient uniques et inoubliables. Dani la serra dans ses bras, et soupira : il n'avait rien dit depuis les coups de fil,

Julia attendait qu'il se décide. Il se lâcha enfin dans le silence de cette nuit torride :

- «Ma femme a trouvé des factures de l'hôtel dans mes affaires.»

Julia resta silencieuse, depuis qu'ils étaient ensemble, elle avait appris à le connaître : il ne voulait pas que sa femme souffre de cette relation, qui le dépassait lui-même. Julia était persuadée qu'au fil des mois, elle avait vu son mari changer, ses habitudes se modifier. Elle était mariée à un musulman sous le régime de la polygamie, mais n'avait jamais envisagé qu'il pouvait prendre une deuxième femme. Ils n'en étaient pas là, mais Dani essayait de préparer Julia à cette éventualité. Elle ne voulait pas y penser, ni envisager un tel mariage : «Je ne peux pas toujours vivre dans le péché» disait-il. Julia avait peur de le perdre, elle savait que dès que sa femme serait au courant, ça perturbera leur histoire. Il était présent dans sa vie, malgré la distance et sa situation matrimoniale. Cette relation lui faisant du bien, telle qu'elle était, malgré certaines circonstances douloureuses, qui rendaient les choses difficiles, complexes.

Lors de son dernier voyage à Yaoundé, Julia avait compris que la polygamie n'était pas faite pour elle : après des moments passés ensemble, dans une intimité tendre et sensuelle, il devait rentrer chez lui au milieu de la nuit. Julia ne put pas supporter le voir partir, la laissant seule, dans cette chambre froide. Julia était en larmes et lui aussi, il l'avait serrée dans ses bras, il lui avait refait l'amour, au milieu de la pièce, avec une fougue bestiale et était parti sans dire un mot, laissant Julia perplexe et triste. Elle n'avait pas fermé l'œil de la nuit et lui aussi : il était revenu le matin à la première heure. Il s'était glissé dans les draps, qui sentaient encore les odeurs de la veille, la serrant fort contre lui, elle sentait le désir monter. Leurs corps chauds restèrent enlacés l'un contre l'autre, après des minutes de silence et de caresses délicates, il avait tranché : «Tu ne peux plus venir.» Julia avait reçu cette décision avec calme et résignation, consciente que c'était mieux ainsi pour eux deux. Julia vivait mal ce moment : rester seule dans cette chambre, pendant qu'il rentrait se coucher aux côtés de sa femme, à quelques kilomètres, elle n'arrivait pas à le supporter. Elle l'imaginait rentrer silencieusement, avec un brin de culpabilité dans le cœur, s'indignant de cette infidélité fétide, mais dans laquelle il trouvait un plaisir inouï, impétueux.

Julia guettait d'éventuels changements de sa part, des signes avant-coureurs que l'attraction s'estompait, mais il restait présent, encore plus amoureux, leurs prouesses sexuelles la sidéraient. Il avait la vigueur d'un jeune homme, cherchant à satisfaire l'appétit insatiable d'une jeune nymphe, avide d'amour, de caresses et de baisers. Ils devaient faire plus attention, il devait préserver son mariage, Julia prenait conscience de sa place. Dani était dans la confusion, tiraillé par cette double vie, par ces mensonges dans lesquels il se refugiait, pour pérenniser la confiance de sa femme et continuer cette aventure extraconjugale.

Elle ne pouvait plus le nier : elle était amoureuse de Dani, elle avait peur de son statut, peur de souffrir, elle sentait au fond d'elle, qu'elle avait quitté une vague sauvage et meurtrière, mais continuait à naviguer dans une eau trouble.

Chapitre XII

Manipulation

Monsieur Fonkoua n'avait pas pu tenir plus longtemps, il avait annoncé qu'il arrêtait toutes les activités de son entreprise. Julia était préparée à cette éventualité, tous les employés l'étaient, mais affronter cette réalité, n'était pas chose évidente. Il n'avait pas caché son découragement à investir dans le pays et voulant repartir en Europe. Julia était plus active dans le magasin de Dani, cherchant toujours les fonds nécessaires pour ses affaires. Emma avait trouvé du travail dans une agence de voyage, mais le salaire était très bas, elle cherchait d'autres opportunités, qui semblaient hypothétiques.

Julia trouva un poste dans une petite entreprise d'exploitation agricole, elle accepta ce travail à temps partiel, en attendant de démarrer son activité. Le propriétaire lui accorda spontanément sa confiance et lui confia des responsabilités qui suscitèrent jalousie et animosité de la part des autres collègues. Julia tentait de faire au mieux et de ne pas accorder d'importance à ces attitudes qui polluaient l'environnement du travail, le rendant hostile et invivable. La haine gratuite, était une chose que l'être humain témoignait sans état d'âme, qui semblait fortement s'imprégnée indissolublement dans cette société, en proie à une crise de perte de valeurs et d'amour du prochain. Julia avait vu au cours des années, le fruit de la haine et les résultats destructeurs que ce sentiment pouvait produire, elle se demandait chaque jour comment y échapper. Elle souriait à ces gens comme elle avait longtemps souri à ces filles qui l'insultaient dans la rue, parce qu'elles voulaient sa place dans la maison de Thierry : une place qu'elle avait laissée sans regret, sans remord. Elle savait qu'elle aurait pu y laisser sa peau, elle se sentait chanceuse.

Le numéro masqué avait rappelé Dani, il avait finalement décidé de parler après plusieurs appels au cours desquels, il laissait entendre sa respiration encore plus sifflante. Il était devenu menaçant, insultant. Il était au courant de leur relation et menaçait d'en parler à la femme de Dani. Celui-ci garda son calme, riant nerveusement des insultes de cet individu qui savait des choses sur leur vie. Dani et Julia essayaient de comprendre, d'où il tirait ces informations. Quel était le but de cette manœuvre ? Dani tenta de rassurer Julia, mais elle savait qu'il était plus perturbé qu'elle. Il pensait à son mariage, sa famille. Ces menaces pouvaient venir de n'importe qui et ils ignoraient jusqu'où ça pouvait aller.

Dani recevait les appels tous les soirs, il ne voulait pas porter plainte. Baldé l'avait persuadé que c'était le père de la fille de Julia. Durant un moment de confidences, les deux hommes avaient parlé de Julia, des histoires personnelles de sa vie, dont elle n'était fière, qu'elle désirait oublier. Baldé savait qu'elle avait quitté le père de sa fille, à cause de sa violence. Il considérait à présent que c'était la seule personne qui pouvait et qui avait des raisons pour chercher à les nuire. Julia n'était pas de cet avis, elle ne croyait pas Thierry capable de mener une telle manigance, malgré tout ce qui s'était passé et elle était persuadée qu'il ignorait qu'elle avait une relation. Thierry l'appelait régulièrement, soit pour prendre des nouvelles de leur fille et Julia lui répondait calmement, d'appeler sa mère, avec qui l'enfant vivait ; soit il lui disait qu'il avait un paquet pour elle. Il s'arrangeait à lui offrir des vêtements, des parfums, Julia lui demandait de les déposer à la maison, il pensait qu'elle y vivait toujours. Julia prétextait être prise par le travail et ses cours, pour éviter de le rencontrer. Il avait toujours cette envie de renouer et de la reconquérir. Elle évitait d'en parler à Dani et face à l'attitude de Thierry, Julia était davantage persuadée qu'il n'était pas derrière ces appels. Thierry était trop impulsif et colérique, il ne pouvait pas appeler Dani, le menacer et ensuite l'appeler avec autant de calme et de sérénité : ça ne collait pas.

Le numéro masqué mit sa menace à exécution : Dani tenta de trouver des mots pour rassurer son épouse. C'était difficile de la calmer, après une nouvelle pareille, les factures d'hôtel et cet appel anonyme avaient contribué à semer le doute et le trouble dans l'esprit de sa femme jalouse, possessive. Elle menaça de partir, criant qu'elle ne pouvait pas accepter qu'une autre femme profite de ce qu'elle avait bâti pendant des années. Les détracteurs réussissaient à pourrir leur vie, Julia ne savait pas comment Dani allait réagir, face à la pression de sa femme, à son chantage de tout lui prendre. Julia se préparait à l'éventualité douloureuse d'une séparation. Son cœur se serrait : il ne pouvait pas sacrifier sa famille pour elle, malgré ces sentiments qui leur étaient tombés dessus, comme une foudre, violente et salvatrice :

ça ne pouvait pas remplacer vingt-cinq ans de mariage.

Julia essayait de rester lucide, de ne pas laisser la tristesse l'envahir, elle pensa que le mieux serait de partir, de fuir cet amour dont l'issue serait : souffrance, chagrin, déception, amertume. Elle commençait à penser à l'ivresse qui l'attendait durant quelques jours, avant de reprendre ses esprits. Elle fouilla dans sa tête, la contrée dans le monde qui pourrait l'accueillir, pour fuir cette déception inéluctable. Cet acharnement lui était incompréhensible, toute cette haine viscérale lui semblait irrationnelle et l'œuvre d'un individu malade, malheureux et insipide. Il ne tarda pas à s'attaquer aussi à elle : ces menaces la firent éclater de rire au téléphone, un rire qui résonnait faux dans le salon, qu'elle avait l'impression de voir pour la première fois. Couchée sur son canapé jaune moutarde, Julia se sentit soudainement étrangère chez elle, remplie d'un vide nauséeux. La voix rauque de cet inconnu, resta dans son esprit, il avait dit d'un ton tranchant : «Je vais te faire souffrir, tu vas payer pour le mal que tu as fait.» Qui pouvait lui en vouloir de façon aussi tenace, rigoureuse. Julia évita d'appeler Dani, elle avait envie de partager ça avec lui, mais se résigna. Il n'avait pas appelé, comme tous les soirs, elle savait que c'était le début de la fin.

Julia avait pris rendez-vous avec Thierry, elle devait avoir la certitude qu'il n'était pas derrière tout ça, elle demanda à Emma de l'accompagner. Ils devaient se retrouver au marché central, il était élégant comme d'habitude, calme. Julia sentait les regards des vendeurs sur elles, Thierry les fit entrer dans un magasin de chaussures d'un de ses amis, loin des yeux de ces curieux et où la température était plus agréable. Il parla plus avec Emma, elle l'observait, cherchant à percer dans ses paroles un quelconque indice. Il ne cessait de dire qu'il l'aimait toujours et qu'il voulait juste qu'elle revienne. Julia était irritée, cette rencontre ne la menait nulle part, elle jeta un œil sur les chaussures autour d'elle. Thierry en profita pour lui dire de prendre une paire si elle le désirait, elle fit non de la tête. Emma semblait touchée par ses propos, elle lui répondit qu'il devait laisser le temps faire les choses. Cabral entra dans le magasin, ils ne s'étaient pas revus depuis l'enterrement d'Angela. Il portait une chemise noire, Julia se demanda si c'était en signe de deuil ou juste un choix du jour. Il avait l'air serein, semblait avoir surmonté cette perte tragique et brutale. Ils discutèrent quelques minutes, Julia fit signe à Emma qu'il était temps de partir. Thierry les accompagna hors du grand bâtiment, il mit de l'argent dans sa main, en lui demandant ; quand est-ce qu'ils allaient se revoir. Elle ne sut quoi répondre, elle haussa les épaules en s'éloignant de ce chahut du marché. Julia était intriguée, de ses souvenirs, ça ne faisait pas partie de ses habitudes de lui donner de l'argent spontanément : pourquoi le faisait-il maintenant ? Emma éclata d'un grand rire dans le taxi, en la taquinant. Elle reprit vite son sérieux et dit doucement : «Ce n'est pas lui !» Julia le pensait aussi, qui donc pouvait être derrière ces appels anonymes !

Dani avait fait intervenir ses relations, chez l'opérateur téléphonique, pour savoir à qui appartenait le numéro masqué qui les tourmentait, mais en vain. Les puces étaient vendues de façon anarchique dans les rues, elles n'étaient pas enregistrées. L'inconnu ne se servait de ce numéro que pour les appeler, il était désactivé le reste du temps.

Dani était déjà au courant que ce numéro l'avait appelé la veille, grâce au listing fourni par ses contacts. Il regardait tous les appels émis par le numéro masqué, les heures, essayant de trouver un indice, mais seul leur numéro y figurait, et s'indignait de ne pas trouver de réponse.

Il parla à Julia avec tendresse, elle lui dit doucement, qu'elle avait attendu son appel toute la nuit, et qu'elle n'avait pas pu fermer l'œil, la tristesse la submergea. Il reprit doucement avec une petite culpabilité dans la voix :

- «Je sais, je suis désolé.»
- «Qu'est-ce qui va se passer maintenant ?» demanda-t-elle, en refoulant des larmes.
- «Rien, elle devra comprendre que je suis polygame.» Julia ne savait pas comment interpréter ces propos, si elle devait se réjouir ou s'inquiéter. Quel sens prendrait cette relation ? Etait-elle prête pour ce type de mariage ? tout devenait confus dans sa tête, et une peur s'installa à nouveau dans son esprit. Elle pensa à l'échec, à ne pas pouvoir être à la hauteur, Dani succombait sous ses airs aguicheurs, espiègles, sensuels, serait-il toujours le cas à long terme ? Ou se lassera-t-il, après avoir épuisé toutes les ressources qu'elle avait à offrir à plus de vingt ans ?
Elle devait se préparait à toutes les éventualités, elle avait l'impression de se

plonger elle-même dans le gouffre, qui
l'engloutissait dans ses cauchemars.
Marchera-t-elle dans la lumière infinie,
rayonnante et victorieuse ou se perdra-t-elle
dans cette obscurité malsaine, périlleuse ?

Baldé avait une fois encore, persuadé Dani qu'il
avait une solution, pour savoir qui était derrière
le numéro masqué. Il attendit que Dani vienne à
Douala, et ils sortirent ensemble à la rencontre
d'un individu, qui avait le secret de ce qu'ils
tentaient de découvrir depuis des mois.

Dani était revenu le soir, tendu et plus anxieux.
Il demanda brutalement à Julia si elle
connaissait un certain Mounié, elle fit juste un
oui de la tête, impatiente d'entendre la suite. Il
avait rencontré Mounié chez lui, il ne sortait
plus à cause de son poids. Sa vie était réduite
définitivement entre quatre murs, sous le poids
de sa famille, qui devait pleinement s'occuper
de lui. Il devait faire appel à ses connaissances
spirituelles, pour surmonter une telle épreuve, et
ne pas succomber à la dépression, à la lassitude

de la vie, qui lui imposait ce corps informe, énorme, dont il n'avait plus le contrôle.

Julia était choquée, elle ne comprenait pas pourquoi Mounié avait pu raconter de telles choses à son sujet. Elle regardait profondément Dani, doutait-il d'elle ? Il était déconcerté, il ne savait pas quoi penser. Il alla dans les toilettes, avec un air dépité, la laissant perplexe. Elle essaya de comprendre les raisons et le but de ces mensonges : tout était fait pour les séparer.

Elle avait envie d'aller voir Mounié, de lui cracher au visage, sa rage, son dégoût. Il avait soutenu devant Dani, qu'elle était fiancée à un délinquant, un braqueur, qu'elle dissimulait les armes de Thierry chez sa mère. Julia comprit qui était derrière toutes ces manigances effroyables, elle ne comprenait pas comment Dani ne voyait pas dans son jeu. Elle décida de rester calme et d'attendre le bon moment, pour le percer à jour.

Les appels continuèrent, Dani était encore plus persuadé de la culpabilité de Thierry. L'inconnu au téléphone était plus menaçant, il appelait le plus souvent quand Dani était à Douala, il semblait connaître son emploi du temps.

Une autre voix appela ce soir-là, d'un numéro fixe, trois fois de suite, menaçant d'en finir avec eux. Dani enregistra le numéro et rappela le lendemain matin, il n'avait pas bien dormi, s'inquiétait de ce que ces gens pouvaient faire. Il avait cru que ça allait s'arrêter et se tasser tout seul, il pensait finalement porter plainte : ça avait assez duré.

Une fille avait répondu, c'était une cabine téléphonique, elle ne travaillait pas la nuit, sa sœur prenait le relais à partir de dix-huit heures. Dani était excité, il pensait obtenir la preuve que c'était Thierry qui émettait ces appels. La cabine était située à New-Bell, Thierry ne pouvait pas y être à des heures aussi tardives. Dany ne cessait d'y penser, hanté par ces menaces, ces voix qui changeaient, toujours menaçantes, qui voulaient semer la peur, les pousser à bout.

Julia se sentait suivie, à chacun de ses déplacements, elle était aussi anxieuse et stressée par cette situation, elle pensait qu'il valait mieux porter plainte, et laisser la police faire son travail, mais Dani ne l'écoutait plus : il lui dit finalement irrité : «Si tu avais porté plainte, quand ce type t'avait envoyée à l'hôpital, on n'en serait pas là.»

Il lui en voulait encore, de ne pas l'avoir fait. Il sortit, sans dire un mot, la journée s'annonçait bien. Julia espérait qu'il l'appellerait pour s'excuser, mais il ne donna aucune nouvelle de lui toute la matinée, ils devaient déjeuner ensemble, il ne fit pas signe.

Dans l'après-midi, il appela enfin, d'un ton sec, il lui demanda si elle pouvait lui procurer une photo de Thierry. Julia hésita ne sachant pas quoi répondre. Elle lui demanda doucement, sachant déjà la réponse : «C'est pour faire quoi ?» Elle le sentait nerveux, en train de perdre patience, mais il répondit calmement :

- «La fille de la cabine téléphonique va pouvoir au moins identifier si c'est lui qui était à la cabine hier soir.» Julia essaya une nouvelle fois de lui faire comprendre que ça ne pouvait pas être lui, il coupa brutalement :

- «Si tu veux encore le protéger une fois de plus, je prendrai mes mesures, alors tu décides vite, tu me trouves une photo de lui ou pas ?» Julia resta silencieuse quelques secondes, elle entendait son souffle, son cœur se serra, elle ne pouvait pas le perdre, pas comme

ça. Elle fit un grand soupir et lui dit
doucement :

- «C'est à la cité, il faut que j'aille chercher
  dans mes cartons.»
- «Vas- y je te rappelle tout à l'heure» dit-il et
  il raccrocha aussitôt.

Julia se sentit bête, mal à l'aise, la situation ne
lui plaisait pas, elle sentait que les choses leur
échappaient complètement, l'angoisse la prit à
la gorge. Elle ne savait pas comment sortir de
cet étau, elle était en colère, elle se reprochait et
s'en voulait pour ses faiblesses, de ces relations
dans lesquelles elle plongeait tête baissée, sans
mesurer les conséquences.

Elle fouillait dans ses cartons, remplis de
poussière, ruminant cette colère qui ne
désemplissait pas. Elle avait envie de
disparaître, fuir ce monde trop injuste, haineux.
Elle trouva une photo de Thierry, il ne souriait
pas, c'était à l'occasion du premier anniversaire
de leur fille. Julia regarda les autres photos, sa
fille avait plongé les mains dans le gâteau au
moment de souffler la bougie. Julia sourit,
déçue : elle pensait lui donner un foyer, une
famille dans laquelle sa fille devait s'épanouir,

elle avait échoué, elle l'avait éloignée pour trouver la paix : ce bébé qu'elle avait tant désiré, que son être avait voulu, grandissait loin d'elle, pour ne pas voir ses parents se déchirer. Elle se demanda comment cela était arrivé? Comment Thierry s'était-il transformé en bourreau ? Etait-ce sa faute ? L'excès de jalousie ? Ou un mal qu'il avait inéluctablement en lui, qui avait resurgit abruptement, brisant leur vie déjà fragilisée. Julia ressentit une grande tristesse en regardant ces photos, qui illustraient une vie idéale, une vie de rêve, une relation qui aurait pu marcher. L'idée lui vint de dire à Dani qu'elle n'avait rien trouvé. Elle n'avait pas envie d'exposer le père de sa fille, malgré tout le mal qu'il lui avait fait.

Elle retourna chez elle, l'esprit en émoi, confuse. Plonger dans ses souvenirs lui faisait plus de peine, elle n'était pas guérie de toute cette situation. Dani était venu chercher la photo une heure après, il la regarda avec un air dur et s'en alla : elle n'avait pas pu lui mentir, l'effet qu'il faisait sur elle la rendait malade, elle espérait que ce serait la fin de cette histoire.

Julia attendait depuis des heures qu'il la rappelle pour lui donner des nouvelles et pour restituer la photo, mais Dani semblait s'être volatilisé : il était injoignable. Julia était inquiète, tout le reste de la soirée, elle n'arrivait pas à se calmer, à rester sereine, imaginant le pire.

Elle s'endormit devant la télé, elle se réveilla au milieu de la nuit en sursaut, le silence de la nuit lui produisit des bourdonnements aux oreilles, une sensation de fraîcheur l'envahit. Il était deux heures et demie, Dani n'était pas rentré, il avait laissé un message vers minuit : « Bien arrivé, je t'appelle demain.»

Julia ne comprenait pas ce départ soudain, sans lui dire qu'il rentrait, elle n'arriva plus à fermer l'œil de la nuit, les questions fustigeaient dans sa tête. Il la réveilla le matin, elle s'était assoupie au lever du jour, épuisée par cette agitation et cette angoisse qui la compressait. Elle ne reconnut pas sa voix et celle de Dani non plus, elle s'entendit dire brusquement :

- «Tu es parti sans me prévenir !»
- «Oui j'étais fâché et je voulais te punir.» Il le dit calmement, sans chercher à s'excuser.

- «Et comment ça s'est passé à la cabine ?»
  enchaîna-t-elle, sans s'attarder sur cette
  punition particulière, elle était curieuse et
  pressée de savoir qui avait raison.
- «Je n'ai pas pu y aller, des gens iront là-bas
  ce soir.»
- «Qui ça ?» Elle sentait une boule se former
  dans sa gorge. Il ne pouvait pas confier cette
  tâche à n'importe qui. Elle insista pour
  savoir, qui étaient ces gens, mais il lui dit
  brusquement : «Ce n'est pas important, j'ai
  un appel, je te rappelle le soir.» Il raccrocha.
  Elle ne pouvait pas le croire, la photo de
  Thierry était entre les mains de qui ?
  comment Dani pouvait-il encore faire
  confiance aux gens en de pareilles
  circonstances ?
  Elle était déroutée et choquée par cette
  négligence.
  Elle devait sortir pour s'aérer l'esprit et
  arrêter de penser, elle buta sur le chemin, sur
  un groupe de gens, qui avait appréhendé un
  voleur, ils le lynchaient en pleine route, la
  vue de cet homme enflammé comme une
  torche géante fendit le cœur de Julia :
  comment pouvait-on arriver à de tels
  extrêmes ? Cette image ne la quitta pas toute

la journée, suscita une répugnance au plus profond d'elle de cette société violente, barbare, remplie de haine, de jalousie, d'animosité des uns envers les autres. Elle repensa au fils Noah qui avait souffert une nuit entière, torturé par une famille qui lui donnait gîte et pitance chaque jour : comment l'être humain pouvait-il passer d'ange à démon aussi vite ? La vie mérite-t-elle d'être vécue, quand on finit dans une rue, brûlé comme un pneu ? De mourir sans réaliser ses rêves, comme Angela, ou Philippe, qui rêvait de s'offrir une coccinelle, après avoir offert à sa mère un toit digne : ils partageaient un amour commun pour cette voiture, Julia se demanda si elle s'en irait aussi sans jamais la conduire ?

Elle se retrouva sur la berge du Wouri, attirée vers cet endroit, elle entendit soudainement des murmures, des sons doux et berçants, elle sentit un calme et une paix l'envahir, elle se sentit en sécurité dans ce lieu. Une invitation muette et insistante, l'attira vers les eaux scintillantes de plusieurs reflets, et oscillantes dans des mouvements de va-et-vient. Elle avait l'impression de planer au-dessus de l'eau. Elle sentit des cailloux sous ses pieds, une eau tiède, réchauffée par le soleil. Les murmures se firent plus présents et enchanteurs. Elle semblait être mêlée à ces eaux, elle avait envie d'y plonger et de ne plus en ressortir. Un homme surgit soudainement derrière elle et lui dit calmement : «Ne restez pas là !» Julia avait traîné avant de rentrer, redoutant la solitude, le silence de son appartement. Dani n'avait pas fait signe, elle lutta pour ne pas l'appeler et elle s'endormit aussitôt. Le téléphone sonna dans la nuit, elle entendit un bruit lointain qui la fit sursauter, elle décrocha.

- « Tu as porté plainte contre moi ?» Elle reconnut sa voix, son cœur fit un bond.
- «Pardon ?», sur le coup de la surprise, elle ne savait pas quoi dire et ce qui se passait encore. Thierry reprit très vite, elle connaissait cette voix quand il était dans tous ses états.
- « Il y a des gens ici, qui ont ma photo et ils disent que je suis recherché, parce que je veux te tuer et que tu as porté plainte.»

- «Je n'ai pas porté plainte, ce n'est pas moi.»
Il avait raccroché. Elle se prit la tête sous
l'oreiller : «Ça n'allait pas s'arrêter !»

Elle n'avait plus eu de nouvelles de Thierry,
depuis cet appel en pleine nuit. Elle ignorait ce
qui se passait, mais les appels s'étaient arrêtés.
Dani lui parlait très peu, cette situation l'irritait,
il refusait de lui dire quand il viendrait. Il se
contentait de lui dire que la punition n'était pas
encore finie. Elle avait besoin de lui parler, de
briser cette distance qu'il mettait entre eux.
Julia passait ses journées à la boutique qu'elle
avait ouverte à la cité, l'activité des livraisons
des produits alimentaires était lancée. Elle fut
heureuse de démissionner de l'entreprise
d'exploitation agricole, fuyant ce milieu hostile,
malgré la sympathie du patron. Elle avait reçu le
soutien de son frère, mais le financement restait
insuffisant, les produits coûtaient cher, il fallait
un stock conséquent, pour plus de rentabilité.

La sonnerie du téléphone la tira de ses pensées.
Dani avait une voix inhabituelle et lui dit
rapidement : «Viens au Commissariat central, la
police vient de m'arrêter.» Julia n'eut pas le
temps d'en savoir plus, qu'il avait déjà
raccroché.

Elle essaya de garder son calme, mais son cœur fit un bond, lorsqu'elle vit devant le commissariat, Thierry et son beau-frère. Elle entra dans les bureaux évitant leurs regards. Dani était assis face à un enquêteur, il était encore plus imposant dans le bureau étroit et poussiéreux, il dit à l'enquêteur : «C'est elle.» Ce dernier la fixa un moment et dit brusquement : «C'est toi qui sèmes tout ce trouble ?» Dani eut un petit rire et tira une chaise en lui faisant signe de prendre place. Julia s'installa sans dire un mot et interrogea Dani du regard, il lui dit doucement : «C'est de la folie!» L'enquêteur semblait mettre de l'ordre dans ses dossiers et souleva des papiers, en se raclant la gorge : il demanda à Julia son nom et sa date de naissance, en mentionnant ces notes sur une feuille, il prit un souffle et lui demanda : «Alors, es-tu mariée à l'état civil» Elle dit non sans hésiter, il reprit :

- «As-tu fais un mariage coutumier ?»

- « Non plus» Elle ne comprenait pas où les menait cet interrogatoire sur sa situation matrimoniale. Il reprit solennellement :

- «Alors pourquoi monsieur Thierry Monthe affirme que vous êtes son épouse ?» Julia regarda Dani, elle haussa les épaules, ne sachant quoi dire :

- «Je ne sais pas, demandez-lui, s'il peut justifier que je suis sa femme» dit-elle dans un souffle, en maugréant. Il sortit une photo de son tiroir, la posa sur la table.

- «Vous reconnaissez cette photo ?» demanda-t-il, ne sachant plus s'il devait utiliser «tu ou vous», les mains de Julia se mirent à trembler légèrement. Elle dit oui de la tête, cherchant à prendre de l'assurance.

- «A qui avez-vous remis cette photo ?»

- «A Dani» dit-elle mal à l'aise.

L'enquêteur lui demanda de les laisser, en s'étirant sur sa chaise. Un groupe s'était formé autour de Thierry et de son beau-frère, Baldé était présent et deux autres messieurs que Julia ne connaissait pas, elle se mit à l'écart. Des minutes s'écroulaient dans une angoisse pesante. Elle voulait juste comprendre ce qui se passait et disparaître de cet endroit froid et austère. L'enquêteur sortit de la pièce, devant la porte, il fit signe à Thierry de le rejoindre, les deux hommes entrèrent dans le bureau. Plus d'une heure s'écroula, l'enquêteur réapparut enfin, il demanda à Julia de les rejoindre dans le bureau. La pièce était devenue plus étroite, une tension régnait dans le petit bureau, être au milieu de ces deux hommes, lui faisait manquer d'air, elle craignait de s'évanouir. Dani se leva, lui fit signe de s'asseoir, l'enquêteur se tourna vers elle :

-   «Ce qui se passe ''mademoiselle qui sème le trouble'', c'est que monsieur Monthe a porté plainte contre vous, pour abandon du domicile conjugal et adultère avec Monsieur Wade, il vous accuse aussi de menace de mort, avec publication d'image privée.» Il avait résumé la plainte avec un ton ironique, sérieux et calme en guettant leurs réactions.
Il avait demandé ensuite à Thierry de fournir les preuves avant la fin de la journée, que Julia était bien son épouse. Dani et Julia devaient attendre son retour, afin que l'affaire puisse être transférée au paquet. Le ton monta très vite dans le bureau, chacun cherchait à s'expliquer et à se faire entendre, des insultes ne tardèrent

pas à siffler dans la pièce, attirant les regards du groupe campé à l'extérieur.

Julia était complètement sortie de ses gonds, en colère, à cause de tous ces mensonges.

L'enquêteur les pria de sortir, d'attendre dehors, sa partition était jouée, d'autres cas insolites l'attendaient. La dispute continua à l'extérieur, le ton monta encore de plus belle, tout le monde se mêla à cet échange farouche, tonitruant, tumultueux, même les deux hommes qui étaient avec Baldé, puis ils disparurent soudainement, lorsque le commissaire fit son apparition. Le beau-frère de Thierry éloigna ce dernier et le silence retomba des minutes plus tard. Julia tremblait, énervée, choquée, Dani lui prit la main délicatement, mais elle le repoussa, furieuse contre lui, contre ces gens qui ne souhaitaient que se nuire les uns les autres, contre cette plénitude difficile à saisir, qui fuyait quand on tentait de la rattraper, moqueuse, tyrannique, éphémère.

Julia savait que Thierry ne reviendra pas, il n'avait aucun document de mariage, ce qui l'inquiétait le plus, c'était comment sa photo avait été exploitée, elle en voulait à Dani, voilà où les menaient les investigations de Baldé, sa négligence.

A dix-huit heures, l'enquêteur refit surface, ils avaient passé toute la matinée à attendre dans ce commissariat qui sentait la pisse. Les gens entraient et sortaient, traînant leur cas de vol ou de violence devant les enquêteurs, des mines renfrognées et accablées. L'enquêteur appela Dani dans son bureau. Les deux hommes discutèrent quelques minutes et Dani ressortit en souriant. Aucune charge n'était retenue, ils étaient libres de partir, le dossier était vide, Thierry n'était pas revenu, l'enquêteur avait réussi à soutirer à Dani quelques billets. Julia savait au fond d'elle que ce n'était pas fini pour autant, leurs détracteurs n'avaient pas encore atteint leur but. Dani lui demanda de rentrer, il s'arrêta au magasin pour prendre ses affaires.

La police était entrée au magasin, quelques minutes après son arrivée dans la ville, Julia se posa des questions sur cette descente aussi rapide, Quelqu'un avait-il donné des informations sur son arrivée ? Elle repensa à toute cette journée, à tous ces échanges et insultes au commissariat. L'eau froide lui fit du bien, elle avait ressenti la peur d'être enfermée dans ces cellules immondes, les odeurs lui montèrent aux narines, des urines, du vomi, de la merde. Dani était revenu des heures plus tard, silencieux et contrarié. Ils avaient passé la nuit pour la première fois, sans se toucher, fuyant un contact qui risquait de faire ressurgir cette colère qui les rongeait.

A L'aube, il s'était finalement tourné vers elle :

- «Pourquoi tu m'as caché que tu le voyais, que tu acceptais ses cadeaux, et son argent !»

Julia resta silencieuse, il savait qu'elle ne dormait pas, elle n'avait pas pu fermer l'œil toute la nuit et lui aussi : le sentir si près et ne pas pouvoir le toucher était une torture.

- «Je ne sais plus si je peux te faire confiance» ajouta-t-il en la prenant dans ses bras, elle ferma les yeux, toutes explications étaient vaines. Elle murmura doucement :
- «Je ne veux pas te perdre.»
  Il embrassa son visage, humide par les larmes qui s'échappaient inopinément. Leurs corps chauds se cherchèrent frénétiquement, ne pouvant plus résister à cette envie impérieuse.
  Dani ne comprenait pas les circonstances des rencontres avec Thierry, Julia

comprenait sa colère, mais elle ne pouvait pas lui en parler. Elle n'éprouvait aucun plaisir à revoir Thierry, le souvenir de ces nuits de violence revenait de façon ardue, cherchant à enraciner la haine et la rancœur au fond d'elle. Dani la serra dans ses bras, il dit doucement au creux de son oreille :

-   «J'ignore comment te punir pour tout le mal que j'ai ressenti hier.»

Elle resta silencieuse, elle se donna à lui une fois encore, passionnément, cherchant à faire oublier toute cette histoire sordide.

Baldé avait pris plaisir à lui raconter tout ce que Thierry avait voulu que les autres sachent : les cadeaux qu'il lui offrait, des rencontres qu'ils s'étaient imaginées, il voulait paraître aux yeux de tous, comme l'homme parfait, le mari idéal, prêt à tout pour satisfaire sa dulcinée. Baldé s'était frotté les mains, il pensait sûrement que ces informations allaient détruire définitivement cette relation qu'il ne supportait pas. Julia était persuadée qu'il était au centre de ces menaces, mais Dani ne voulait pas le croire, niant cette hypothèse, il ne voulut pas en parler. Comment la photo de Thierry avait été utilisée ? Un fait qui démontrait pourtant l'implication et les manipulations de Baldé.

Ils tardèrent à se lever, profitant de ce moment qui semblait infini, son téléphone sonna, Dani l'empêcha de le prendre, il la cloua dans le lit, de ses grandes mains, la caressa délicatement, la sonnerie retentit une fois encore, il prit le téléphone, regarda le numéro, le tendit à Julia en faisant une grimace. Elle décrocha, légèrement essoufflée : elle tenta de rester calme en parlant et raccrocha perplexe.

Dani la fixa pendant qu'elle s'habillait, il avait décidé de l'accompagner, et lui demanda une nouvelle fois :

- «Tu ne sais vraiment pas pourquoi on te convoque à la Brigade Antigang ?»
- «Tu doutes encore de moi ? » dit- elle, avec une mine malicieuse.
- «Avec tout ce qui se passe et tout ce qu'on m'a dit, mets-toi à ma place.» En se levant du lit, il lui prit la main, cherchant à la rassurer. Elle tentait de cacher les tremblements et l'angoisse qui l'envahissaient.

❖

La Brigade Antigang était dans un état délabré, la ferraille inondait la cour, qu'ils traversaient d'un pas hésitant, Julia demanda à un homme qui semblait connaître les lieux, le bureau des inspecteurs. Il leur indiqua un bureau beige défraîchi, ils entrèrent dans la pièce, quatre hommes étaient installés derrière de petites tables. Julia demanda l'inspecteur Mveng, l'un d'eux répondit brutalement :

«Qui le cherche ?» Dani répondit vite derrière elle, l'homme le regarda et sembla impressionné par sa carrure et baissa le ton :

«C'est moi, c'est à quel sujet ?»

Julia se racla la gorge en jetant un regard à Dani, expliquant à l'inspecteur, qu'elle était convoquée et ignorait les raisons. Il lui demanda de prendre place en face de lui, et pria Dani de les laisser.

L'inspecteur prit son temps pour lui expliquer les raisons de cette convocation, il entrait et sortait du bureau. Il traîna des détenus dans la pièce, qui prenaient place sur le sol poussiéreux, les pieds et les mains liés par des chaines, portant juste des sous-vêtements. Les insultes et les cris retentirent dans le bureau, mêlés à une odeur de sueur et d'urine qui se dégageait des nouveaux venus. L'inspecteur intima l'ordre aux détenus agités de se calmer, il prit soudainement une matraque, qu'il frappa violemment sur la tête de l'un d'entre eux, le sang gicla sur le petit groupe enchaîné, sous l'indifférence des autres agents. Julia resta sidérée, sans rien dire, évitant de regarder ce sang, qui s'échappait de ce garçon, qui gémissait atrocement. L'inspecteur s'installa à nouveau en face d'elle, retroussant ses marches, fier de son coup de force : Julia avait hâte de partir de ce lieu.

Dani attendait dans la cour, il discutait avec un homme qui l'avait pris à part, trente minutes s'écoulèrent dans le bureau, elle fixa l'inspecteur et lui demanda si elle pouvait parler à Dani avant qu'ils ne poursuivre, il le fit entrer et lui exposa lui-même la situation. Dani jeta un œil aux détenus, tentant de se concentrer sur les propos de l'inspecteur.

Julia ne comprenait pas cette police, qui était- elle censée protéger ? Dani lui dit doucement : «Ecris cette lettre, on s'en va !» L'inspecteur lui tendit une feuille blanche et à contrecœur elle rédigea une lettre d'excuses, aux deux hommes qui avaient porté plainte contre elle, pour menaces et injures.

Elle se sentait impuissante, la rage lui rongeait le cœur, elle pensa à tous ces gens qui se faisaient justice eux-mêmes, dont la haine et la vengeance avaient avidement pris le contrôle de leur âme. Julia ne voulait pas laisser ces sentiments néfastes s'incruster dans son esprit et distiller de mauvaises pensées : si la justice des hommes était impotente, celle de Dieu était infaillible. Cette conviction l'aida à se calmer et à sourire, sous le regard curieux de Dani. Il n'avait pas dit un mot, depuis leur sortie de la Brigade. Il l'amena dans un petit restaurant en ville, s'installa en soupirant : la vérité lui fendait le cœur, il avait refusé de l'admettre pendant tout ce temps, mais elle s'était présentée à lui, évidente et amère.

Il ne comprenait pas, comment un enfant qu'il avait traité comme son fils, s'était retourné de façon aussi violente et hypocrite contre lui.

La présence de Julia dans la boutique et sa relation avec Dani avaient rendu Baldé jaloux, malade, au point de mettre un tel stratagème en place, pour les séparer. Il s'était servi de ce que Dani lui racontait, des informations qu'il avait sur elle et sur Thierry. Abusant de la confiance de celui qui lui avait tout donné.

Baldé s'était servi de ses amis agents de police, pour passer les appels, faire des menaces, ils avaient trouvé Thierry dans un bar, ils avaient sillonné toute «la Rue de la joie», ils savaient que Thierry y venait régulièrement, en montrant sa photo et en racontant à tous ceux qu'ils rencontraient qu'il était recherché par la police. Mais les choses ne se passèrent pas comme ils espéraient : ils se feront appréhendés par les amis de Thierry, persuadés qu'ils étaient des usurpateurs. Thierry avait ainsi appris par ces agents que la mère de sa fille avait un autre homme dans sa vie, il avait tenté à travers cette plainte de la nuire, de nuire à Dani, impliquant les deux policiers.

Julia regarda Dani, qui avait du mal à avaler son plat de riz sénégalais, il aurait fallu cette nouvelle interpellation à la brigade et qu'un inspecteur trop bavard, lui raconte ce qui s'était passé sous ses yeux depuis des mois, pour qu'il les ouvre enfin et qu'il voit Baldé tel qu'il était : un menteur, voleur et manipulateur. Faire des excuses à ces policiers, qui avaient contribué à cette machination, lui restait tout de même en travers de la gorge, Dani pensait qu'il fallait mieux en finir. Il avait encore des comptes à régler, avec cet homme qui avait semé le trouble dans leur vie, pendant une longue période.

Baldé avait nié les faits, il hurlait que tout était de la faute de Julia, hors de lui. Il réalisait ce qu'il perdait, sa haine et sa méchanceté le ramenaient à zéro. Dani avait gardé son calme, il voyait enfin Baldé tel qu'il était, cette vision le brisa, il prit toutes les dispositions pour qu'il ne revienne plus dans le magasin et qu'il sorte à jamais de sa vie.

Chapitre XIII

Union brisée

Il soufflait un vent de sérénité, Dani manifestait encore plus son attachement, son amour, malgré la distance, Julia se sentait épanouie et comblée. Elle avait régulièrement les nouvelles de sa fille qui la ravivaient. Thierry avait finalement pris ses distances, il s'adressait dorénavant à la grand-mère pour tous les besoins de la petite.

Julia recevait fréquemment des appels de sa mère, à des heures très matinales. Ce matin-là, sa mère avait perdu le sommeil, perturbée par un cauchemar : elle avait pris son téléphone, sans tenir compte de l'heure et du décalage horaire. La sonnerie réveilla Julia, elle décrocha à moitié endormie, la voix au bout du fil était enrouée, elle lui demanda brusquement, sans détour :

- «Es- tu enceinte ?» La question réveilla complètement Julia, elle vérifia le numéro qui l'appelait et l'heure qu'il était. Sa mère la réveillait à cinq heures du matin pour lui demander si elle était enceinte ? Elle répondit après quelques secondes d'hésitation, certaine que ça ne pouvait pas arriver. Sa mère continua aussitôt, en pensant le contraire de ce que Julia affirmait :

- «Si tu es enceinte, ne fais rien s'il te plaît, je viens de faire un cauchemar.» Elle eut des difficultés à dire la suite, les mots sortirent enfin, dans un souffle, comme si elle cherchait à conjurer ce sort :

- «Je t'ai vue morte, à la suite d'un avortement, pour une fois, écoute ta mère, ne fais rien.» Julia ne sut quoi dire, elle parla encore quelques secondes, elle s'entendit prononcer des «ok et d'accord» spontanément, sans conviction, elle raccrocha. Julia resta des minutes allongée, sans bouger, réfléchissant au moment où ils avaient été imprudents, pouvait-elle réellement être enceinte ? Elle ne trouva plus le sommeil.

Julia essaya d'oublier sa mère et son cauchemar, évitant d'en parler à Dani, ils passèrent des heures au téléphone dans la journée, mais elle avait cette crainte, qui resurgissait sporadiquement. Elle raccrocha et un numéro l'appela aussitôt : une voix féminine suave, qui se présenta comme un agent de l'opérateur de téléphonie, elle sollicitait avoir quelques informations sur les clients. Julia regarda une nouvelle fois le numéro, qui était assez particulier, elle répondit aux questions que l'opératrice lui posait, avec un léger doute. Son doute persista après cet appel et elle appela Dani.

Malgré le fait que les appels anonymes avaient pris fin, Julia restait méfiante, elle sentait toujours un nuage d'insécurité planer, elle essayait de se contrôler et de taire ses peurs et ses angoisses. Dani prit le numéro, il vérifia auprès de ses contacts chez l'opérateur mobile.

Ce n'était pas une ligne que les opératrices utilisaient pour émettre des appels aux clients, mais le numéro appartenait bien à une personne travaillant au sein de l'entreprise mobile.

Le soir même, il sut qui était derrière cet appel ! Elle lui tendit le listing à la figure, leurs heures de discussion, le nombre de fois qu'ils s'appelaient dans la journée, ces informations étaient relevées en rouge, sur cette liste qui trahissait leur relation. La femme de Dani avait mis ses relations à contribution pour avoir ce papier qu'elle brandissait farouchement à son mari. Dani n'avait pas pu la calmer, il était resté silencieux, la regardant hurler et l'insulter. Sa douleur était grande et sa déception forte, elle lui faisait confiance, malgré les factures d'hôtel et les dénonciations des coups de fil anonymes, elle n'avait jamais cru cela possible.

Elle lui répétait : «Pourquoi prends- tu tous ces risques pour cette fille, au risque de perdre ta famille, malgré les menaces des inconnus ?» Lui-même ne trouvait pas de réponse.

Elle avait son nom et son numéro de téléphone, Julia était inquiète, Dani la rassura qu'elle ne fera rien. «Elle a besoin de temps pour digérer tout ça» dit-il en soupirant. Il ne pouvait pas faire un choix, comme sa femme le lui imposait.

Julia était inquiète de l'avenir de cette relation, des craintes plus fortes la saisirent, elle ne trouvait plus le sommeil, sa vie semblait replonger dans un chaos. Elle attendait avec frémissement que tout bascule, ivre d'émotions, de peur, d'angoisse. Elle se demandait quand trouvera-t-elle la paix ?

Elle toucha son ventre, essayant de sentir quelque chose, ça ne pouvait pas être possible ! Elle regarda le test posé devant elle une nouvelle fois, les mains tremblantes. Elle ignorait de combien de semaines elle était enceinte, à quel moment cela était arrivé. Tout basculait dans son esprit, les pensées et les souvenirs enfouis au fond d'elle, resurgissaient, comme des effluves restés trop enfermés dans un bocal. Julia ne pouvait pas prendre de risque, elle pensa à sa mère, cette question résonna dans sa tête : «Es- tu enceinte ?»

Non elle ne pouvait pas ! Mais le test disait le contraire. La relation avec Dani avait été perturbée par ces appels menaçants, par les découvertes et les menaces de sa femme, elle ne pouvait pas être enceinte, pas maintenant, pas de lui. Il avait sa famille et elle avait sa fille : ça devait rester comme ça. Julia ne savait pas comment l'annoncer à Dani, elle redoutait sa réaction. Elle lui envoya un message, n'osant pas l'appeler, il rappela quelques instants après.

Le ton était ferme et brusque : «Trouve une solution, ce n'est pas le moment.» Julia ne répondit pas, il raccrocha. L'angoisse lui serra la gorge, elle se sentit seule, envahie par une lassitude, une peur muette.

Les nuits étaient longues et les réveils difficiles, Julia n'avait pas pu trouver la ''solution'' que voulait Dani. Elle avait rencontré un médecin, mais n'avait rien pu faire : la mort s'invitait dans son esprit, les souvenirs d'une salle froide et précaire où elle perdit connaissance la hantaient. Elle n'avait plus la force pour une telle opération et elle était à plus de neuf semaines. Dani était en colère, il essayait de le cacher, mais ses propos étaient durs et tranchants.

Elle le voyait changer et se transformer au fil des mois, il n'arrivait pas à surmonter cette situation, son éthique religieuse se dressait soudainement, rigoureusement entre eux : ferme et féroce. Cette barrière invisible mais inébranlable, que même l'amour entre deux êtres ne pouvait vaincre.

Julia supportait mal ce fait, avoir un deuxième enfant avec un autre homme, en étant célibataire, mais sa douleur était plus grande, de les voir se déchirer, se perdre, pour des principes religieux qui s'imposaient brusquement, avec une telle ténacité, une telle hargne.

Julia était curieuse de mieux connaître l'Islam, pour comprendre ce désarroi qui transformait Dani en monstre froid et impassible, comprendre le statut de cet enfant qui grandissait en elle. Elle se sentait naïve et maladroite, prise au piège par ce sentiment qui la détruisait : mais elle ne voulait pas que cet enfant soit considéré comme une erreur, elle ne pouvait pas l'admettre, un tel amour ne pouvait pas produire une erreur.

❖

Julia savait déjà qu'elle devait se battre pour lui,
pour le protéger. Les batailles allaient être
quotidiennes, et une nouvelle lutte s'imposait déjà :
elle le comprit lorsqu'elle reçut son appel.

Elle se présenta en accentuant son nom : «C'est
moi Madame Wade.» Elle poursuivit avec une
série d'insultes : Julia était la pute qui voulait lui
prendre son mari, elle lui parlait d'un ton assuré et
hautain :

-   «Tu n'auras rien de lui, si c'est l'argent que
    tu veux ; tu ne l'auras pas, si tu espères avoir
    un enfant de lui, il ne pourra jamais t'en
    donner, donc laisse- nous tranquilles
    pétasse !»

Julia l'écoutait sans broncher, elle sentait sa
douleur, sa tristesse, son impuissance face à cette
relation qui les transformait en lambeaux.

Elle caressa son ventre, c'était son essentiel ! Cette
grossesse, qui évoluait silencieusement, qui l'aidait
à refuser toute angoisse, toute peur.

Julia regarda autour d'elle, chassa les pensées négatives qui tentaient de germer dans son esprit, la salle d'attente de l'hôpital Laquintinie, était envahie de femmes impatientes, les consultations chez le médecin la stressaient. Elle avait fait des examens et devait récupérer les résultats depuis des semaines, mais le médecin était en séminaire.

Elle attendait comme de nombreuses femmes depuis des heures devant sa porte, une d'elles était appuyée de gauche à droite sur des proches, qui l'aidaient à surmonter une douleur, qui transformait sa mine pâle, grise. Il arriva enfin d'un pas lent, sa blouse à l'épaule. Le laboratoire lui avait transmis les résultats. Il fit entrer la femme, dont l'état semblait plus inquiétant : elle sortit quelques minutes après, le choc semblait lui faire perdre complètement pied, ses proches la soutenaient en s'éloignant en larmes : elle devait entrer d'urgence au bloc pour une césarienne, le bébé était mort depuis des semaines.

Julia entra dans le bureau, le médecin discutait au téléphone, il donnait quelques directives. Il raccrocha et la regarda l'air perdu : elle lui dit doucement, qu'elle était juste là pour ses résultats, il lui demanda de lui rappeler le nom. Il prit une pile de papiers posée sur le bureau, et fouilla, en faisant son tri, mettant au fur et à mesure les résultats positifs d'un côté et les négatifs de l'autre.

Il avait été absent depuis des semaines, les résultats s'étaient amassés. Julia le maudissait à l'intérieur d'elle, se demandant pourquoi il avait fallu qu'il fasse son tri devant elle. Son destin était soudainement suspendu à ces foutus papiers, qui s'étalaient lamentablement devant ses yeux. Son cœur s'arrêta un moment de battre, les papiers s'empilaient sur le côté des positifs, elle n'entendait plus que le son «positif» qu'il prononçait en mettant les papiers les uns sur les autres. Julia jeta un œil sur ces résultats, qui allaient faire chambouler la vie de nombreuses jeunes femmes. L'âge variait entre vingt-deux ans et trente ans, Julia était sous le choc. Il fit un «ah» et lui tendit son résultat en ajoutant : «Continuez à baiser avec celui-là, c'est dangereux dehors !» ''Celui-là'' était marié pensa-t-elle. Elle sortit en regardant les jeunes filles qui attendaient, sans les voir. Le VIH devenait une réalité soudaine dans son esprit, cette génération allait-elle survivre ? Elle resta bousculée, perturbée par des questionnements sur elle-même, sur son avenir, sur cette relation, sur ''celui-là'' qu'elle ne reconnaissait plus, dont la femme ne cessait de l'appeler, de la menacer et de l'insulter. Son silence vis-à-vis d'elle était lourd, elle se retenait pour ne pas répliquer, elle se sentait prise en faute, en flagrant délit, elle avait honte, honte de cet amour qui avait porté des fruits, honte d'être celle qui semait le trouble dans la vie d'un couple, elle avait chamboulé toutes leurs habitudes. Jusqu'à quand allait-elle se taire et faire profil bas ? Elle ne pouvait plus vivre dans une telle situation, une telle relation.

Partir semblait être la seule issue, pour se protéger et protéger cet enfant, qui n'avait rien demandé. Cette solution de fuite, la rendait triste, elle avait l'impression de renoncer, de cesser d'exister. Dani accepta cette option, c'était mieux pour lui, elle le regarda et semblait voir un zombie, un être qui avait perdu ses repères, son âme. Julia était celle qui l'avait conduit vers le gouffre, leur amour ne pouvait pas survivre à ça. Elle se laissait emporter par la tristesse, une douleur qui laçait tous ses organes. Les pleurs ne suffisaient plus pour la calmer et faire descendre la pression, ce nœud restait serré dans sa gorge, l'empêchait de respirer.

Julia était en proie à une tempête d'émotions confuses, mitigées, elle ne savait plus qui elle était, si elle existait, elle naviguait dans le vide. Elle réprimait cette relation qui la brisait, vivre dans l'attente de cet homme qu'elle désirait toujours aussi fort , attendre son tour avec impatience et imaginer la nuit de retrouvailles : elle ne voulait plus être cette femme-là !

La séparation fut sereine, Dani était venu de bonne heure, Julia prenait le vol du soir pour le Sénégal, sa sœur y vivait depuis quelques années. Julia avait déménagé toutes ses affaires à la maison, tout le monde était surpris de ce départ soudain. Elle essaya de ne pas tenir compte des jugements durs de ses frères. Elle était seule à ressentir ce vide qui l'asphyxiait, cette lassitude si profonde, qui voulait la maintenir en échec.

Dani avait meilleure mine, son départ lui faisait sûrement du bien, malgré la réalité qui lui faisait face, ce petit ventre rond, qu'il évitait de toucher, par pudeur ou par honte ? Son regard était tendre, il en disait long sur ses sentiments, qu'il ne pouvait pas nier, il avait envie de la serrer dans ses bras, il lui prit les mains, en les caressant doucement de ses mains chaudes, ce simple contact donnait des frissons à Julia, ils avaient du mal à rompre cette caresse, si tendre. Des larmes lui montèrent aux yeux et elle se serra contre lui, pour une dernière étreinte.

Elle s'envola pour une nouvelle vie, elle savait qu'il sera toujours là, elle emportait ce lien qui restera à jamais leur fruit d'amour, malgré tous les préceptes religieux et spirituels.

Julia regarda la ville disparaître à travers le hublot, elle fit un soupir, elle avait besoin de se retrouver, de savoir qui elle était, de fuir cette ville hostile, cet amour qui ne pouvait être à elle, qu'elle ne reconnaissait plus. Cette vie qui n'avait été que tourment, ce vide profond qu'elle devait combler, elle ne voulait plus être triste, elle ne voulait plus penser au passé, à ces horreurs qui avaient marqué sa vie. Elle rêvait de paix et de liberté, elle devait poursuivre sa quête, se battre pour cet être qui grandissait en elle et trouver un bonheur immuable, elle avait toute la vie devant elle.

Ce n'était pas une fuite, mais une marche vers son futur, vers l'avenir, à la recherche de la paix, juste la paix et la liberté.

Un hommage aux personnes disparues, aux gens que nous avons aimés, et qui seront toujours et à jamais des êtres exceptionnels.

Nous tirons notre force de ce que nous avons vécu, de ces épreuves de la vie, parfois si douloureuses, mais qui deviennent des piliers sur lesquels nous pouvons nous appuyer pour nous élever.

Un hommage aux femmes battues et violées, à celles qui sont parties trop tôt, sous les coups criminels : le monde ne doit pas être sourd de votre douleur.

Remerciements

Merci à mes frères et sœurs pour le soutien et votre amour

Merci à mes enfants, le bonheur que vous m'apportez dans ma vie est incommensurable

Merci à mon Mari pour le chemin parcouru

Merci à tous mes amies et proches

Printed in Great Britain
by Amazon

83912738R00195